KB264543

내 內 운 訓

推薦 韓陽元
㈜겨레얼살리기국민운동본부 이사장

착하고 어진 사람은
착한 일을 실행하는 데에 시간이 모자라고,

나쁜 사람은
악한 일을 하는 데에 시간이 모자란다.

나무의 꿈

한눈에 익히는
가문의 영광을 위한 지침서
내훈(內訓)

초판 인쇄일│2009년 6월 1일
초판 발행일│2009년 6월 10일
추천인│한양원
펴낸이│이환호
펴낸곳│나무의 꿈
　　　　서울특별시 마포구 서교동 463-31
　　　　플러스 빌딩 4층
전　　화│(02)332-4037, FAX│(02)332-4031
출판등록│제 10-1812호

잘못된 책은 구입한 곳에서 바꿔드립니다.
값　8,000원

　오늘날 인류는 과학기술의 놀라운 발달로 물질적인 풍요를 누리며 살고 있습니다. 의약품의 발달로 인간의 평균 수명이 연장되고, 하루가 다르게 좋은 도구들이 쏟아져 나와 인간의 생활을 편리하게 만들어주고 있습니다.

　하지만 한편으로 인간이 안고 있는 욕구불만이나 사회갈등은 나아지지 않는 것 같습니다. 그 이면을 자세히 살펴보면, 인간에 대한 존엄성이 무너지고 있다는 것을 알 수 있습니다. 소우주(小宇宙)로 태어난 인간이 인간으로서의 인격적인 대접을 잘 받지 못하고 있다는 뜻입니다.

　현대사회는 산업화 정보화로 인하여 다양성을 지니고 있다는 긍정적인 면이 있으나, 반면에 경쟁위주의 사회로 변모함에 따라 인격과 윤리 교육의 부재로 인한 인간성 상실, 도덕의 몰이해, 가정의 붕괴 등과 같은 적지 않은 문제점들이 노출되고 있는 현실입니다.

　따라서 교육은 인간의 인격을 바르게 형성하고, 올바른 가치관을 함양해주는 중요한 사회의 공적(公的) 활동이라고 할 수 있습니다.

　이런 점에서 볼 때, 이번에 장개충 선생이 편역한 『내훈서』

는 인간의 본래성을 자각하고, 도덕성을 회복하며, 가정의 소중함을 일깨워 주는 실천적인 지침서가 될 것입니다.

본래 『내훈서』는 조선조 성종의 모후인 소혜왕후(昭惠王后) 한씨(韓氏)가 궁중의 비빈과 사대부집안 부녀자들의 몸가짐과 마음가짐을 가르치기 위해 지은 규범서(規範書)로 널리 알려진 책입니다.

비록 사대부집안 부녀자들의 교육에 목적을 둔 책이지만 모든 여성들에게 두루 귀감이 될 내용을 '말씨와 몸가짐' '어버이 섬기기' '혼례' '남편과 아내의 도리' 등 모두 7장으로 선별하여 묶어 놓았습니다.

한 대목, 한 대목 볼 때마다 시간을 초월하여 인간이 바른 규범으로 삼아야 할 법도(法度)를 제시하여 가르치고 있다는 면에서 참으로 훌륭한 인간교육의 보배서라 아니할 수 없습니다.

부디 이 자그만 책이 도덕과 인륜이 무너지고 있는 안타까운 오늘의 현실을 극복해 나가는 지혜가 되고, 가정과 가정윤리를 지키는 올바른 지침이 되리라 확신하여 감히 추천하는 바입니다.

2009년 5월

(사)겨레얼살리기국민운동본부

이사장 한 양 원

차　례

내훈서(內訓書)

서(序)

무릇 사람은 태어날 때, 하늘과 땅의 신령스러운 기운을 타고 태어나며, 안으로는 오상의 덕(五常之德)[1]을 지녔으므로 그 이치는 옥과 돌과의 구별이 없다. 그런데 난초와 쑥의 차별이 있음은 무슨 까닭인가? 그것은 자기 몸가짐을 닦는 도리를 다하였음과 다하지 못함에 달려 있음이다.

주(周)나라 문왕(文王)의 훌륭한 교화(教化)는 황후 태사(太姒)[2]의 현명함으로 더욱 넓어졌고, 초(楚)나라 장왕(莊

---

1) 오상지덕(五常之德) : 다섯 가지의 덕목. 부자유친(父子有親), 군신유의(君臣有義), 부부유별(夫婦有別), 장유유서(長幼有序), 붕우유신(朋友有信). 곧, 아비와 아들과의 친근함이 있으며, 임금과 신하와의 의리가 있으며, 남편과 아내, 부부 사이에 구별이 있으며, 어른과 아이와의 질서가 있으며, 벗 사이에 신의가 있음이라.

2) 태사(太姒) : 주나라 문왕(文王)의 비(妃)이며 무왕(武王)의 어머니. 문왕은 위수(渭水)에서 강태공을 만나 주나라의 초석을 다진다. 무왕은 강태공 여상과 함께 폭군 주왕(紂王)

王)이 천하의 패자(覇者)가 됨은 왕비 번희(樊姬)3)에 힘입은 바가 크니, 임금을 섬기고 남편을 섬김이 누가 이보다 더할 수가 있겠는가.

내가 글을 읽다가 달기(妲己)4)의 웃음과 포사(褒姒)5)의

을 몰아내고 천하의 주인이 된다. 강태공(姜太公) 여상(呂尙)은 무왕을 도와 폭군 주왕을 토벌한 뒤에 제(齊)나라의 왕에 봉해진다. 무경(武經)으로 불리는 『육도(六韜)』를 지었다.

3) 번희(樊姬) : 초나라 장왕(莊王)의 비(妃). 본문의 부부장(夫婦章) 참조. 초장왕(楚莊王)은 왕위에 오른 뒤 3년 동안 정사를 돌보지 않다가, '3년을 날지 않았으나 한 번 날개를 펴서 날면 하늘을 찌를 듯이 솟아오를 것이고, 3년을 울지 않았으나 한 번 울음을 토하면 반드시 세상을 놀라게 할 것이다.' 라는 대붕(大鵬)의 일화를 남겼고 천하의 패자(覇者)가 되었다.

4) 달기(妲己) : 은나라 주왕(紂王)의 비(妃). 주왕이 미인을 얻기 위해 유소국(有蘇國)을 쳐서 달기를 얻었다. 달기는 하나라의 걸왕이 주지육림을 만든 지 5백 년만에 또다시 주지육림을 만들고, 구리기둥을 만들어 기름을 발라 숯불 위에 얹고 간하는 충신의 무리를 기둥에 오르게 하여 사람을 죽였다. 그 형벌을 포락형(炮烙刑)이라 하였다. 주나라 무왕이 주왕을 정벌하고 달기의 머리를 베어 작은 깃대에 매어달아 백성의 마음을 달래었다 한다.

5) 포사(褒姒) : 주나라 유왕(幽王)의 총희(寵姬). '褒'는 나라 이름이며 '姒'는 성이다. 유왕이 평소 잘 웃지 않는 그녀의

아양과 여희(驪姬)⁶⁾의 울음과 비연(飛燕)⁷⁾의 헐뜯음에 이르러서는 책을 덮고 나서도 섬뜩해지는 마음을 지울 수 없었다.

이로 미루어 볼 때 나라의 어지러움과 태평함, 흥함과 망함이 비록 남자의 밝음과 아둔함에 달려 있지만 더불어 여인네들의 어짊과 포악함에도 달려 있으니 이에 가르치지 않으면 아니 된다.

무릇 남자는 그 마음을 드넓은 곳에 노닐게 하며 그 뜻을 여러 가지 오묘한 경우를 익혀 스스로 시비(是非)를 분별하

웃음을 보기 위하여 전국에 있는 비단을 모아 찢게 하고 전시 상황에서만 올리던 봉화를 올렸다. 그러자 봉화를 보고 모든 제후들이 여기저기에서 허둥거리며 달려왔으므로 그것을 본 포사가 배를 쥐고 웃었다 한다. 후에 폐후(廢后)가 된 신후(申后)의 아버지 신후(申侯)가 병란을 일으키어 유왕은 죽고 포사는 포로가 되었다.

6) 여희(驪姬) : 진(晉) 헌공(獻公)의 비. 헌공이 여융(驪戎)을 공격하였을 때 얻은 여융의 딸. 아들 해제(奚齊)를 왕위에 앉히기 위하여 태자 신생(申生)을 참살(慘殺)하였다.

7) 비연(飛燕) : 전한 성제(成帝)의 황후. 성은 조(趙)씨. 태생은 미천하였으나 가무에 뛰어난 절세의 미인으로 여동생 합덕(合德)과 함께 성제의 후궁이 되어 왕의 총애를 다투었다. 성제가 죽은 후 합덕은 자살을 하였으며, 비연도 평제(平帝)에게 서민으로 내침을 받고 자살하였다.

여 몸가짐을 가지니 어찌 나의 가르침을 기다려 행하겠는가. 그러나 여자는 그렇지가 못하여 길쌈의 굵고 가는 것만을 기뻐하고 덕행의 높음을 알지 못하니 바로 이것이 비록 본래 맑게 트였다 해도 성인(聖人)의 가르침을 알지 못하고 하루아침에 갑자기 귀히 된다면, 이는 원숭이를 목욕시켜 갓 씌우고[목후이관(沐猴而冠)]8) 담장에 마주 세우는 것[면장(面牆)]9)과 다를 바가 없다.

그러므로 진실로 세상에 서며 남에게 말하기도 어려우니, 성인의 가르침은 천금(千金)으로도 갚을 수가 없을 것이다. 또 일에는 어려움과 쉬움이 있으니, 맹자(孟子)께서 말씀하시기를,

"태산(太山 : 큰 산)을 끼고 북녘 바다를 건너뛰라고 했을 때, '나는 잘 못하겠다'고 한다면 이는 진실로 할 수 없음이요, 어른을 위하여 나뭇가지를 꺾어 드리라고 하는 것을 '나는 잘 못하겠다'고 한다면 이는 하지 않는 것이지 할 수 없는 일이 아니다."

---

8) 목후이관(沐猴而冠) : 원숭이가 관을 씀. 곧 외모는 사람 같지만 마음은 원숭이처럼 미련함을 냉소하는 말이다. 목후(沐猴)는 원숭이.

9) 면장(面牆) : 담을 대면하고 있음. 곧 식견이 좁은 것을 뜻한다.

하였으니, 어른을 위하여 가지를 꺾는 일은 쉬운 일이되 태산을 끼고 북녘 바다를 건너는 일은 어려운 일이다. 이로 미루어 볼 때 사람의 몸가짐을 닦은 수신(修身)의 도(道)는 너희가 어려워할 바가 아니다.

요(堯)임금과 순(舜)임금10)은 천하의 크신 성인으로 각각 단주(丹朱)11)와 상균(商均)12)이라는 아들을 두어 엄한 아버지로 애써 부지런히 가르쳤으나 오히려 어질지가 못했거늘, 하물며 홀어미인 내가 어찌 옥 같은 마음을 지닌 며느리를 볼 수 있겠는가.

---

10) 요순(堯舜) : 중국 역사상 가장 태평한 시대를 연 인물. 요(堯)는 움막에서 누더기 같은 옷을 걸치고 살았고, 평생 푸성귀와 현미만 먹고 살았다. 이때에 글자가 창제되고, 이약, 술(酒), 양잠 등이 개발되었다. 요(堯)임금 당시에는 효성의 덕(德)을 칭송하는 격양가(擊壤歌)가 울려 퍼졌다. 순(舜)임금은 효성이 지극하고 어질어서 요(堯)임금이 천자의 자리를 아들에게 물려주지 않고 순(舜)에게 물려주었다. 순(舜)이 치세(治世)를 할 때는 도둑이 없었다고 할 정도로 태평성대를 구가하였다. 순(舜)임금 또한 천자자리를 아들에게 물려주지 않고 해마다 범람하는 황하의 치수(治水)에 힘쓰는 우(禹)에게 천자자리를 물려주었다.

11) 단주(丹朱) : 요(堯)의 아들.

12) 상균(商均) : 순(舜)의 아들. 균(均)은 이름이며, 상(商)에 봉하여졌으므로 상균이라 불렀다.

이런 연유로 『소학(小學)』, 『열녀(烈女)』, 『여교(女敎)』, 『명감(明鑑)』이 지극히 명백하고 적절한 글이나 권수가 많은 데다 쉬이 깨치기 어려울까 염려되어 이 네 권 중 긴요한 말을 가려 뽑아 일곱 장(章)으로 엮어 너희들에게 주노라.

슬프다. 몸가짐에 대한 가르침이 다 이에 있으되, 한번 그 도를 잃으면 비록 뉘우친들 가히 쫓을 수 있을 것인가? 너희들이 마음에 새기고 뼈에 새겨 날마다 성인에 이르도록 기약하라.

밝은 거울이 맑고 또 맑으니 마땅히 삼가고 조심하지 않을 수 있을 것인가?

성화(成火) 을미년(乙未年, 1475)

초겨울 어느 날

제1권

제1장

말씨와 몸가짐— 언행장(言行章)

여자의 덕은
뛰어난 재주가 아니며
여자의 말은
능란한 구변이 아니며
여자의 용모는
빼어난 미모가 아니다.

『이씨 여계(李氏女戒)』에 이르기를,

마음에 간직함이 정(情)이요, 입 밖에 내면 말이니, 말은 영예로움과 욕됨에 관계되는 매체가 되며 사람과의 관계를 멀어지게 하기도 하고 친밀하게도 하는 중요한 마디가 된다.

또한 굳었던 사이를 갈라지게도 하고 뜻이 다른 생소한 사람들을 합치게도 하며, 원망하며 원수지게도 한다. 그것이 크게는 나라를 망치며 집안을 망치고, 적게는 오히려 육친(六親)[1]을 이간(離間)질해 멀어지게 한다.

그러므로 어진 여자가 말을 조심하고 삼감은 자칫 부끄러움과 비방당함을 부르지나 않을까 염려해서이니, 혹 어른 앞에 있을 때나 조용한 데 있을 때에도 대답하는 말을 거슬리거나 알랑거리는 말(아첨)을 하지 말아야 한다.

또한 생각해 보지 않은 말은 하지 않으며 장난삼아 해보는 말도 하지 않으며 지저분한 일에는 간섭하지 않으며 의심받을 일에 끼어들지 말아야 한다.

---

1) 육친(六親) : 부·모·형·제·처·자의 여섯을 일컬음.

2

『곡례(曲禮)』[1]에 이르기를,

여러 사람이 함께 음식을 먹을 때에는 혼자서만 배불리 먹지 말며, 함께 밥을 먹을 때는 손으로 먹지 말며[2] 혼자서만 한 움큼씩 움키어[3] 먹지 말며, 먹던 밥을 밥통에 다시 쏟아 넣지 않아야 한다〔방반(放飯)〕[4].

소리를 내어 들이키지 말며[5], 쩝쩝거리며 소리 나게 먹

---

1) 곡례(曲禮) :『예기(禮記)』의 편 이름. 어린아이들이 지켜야 할 자질구레한 예절에 대해 기록한 책.

2) 옛날에는 젓가락 없이 손으로 음식을 먹었다. 음식 묻은 손을 비비적거리면 지저분해진다.

3) 한 그릇 밥을 같이 먹게 될 때, 뭉치면 자연히 많이 먹게 되어 욕심스러워진다.

4) 방반(放飯) : 남은 밥을 밥통 속에 다시 쏟아 넣음. 그러나 손으로 밥통의 밥을 퍼올 때, 손에 묻은 밥을 떼 내려고 손을 함부로 털어서 밥풀이 밥통 속에 들어가게 한다는 뜻으로 해석하기도 하고, 또 방(放)을 '크다'는 뜻으로 해석하여 크게 많이 훔씬 먹는다는 뜻으로도 풀이한다.

5) 유철(流歠) : 훌쩍훌쩍 소리를 내며 들이마심. 소리를 내며 쭉 들이마심. 게걸들린 듯이 밥을 입에 가득 넣고 먹으며 국이나 물을 훌쩍훌쩍 소리 내어 들이마시는, 이른바 예의에 어긋나는 식사 모습을 '방반유철(放飯流歠)'이라 한다.

지 말며〔타식(咤食)〕6), 뼈를 오도독거리며 씹어서도 아니된다. 입에 넣었던 어육(魚肉)은 도로 그릇에 놓지 말고 뼈를 밥상머리에서 개에게 던져주지 않도록 해야 한다.

음식을 군이 먹으려 억지를 부리지 말 것이며 뜨겁다 하여 후후 불어서 먹지 말며〔양반(揚飯)〕7) 기장밥을 먹을 때는 젓가락으로 먹지 않는다.

죽을 마실 때는 건더기 째 훌훌 들이마시지 말며〔탑갱(嚃羹)〕8), 주인이 보는 앞에서 간을 맞추지 말며, 이를 쑤시지 말며, 젓국을 마시지 말아야 한다. 만일 손님이 국그릇에 다시 간을 맞추면〔처갱(絮羹)〕9) 주인은 국의 간을 잘 맞추어 올리지 못함을 사과하며 손님이 젓국을 마시면 주인은 맛이 싱거움을 사과한다. 젖은 고기는 이로 잘라 먹으며 마른 고기는 손으로 자르지 말며, 구이〔적(炙)〕를 한꺼번에 너무 게걸스럽게 다 먹지 말아야 한다.

---

6) 타식(咤食) : 입맛을 쩝쩝 다시며 먹음.

7) 양반(揚飯) : 밥 속에 있는 뜨거운 열기를 흩날리고 까불음.

8) 탑갱(嚃羹) : 큰 입으로 훌훌 국을 건더기 째 휘몰아 들이마시는 것. 탑(嚃)은 혹 들이마심.

9) 처갱(絮羹) : 국에 간을 맞춤. 처(絮)는 음식의 간을 맞춤.

3

남자와 여자는 한데 섞여 앉지 말아야 하며 옷걸이에 함께 옷을 걸지 않으며 수건과 빗을 같이 쓰지 않으며, 친밀히 서로 전하지도 말아야 한다.

형수와 시동생은 서로 내왕하거나 안부를 묻지 않으며, 제모(諸母)1)에게 내의(아래옷)를 빨게 해서는 안 된다.

바깥의 말이 방 안에 들어오지 않도록 하며, 아낙들의 말이 문지방 밖으로 새나가지 말아야 한다.

여자가 시집을 간 이상 큰 변고가 없는 한 친정에 들지 말아야 한다.

고모와 손위누이와 누이동생과 딸이 이미 혼인하여 돌아왔거든 오라비 형제와 한 자리에 앉지 말며, 같은 그릇에서 음식을 먹지 말아야 한다.

4

성(城)에 오르거든 손가락으로 가리키지 말며, 성 위에서

---

1) 제모(諸母) : 아버지의 첩들을 일컬음. 또는 아버지의 자매를 말하는데 여기서는 고모(姑母)를 가리킴.

는 소리쳐 부르지 말아야 한다. 앞으로 남의 집에 가고자 할 때는 억지로 갈 것을 구하지 말며, 만약 남의 집을 방문하여 대청에 오를 때는 반드시 인기척을 내고, 문 밖에 신이 두 켤레가 있을 때는 안에서 말소리가 들리거든 들어가고 말소리가 들리지 않거든 비밀한 이야기를 방해할까 보아서 들어가지 않도록 한다.

만약 문 안으로 들 때에는 눈길을 아래로 나직이 하며, 방 안으로 들어서서 빗장을 닫을 때는 두리번거리지 말아야 한다. 문이 열려 있거든 그대로 열어 두고 문이 닫혔거든 그대로 닫아두되, 뒤따르는 사람이 있으면 다 닫지 말아야 한다.

남의 신발을 밟지 말 것이며, 남의 자리를 밟고 건너지 말아야 한다. 방에 들어서면 옷을 걷어잡고 몸을 숙여 조신하게 구석자리를 찾아 앉으며 대답할 때에도 공손한 말씨로 "예"하고 대답하며 조심한다.

5

무릇 시선을 상대방의 얼굴보다 위로 하면 거만스럽고, 허리띠보다 아래에 두면 걱정스럽고 수심 가득한 인상이 되며, 곁눈질하면 간사스러운 사람으로 보인다.

6

행동거지가 공경스럽고 정중하면 사려(思慮) 깊게 보이고 말을 평안하면서도 분명하게 하면 사람들의 마음을 편안케 한다. 거드름을 피우며 오만함은 기를 것이 못 되며, 사리사욕을 제멋대로 쫓아서는 아니 된다. 뜻을 품되 능력에 넘쳐서는 안 되며 즐기되 너무 지나쳐서도 아니 된다.

어진 사람이면 가까운 사이라도 공경하며 사랑하되, 그 잘못된 점을 볼 줄 알며, 미워하는 사람도 그 장점을 볼 줄 알아야 한다.

재물은 모으되 풀어 나누어 줄 줄 알아야 하며, 비록 편안한 것을 편히 여기되 경우에 따라서는 이를 떨쳐 버릴 줄도 알아야 한다.

재물이 앞에 있다 하여 굳이 얻으려 하지 말며, 설령 어려움에 처했다 하더라도 구차스럽게 면하려 하지 말아야 한다. 남과 다툴 일이 있어도 굳이 이기려 애쓰지 말며, 재물을 나눌 때 많이 가지려고 하지 말아야 한다.

의심스러운 일에 대해서는 함부로 밝히려 억지 부리지 말고, 바른대로 말하고 우기지 않아야 한다.

7

『소의(少儀)』1)에 이르기를,

잔치에 사사로이 어른을 모시고 식사를 할 때는 먼저 수저를 집어드려 먼저 드시도록 하고 천천히 조심스럽게 먹으며 식사가 끝나기를 기다려 수저를 놓도록 한다.

밥을 욕심껏 젓가락으로 흩뜨려 떠먹지 말며, 국물을 소리 내어 후루룩거리며 마시지 않는다. 조금씩 떠먹어 빨리 삼키며, 자주 씹어 쩝쩝대며 입안 가득 물고 있지 않아야 한다〔수초(數噍)〕2).

8

남의 비밀스러운 일을 함부로 엿보지 말고, 함부로 남과 허물없는 사이처럼 대하지 말며, 예전에 알던 사람의 허물을 말하지 말며, 장난기어린 표정을 짓지 말고 급작스럽게 오거나 가지 않도록 하며, 귀신을 우습게 여기지 말며, 그

---

1) 소의(少儀):『예기(禮記)』의 편 이름. 서로 만나고 음식 대접할 때의 몸가짐에 대하여 수록하였다.

2) 삭초(數噍):음식물을 자주 씹음. 여기에서 '數'는 '자주 삭' '여러 번 삭'의 음(音)과 훈(訓)을 갖는다.

룻된 일을 고치지 않고 그대로 좇아 본받지 말며, 미처 닥치지 않은 일은 지레 넘겨짚어 추측하지 말라.

또한 남의 옷차림새나 인품에 대해 헐뜯지 말며, 남의 말을 자신에 빗대어 말하지 말며〔신질언어(身質言語)〕3), 술과 밥을 깨끗이 하여 손님을 대접함이 이른바 아낙네의 솜씨인 것이다. 빈 것을 들되 가득 찬 것을 들 듯하며, 빈 곳에 들 때에는 사람이 있는 것처럼 삼간다.

이상의 것이 아낙네의 큰 덕인 관계로 이것이 없어서는 아니 된다. 이는 마음먹기에 따라서 쉽게 지킬 수도 있다.

옛사람이 이르기를, '인(仁)이란 먼 것이 아니라 내가 하고자 하면 인(仁)에 이르리라' 하였으니 바로 이를 두고 하는 말이다.

9

『논어(論語)』에 이르기를,

임금님께서 음식을 내리시면, 반드시 자세를 바르게 하고 앉아 먼저 맛을 보며, 임금께서 날고기를 내리시면 반드

---

3) 신질언어(身質言語) : 몸에 빗대어서 언질을 주는 것. 즉 '내 손가락에 장을 지져라' 또는 '죽어도 안 가겠다' '배 째라' '목 따라' 등과 같이 몸을 비유하여 언질을 주는 말.

시 익혀 사당(祠堂)에 먼저 올리고, 임금께서 산 짐승을
주시면 반드시 집에서 잘 길러야 한다.

공자께서는 임금을 모시고 음식을 먹을 때, 임금이 고수
레(들에서 음식을 먹을 때나 무당이 굿을 할 때, 귀신에게 먼저
바친다고 하여 음식을 조금 떼어 던지면서 하는 소리, 또는 그렇
게 하는 짓)하실 동안 먼저 잡수셨다.

10

『곡례(曲禮)』에 이르기를,

임금이 과실을 내리실 때 씨가 있는 것은 씨를 버리지
말고 품고 와야 한다. 임금을 모시고 음식을 먹을 때 임금
께서 남은 것을 주시거든, 깨끗이 씻을 수 있는 그릇이면
그대로 먹되, 그렇지 않은 그릇이라면 다른 그릇에 쏟아
놓는다.

11

『예기(禮記)』1)에 이르기를,

---

1) 예기(禮記) : 오경(五經)의 하나로서 진·한(秦漢)시대 유
   자(儒者)의 고례(古禮)에 관한 이야기를 수록한 책. 대대
   례(大戴禮)와 소대례(小戴禮)가 있으며, 지금의『예기』는

임금이 수레와 말을 주시거든 타고서 감사를 드리며, 의복을 주시거든 입어서 감사를 드리되, 임금의 명이 내리기 전까지는 미리 서둘러서 타거나 입지 않는다.

12

『악기(樂記)』[1]에 이르기를,

어진 선비는 간사한 소리나 어지러운 미색(美色)을 귀와 눈에 머물게 하지 않으며, 음란한 음악과 사특(邪慝)한 예의를 마음에 범접하지 못하게 한다. 게으르거나 어긋난 기운을 몸에 두지 않으며, 귀와 눈, 코와 입, 마음과 지혜와 온갖 몸의 근본을 모두 순하고 바름을 따라가게 함으로써 그 마땅함〔義〕을 행해야 한다.

13

범노공(范魯公) 질(質)[1]이 시(詩)를 지어 조카를 경계하

소대례를 말한다. 『주례(周禮)』, 『의례(儀禮)』와 함께 『삼례(三禮)』라 한다.

1) 악기(樂記) : 음악에 관한 사항을 기록한 『예기(禮記)』의 편 이름.

1) 범노공질(范魯公質) : 송나라 때 사람. 자는 문소(文素). 여

기를,

너에게 경계하노니
말을 많이 하지 말라.
말 많음은 여러 사람이 꺼리는 바니
진실로 말〔지도리(樞機)〕1) 삼가지 않으면
재앙과 액운이 이로 말미암아
비롯되느니라.
옳고 그름, 헐뜯고 칭찬하는 사이에
몸에 누(累)를 입게 되느니라.

14

『여교(女教)』에 이르기를,
여자에게 네 가지 덕행(德行)이 있으니, 첫째는 아낙네의
덕〔부덕(婦德)〕이요, 아낙네의 둘째는 말〔부언(婦言)〕이요,

러 차례 추밀원 지사를 지냈고, 태조(太祖) 때 노국공(魯國
公)에 봉해졌다. 성품이 급하여 사람들의 잘못을 면전에서
책망하였으며, 청렴결백하여 자신의 봉록을 어려운 사람들
에게 나누어 주기도 하였다.

1) 추기(樞機) : 사물의 중요한 구실을 하는 곳. 여기서는 말을
가리킨다. '말은 영욕을 판가름하는 중요한 구실을 한다.'

셋째는 아낙네의 몸가짐[부용(婦容)]이요, 넷째는 아낙네의 솜씨[부공(婦功)]이니라.

아낙네의 덕, 부덕이란 반드시 재주와 총명이 남보다 뛰어남이 아니며, 아낙네의 말씨란 구태여 말솜씨가 좋아 이로움을 도모하는 것이 아니다. 몸가짐이란 반드시 얼굴이 아름답고 고움이 아니며, 솜씨란 반드시 손재주가 남보다 뛰어남이 아니다.

맑고 고요하며 다소곳하여 절개를 지켜 스스로 바르게 처신하고, 몸가짐에 부끄러움을 지니며, 움직이거나 가만히 있을 때에도 법도(法度)가 있음이 곧 여자의 덕이다.

말을 가려서 하여 모진 말을 하지 않으며, 적절한 때를 기다려 말하여 남에게 싫은 느낌을 주지 않는 것이 여자의 말씨이다.

더러운 것을 빨고 때를 씻어 옷과 치장을 깨끗이 하며, 수시로 몸을 씻어 몸을 더럽게 아니함이 곧 여자의 몸가짐이다.

오로지 길쌈에 전념하며 장난과 웃음을 즐기지 아니하고, 술과 음식을 정갈하게 장만하여 손님을 대접함이 곧 여자의 솜씨이다.

이 네 가지가 바로 여자의 큰 덕이니, 가히 없어서는 아니 될 것이다. 그러나 실행하기 매우 쉬우니, 오직 마음먹기에 달려 있을 따름이다.

옛 사람이 이르되,

"어짊이 멀다 할 것인가? 내가 어질고자 한다면 마침내 다다를 것이다."라고 하였으니 바로 이를 일컬음이니라.

15

유충정공(劉忠定公)[1]이 사마온공(司馬溫公)[2]을 찾아가 마음을 다하여 몸가짐을 행할 긴요한 것으로 가히 죽을 때까지 지켜야 할 일을 물으니 온공이 이르기를,

"곧 성실함이니라."

---

1) 유충정공(劉忠定公) : 송(宋)나라 때 사람으로 이름은 안세(安世), 자는 기지(器之), 시호는 충정(忠定)이다. 간의태부(諫議太夫)를 지내었으며, 사마광(司馬光)에게서 배웠다. 성품이 강직하여 전상호(殿上虎)라 불리었다. 저서로는 『진언집(盡言集)』이 있다.

2) 온공(溫公) : 성은 사마(司馬), 이름은 광(光), 자는 군실(君實)이다. 송대(宋代)의 대학자이며 정치가였다. 태사 온국공(太師溫國公)을 증직(贈職) 받았으므로 사마온공(司馬溫公)이라 한다. 신종(神宗) 때 왕안석(王安石)의 신법(新法)을 반대하였다가 실각하였고, 철종 때 정승이 되어 신법을 모두 폐지하였다. 저서에 『자치통감(資治通鑑)』, 『통감고이(通鑑考異)』, 『독락원집(獨樂園集)』 등이 있다.

라고 하였다. 유공이 다시 물었다.

"무엇을 먼저 실행해야 합니까?"

온공이 이르기를,

"거짓말을 하지 않는 것부터 시작해야 하느니라."

라고 하였다.

유공이 처음에는 이를 매우 쉽게 여기며 물러나와 날마다의 행동거지와 말한 바를 바로잡아 보니〔은괄(檃栝)〕3) 스스로 서로 제지하고〔철주(掣肘)〕4) 앞뒤가 맞지 않는 것이 많았다. 그러나 힘써 행하기를 일곱 해가 지나서야 언행(言行)이 한결같아 안과 밖이 서로 응하게 되니, 어떤 일을 만나더라도 마음이 평안하여 늘 여유가 있었다.

16

유관(劉寬)1)은 비록 창졸간에도 말을 빨리하거나 당황해

---

3) 은괄(檃栝) : 도지개. 휜 것을 곧게 하는 것을 은(檃), 뒤틀린 방형(方形)을 바로잡는 것을 괄(栝)이라 한다. 즉 교정(矯正)의 행위를 가리킨다.

4) 철주(掣肘) : 팔뚝을 잡아끈다는 말로 간섭하여 제지하는 것을 뜻한다.

하는 기색을 보인 적이 없었다. 이에 부인이 화내는 것을
시험해 보고자 그가 조정에 갈 때를 기다려 옷차림을 다
갖추었는데 계집종을 시켜 고깃국을 드리다가 짐짓 조복
(朝服)에 엎질러 더럽히도록 하였다. 이에 계집종은 부인이
시키는 대로 국을 엎지르고는 엎질러진 것을 급히 치웠다.
　그러나 유관은 낯빛이 조금도 달라지지 않은 채 "국물에
네 손이 데이지는 않았느냐?" 하고 물을 뿐이었다. 그의
성품과 도량이 이와 같았다.

17

　공자(孔子)께서 이르시기를,
　"말이 충성스럽고 믿음직스러운 데다 행실이 돈독하고
공경스럽다면, 비록 오랑캐 나라라 할지라도 갈 것이다.
그러나 말이 충성되고 믿음직스럽지 못하고 행실을 돈독하
고 공경스럽게 하지 않는다면 비록 고향 마을이라 할지라
도 내가 어찌 가겠는가?"

---

1) 유관(劉寬) : 후한(後漢) 때 사람으로 자는 문요(文饒), 시호
　는 소열(昭烈). 계집종이 옷에 국물을 엎질렀으나 나무라기
　는커녕 오히려 손을 데이지 않았는지 염려하였다는 고사로
　유명하다.

『논어(論語)』에 이르기를,

공자께서 고향 마을〔향당(鄕黨)〕[1]에 머무르실 때에는 그 태도가 공손스럽고 마치 두려워〔순순(恂恂)〕[2] 말도 제대로 못하는 듯하셨다. 그러나 종묘(宗廟)나 조정에 계실 때에는 편안하고 명쾌하게〔편편(便便)〕[3] 말씀하시되, 그 태도는 겸손하였다.

조정에서는 하대부(下大夫)에게 말하실 때에는 강직하게〔간간(侃侃)〕[4] 하시고, 상대부(上大夫)에게 말하실 때에는 온화하면서도 조용히〔은은(誾誾)〕[5] 하셨다.

---

1) 향당(鄕黨) : 일만이천오백 호의 향(鄕)과 오백 호의 당(黨)을 가리키며, 향리(鄕里)의 뜻으로 쓰인다.

2) 순순(恂恂) : 신실(信實)한 모양. 두려워하는 모양.

3) 편편(便便) : 유창하고 명쾌하게 이야기하는 모양.

4) 간간(侃侃) : 강직한 모양. 또는 화락한 모양이라고도 한다.

5) 은은(誾誾) : 조용히 시비를 토론하는 모양. 또는 화기애애한 모양이라고도 한다.

19

『관의(冠義)』6)에 이르기를,

"무릇 사람이 사람답게 됨은 예(禮)와 의(義)이다. 예의의 시작은 몸가짐을 바르게 하고 얼굴빛을 바르게 하며 말을 순하게 하는 데에 있으니 몸가짐이 바르고 얼굴빛이 바르며 말을 순하게 하면 비로소 예와 의가 갖추어진다.

그렇게 함으로써 임금과 신하 사이가 바르게 되고, 아비와 아들이 친하게 되고, 어른과 아이가 화목하게 된다. 임금과 신하 사이가 바르고, 아비와 아들 사이가 친근하게 되고, 어른과 아이가 화목하게 된 다음에 비로소 예와 의가 서게 될 것이다.

20

『맹자(孟子)』께서 말씀하시기를,

"사람에게 도리가 있으니, 배부르게 먹고, 따뜻한 옷을 입고 편안히 살더라도 가르침과 배움이 없다면 짐승에 가

---

6) 관의(冠義) : 『예기(禮記)』의 편 이름. 관례(冠禮)를 올려 어른됨에 관한 것을 기록함.

까울 것이므로, 성인(聖人)이 이를 근심하여 설(契 : 순임금의 신하)을 사도(司徒 : 벼슬이름)로 삼아 인륜(人倫 : 사람이 지켜야 할 도리)을 가르치게 하였다. 즉 아비와 아들 간에 친근하고, 임금과 신하 간에 의리 있으며, 남편과 아내는 서로 침범하지 못할 구별이 있고, 어른과 아이는 차례가 있으며, 벗 사이에는 신의가 있어야 된다"는 것이었다.

21

염계(濂溪) 주(周) 선생[1]이 말하였다.

"중유(仲由)[2]는 자기 허물을 남이 일러주는 것에 대하여 기쁘게 받아들여 아름다운 그 이름이 그지없더니 요즘 사람들은 허물이 있으되, 남이 바로잡아 타일러 주어도 좋아하지 않는다.

---

1) 염계 주 선생(濂溪周先生) : 북송(北宋)의 유학자. 호는 염계 이름은 돈이(敦頤), 시호는 원공(元公)이라 하며, 정호(程顥) 정이(程頤) 형제의 스승이다. 당나라 때의 경전주석(經典注釋)에 갈음하여 불교와 도교의 철리(哲理)를 응용한 유교 철학을 창시함으로써 송학(宋學)의 시조로 일컬어진다.

2) 중유(仲由) : 중국 춘추시대 노(魯)나라 사람. 자는 자로(子路) 또는 계로(季路)라 한다. 공자의 계파로 십철(十哲)의 한 사람.

이는 마치 병이 들었으나 의원을 꺼려해서 끝내는 죽게
됨을 깨닫지 못함과 같으니 슬프도다."

22

강절 소 선생(康節邵先生)[1]이 자손들을 경계하여 다음과
같이 말하였다.

"상품(上品)에 속하는 사람은 가르치지 않아도 어질고,
중품(中品)에 속하는 사람은 가르친 뒤에야 어질어지며, 하
품(下品)에 속하는 사람은 가르쳐도 어질지 못하다. 가르치
지 않아도 어진 사람은 성인(聖人)이 아니고 무엇이며, 가
르친 뒤에 어짊은 현인(賢人)이 아니고 무엇이며, 가르쳐도
어질지 못함은 어리석은 사람이 아니고 무엇이랴.

이로 미루어 볼 때 어질다는 것은 길(吉)한 것이요, 어질
지 못함은 곧 흉(凶)함이라는 것을 알 만하다. 길함이라는
것은 눈으로 예(禮)가 아닌 것은 보지 않으며, 귀로는 예에
어긋나는 소리는 듣지 않으며, 입으로는 예가 아닌 말을

---

1) 강절 소 선생(康節邵先生) : 북송(北宋)의 학자. 강절은 시호
  이며 성은 소(邵), 이름은 옹(雍). 주돈이(周敦頤)가 송학(宋
  學)의 이기론(理氣論)을 세운 데 대하여 같은 때 상수론(象
  數論)을 제창한 대사상가임.

하지 않으며, 발로는 예가 아닌 곳을 밟지 않는다.

사람이 어질지 않으면 그와 사귀지 않고, 물건도 의리에 맞지 않으면 가지지 아니하고, 어진 이를 가까이 하기를 마치 영지(靈芝)와 난초(蘭草)2) 앞에 나아감 같이 하고, 사악한 사람 피하기를 뱀이나 전갈을 두려워하듯 하니, 혹 누가 그를 가리켜 길한 사람이라 하지 않더라도 나는 믿지 않으리라.

흉한 사람은 말이 간사하고 속임수가 있으며, 행동거지가 음침하고 험악하며, 이익을 밝히며, 그릇된 일을 꾸미고 탐욕스러우며, 음란하며 재화(財貨)를 즐기고, 어진 사람을 마치 원수처럼 꺼리고 죄 짓는 일을 밥 먹듯이 하여, 작게는 몸을 망치고 자신의 본성을 잃게 되고, 크게는 집안을 망쳐 뒤이을 자손까지 그릇되게 하니, 더러는 말하되 그를 흉한 사람이라 하지 않더라도 나는 믿지 않으리라."

전(傳)해오는 글에 이르기를,

"길한 사람은 어진 일을 하는데도 세월이 부족한 듯이 여기고, 흉한 사람은 그릇된 일을 행하는데 세월이 부족하

---

2) 지란(芝蘭) : 영지(靈芝)와 난초(蘭草)로서 둘 다 상서로운 향초(香草)다. 착하고 재주 있는 사람을 비유하는 말로 쓰인다.

다고 하였다. 너희는 길한 사람이 되고자 하는가, 아니면 흉한 사람이 되고자 하는가?"

하였다.

23

장사숙(張思叔)[1] 선생이 앉아 있는 오른쪽에 붙인 경계하는 말, 좌우명(座右銘)은 다음과 같다.

"모든 말은 모름지기 성실하고 믿음직하게 해야 하며, 행동은 반드시 돈후하고 조심해야 하며, 음식 먹기를 삼가 절도 있게 해야 한다.

글씨는 반드시 고르고 바르게 써야 하며, 용모는 반드시 단정하고 점잖게 하며, 옷을 갖춰 입을 때는 의젓하고 바르게 하며, 걸음걸이는 반드시 안정되고 조용히 해야 한다.

거처하는 곳을 반드시 반듯하고 조용히 해야 하며, 일을 할 때는 반드시 계획을 세우고, 말을 지켜야 할 떳떳한 덕행을 굳게 지키고, 허락할 때는 반드시 신중하게 대답하며, 착한 일 보기를 내가 한 것처럼 여기고 악한 짓 보기를 나의 잘못처럼 여기라."

---

1) 장사숙(張思叔) : 송나라 때 사람. 사숙은 자, 이름은 역(繹)으로 정이(程頤)의 제자.

무릇 이 열네 가지 일을 내가 반성하고 살피지 못했으므로, 이를 써서 늘 앉는 자리 한구석에 붙여 아침저녁으로 보며 경계함을 삼노라.

24

여정헌 공(呂正獻公)[1]은 소년 시절부터 학문을 익히되, 마음을 다스리고 수양함을 근본으로 삼더니, 즐기고자 함을 다스려 줄였고, 말을 빨리하거나 당황하는 표정이 없었다. 급한 걸음걸이를 하지 않되, 게으른 모습을 보이지 않았으며, 장난기어린 웃음과 상스러운 말을 입 밖에 내지 아니하였다.

세속의 이욕(利慾)이나 온갖 번잡하고 화려한 노랫소리와 잡기(雜技)들이 어우러진 잔치와 쌍륙(雙六)[2]이며 바둑 등 진기한 놀이에 이르기까지 덤덤하여 즐겨하지 않았다.

---

1) 여정헌 공(呂正獻公) : 송(宋)나라 때의 사람. 이름은 공저(公著), 자는 회숙(晦叔), 정헌은 시호다. 사마광과 더불어 정사를 보필함. 죽은 후에 신국공(申國公)에 봉하여졌다.

2) 쌍륙(雙六) : 여러 사람이 편을 갈라 주사위 돌을 던져 나는 사위대로 판에 말을 써서 먼저 궁에 들여보내는 놀이.

25

이천(伊川) 선생1)의 어머니 후 부인(侯夫人)이 나이 일곱, 여덟일 때 옛 시(詩)를 읽었는데, 거기에 "여자는 밤에 밖에 나가지 않나니, 군이 나갈 때에는 밝은 등촉을 잡느니라"는 구절이 있었다.

이로부터 후 부인은 날이 저물면 방 밖에 나가지 아니하였다. 이미 장성해서는 글을 좋아하였으나, 글 짓는 일은 아니하였는데, 그 당시에는 여자가 글을 짓고, 지은 글을 남들과 주고받는 일을 심히 그릇된 것으로 여기더라.

26

『이씨 여계(李氏女戒)』에 다음과 같은 말이 있다.

가난한 사람은 그 가난함을 편안히 여기고, 부자는 그 부유함을 경계하여야 한다.

---

1) 이천 선생(伊川先生) : 북송(北宋)의 학자. 성은 정(程), 이름은 이(頤), 자는 정숙(正叔), 시호는 정공(正公)으로 호(顥)의 아우. 이천백(伊川伯)에 봉해졌기 때문에 이천 선생이라 부름. 처음으로 이기(理氣)의 철학을 제창하였으며, 유교 도덕에 철학적 기초를 부여함.

가난을 스스로 편안히 여기지 않는 이는 가난함을 부끄러워하며 재물을 널리 구하는데, 구하려다 얻지 못하게 되면 그로 말미암아 남을 원망하게 되고, 여러 집안들을 가볍게 여겨 시로 은혜마저도 재물로 교환하러니 정(情)이 야박해지게 될 것이다.

부유하면서 경계하지 않으면 자랑하고 뽐내는 마음이 생겨남을 업신여기게 되니 어찌 온화하고 부드러운 얼굴빛이 되겠는가. 온화하고 부드러운 얼굴빛을 버리고 예쁜 모양을 지어 꾸민다면 이는 바로 경박한 여자이니라.

27

유빈(柳玭)[1]이 일찍이 글을 지어 그 자제들을 다음과 같이 경계하였다.

이름을 더럽히고, 제 몸을 해치게 하며, 조상을 욕되게 하고, 집안을 망치는 그 허물에 가장 큰 것이 다섯 가지가 있으니 모름지기 가슴에 새겨 두라.

첫째, 저의 편안함만을 구하고 담박(澹泊 : 깊은 늪의 물 맑은 모양. 곧 편안하고 고요하여 욕심이 없음)함을 달게 여기

---

1) 유빈(柳玭) : 당나라 때 사람. 이부시랑(吏夫侍郞)과 어사대부(御史大夫)를 지냄.『유씨가훈(柳氏家訓)』을 지었음.

지 아니하고, 이로움만을 좇아 남의 말을 분별하지 않음이
다.

　둘째, 선비의 도량〔학술(學術)〕을 알지 못하고 옛 도(道)
를 기뻐하지 아니하며, 옛 성인의 경서(經書)에 어두우면서
도 부끄러워하지 않으며, 또 당대의 일을 논의함에 있어,
자신은 아는 것이 없으면서도 남의 학식 있음을 미워함이
다.

　셋째, 자기보다 나은 사람을 싫어하고, 자기에게 알랑거
리는 사람을 좋아하고, 오직 희롱하는 말만 좋아하고 옛
도리는 생각하지 않으며, 남의 어진 일을 들으면 미워하고,
남의 잘못된 일을 들으면 부풀려 치우친 유언비어를 퍼뜨
려〔침지(浸漬)〕 남의 덕성과 신의를 녹이고 깎이니, 비록
의관(衣冠)을 갖추었다 하나 아둔한 종〔시양(厮養)〕과 무엇
이 다르겠는가?

　넷째, 속절없이 한가로이 노니는 것을 즐기며, 술 빚어
먹기를〔국얼(麴蘗)〕 높은 멋으로 알고, 부지런히 일하는 것
을 세속의 무리로 여기니, 버릇이 쉽게 거칠어져 깨달아
뉘우치기에는 어렵다.

　다섯째, 명예나 벼슬 구하기에 다급하여 세도 있는 데를
가까이 하여, 요행히 하찮은 벼슬과 적은 봉급〔일자반급(一
資半給)〕을 얻는다 해도, 이는 모든 이가 성내고 뭇사람이

미워하여 그 자리를 보존할 이가 드물 것이니라.

내가 이름과 가문이 높은 집안을 두루 살펴보니, 조상이 정성스럽고 효성스러우며 부지런하고 검약으로 말미암아 일어서지 않은 경우가 없었으며, 자손이 모질고 경박하며 사치스럽고 오만함으로 말미암아 망하지 아니한 경우가 없었으니, 일어서기는 하늘에 오르는 것처럼 어렵고, 망하기는 터럭을 태움과 같이 쉬워서 말하기도 마음이 아프니 너희는 뼈에 새겨두어라.

28

한소열(漢昭烈)[1]이 임종하려 할 때 그의 아들 후주(後主)[2]에게 타일러 경계하기를 다음과 같이 하였다.

"사악한 일은 비록 그것이 아무리 작을지라도 행하지 말며, 선한 일이면 그것이 아무리 작을지라도 행하지 않음이 없도록 하라."

---

1) 한소열(漢昭烈) : 삼국시대 촉한(蜀漢) 초대 시조. 성은 유(劉) 이름은 비(備) 자는 현덕(玄德). 소열은 시호. 제갈공명, 관우, 장비를 써서 조조, 손권과 천하를 삼분하여 촉한을 건국함.

2) 후주(後主) : 유비의 뒤를 이어 촉주가 된 유비의 아들 유선(劉禪)을 가리킴.

범충선 공(范忠宣公)³⁾이 그의 자제들을 경계하여 말하였
다.

"사람은 비록 아무리 어리석다 하더라도 남을 책망함에
는 밝게 하고, 아무리 총명하다 하여도 자신을 용서함에는
어둡게 해야 한다.

그러므로 너희들은 오직 남을 나무라듯 스스로를 나무라
고, 자기를 용서하듯 남을 용서하면, 성인의 지위에 이르지
못할까 걱정할 필요가 없을 것이다."

공감(孔戡)¹⁾은 의로운 일에는 마치 즐기는 일같이 행하

---

3) 범충선 공(范忠宣公) : 송(宋)나라 때의 사람. 이름은 순인
(純仁), 자는 요부(堯夫). 충선은 시호. 신종(神宗)때에 왕안
석(王安石)의 신법(新法)에 반대하여 한때 실각하였으나 휘
종(徽宗)이 즉위하여 관문전태학사(觀文殿太學史)에 제수
함. 성품이 너그러웠으나 불의 (不義)에는 절대 굽히지 아
니하였다함.

1) 공감(孔戡) : 당(唐)나라 때 사람으로 자는 승시(勝始)다. 이

여 앞뒤 돌아보지 아니하였고, 이(利)나 벼슬에 대하여는
두려워 피하듯 달아나고 겁내기를 마치 마음약한 겁쟁이
같이 하더라.

31

마원(馬援)[1]의 형님의 아들 엄(嚴)과 돈(敦)이 둘 다 남을
놀리는 말하기를 즐기며 경박하게 협객(俠客)들과 사귀고
있었다.

이에 마원(馬援)이 교지(交趾) 땅[2]에 있으면서 글을 보내
다음과 같이 경계하였다.

"나는 너희들이 남의 허물을 들으면 부모 이름을 들은 것처
럼 하여, 귀로는 들을지언정 입에 올리지는 않기를 바란다.

길보(李吉甫)의 막부에 들어가 있었으나 무고를 당하게 되
자 위위승(衛尉丞)으로서 동도(東都)로 나아가 벼슬을 하였
다.

1) 마원(馬援) : 후한(後漢)의 무장 · 정치가. 자는 문연(文淵).
   광무제(光武帝) 때 강족(羌族)을 평정, 교지(交趾)의 난을 진
   압하고 흉노(匈奴)를 쳐서 공을 세움. 복파장군(伏波將軍)이
   되어 세상에서 마복파라 불렸음. 오수전(五銖錢)의 주조(鑄
   造)를 실현함.

2) 교지(交趾) : 한(漢)나라 때의 군(郡) 이름. 지금의 베트남
   북부의 통킹 하노이 지방.

남의 좋은 점, 나쁜 점을 일일이 들어 따지며, 망령되이 옳으니 그르니 하는 것을 나는 몹시 미워하는 바이니, 차라리 죽을지언정 자손들에게 이런 행실이 있다는 말을 듣기를 원치 않는다.

용백고(龍伯高)3)는 온후하고 원만하고 조심스러워 시비하는 말이 없어 그의 말에는 가려낼 것이 없다. 겸손하고, 간략하고, 절도 있고, 검박하며, 청렴하고, 공평하되 위엄이 있어, 내가 그를 아끼고 중히 여기니 너희들이 본받기를 바라노라.

두계량(杜季良)4)은 호방하고 씩씩하며 의(義)로워 남의 근심이나 기쁨을 함께 하며 세상살이의 맑은 일에나 궂은 일에 실수하는 적이 없어, 그 아버지의 장례식에 여러 고을 사람들이 문상을 왔으니, 내 또한 그를 아끼고 중히 여기는 것이다.

---

3) 용백고(龍伯高) : 후한 사람. 본명은 술(述)이고, 자가 백고(伯高). 광무제 때에 산도장(山都長)이 되었고, 뒤에 마원의 글을 임금이 보시고 술(述)을 발탁하여 영릉태수(零陵太守)를 삼았다.

4) 두계량(杜季良) : 후한 사람. 이름은 보(保). 광무제 때에 벼슬이 월기교위(越騎校尉)였으며 호협호의(豪俠好義)하였으나, 행동이 덜렁거리고 얄팍하였으며 군중을 어지럽히고 대중을 현혹시켜 해직되었다.

그러나 나는 너희들이 그를 본받기를 바라지 않는다. 용백고(龍伯高)를 본받다가 미처 본받지 못하더라도 조심하는 선비는 될 것이다. 이는 곧 '고니를 새기려다가 제대로 못 새기더라도 따오기라도 된다.' 함이다.

그러나 두계량(杜季良)을 본받다가 제대로 못 되면 거기에 휩쓸리어 경박한 아이가 되고 말 것이니 이는 이른바 '범을 그리려다가 제대로 못 그리면 도리어 개 같다.'고 함이다."

제2장

어버이 섬기기— 효친장(孝親章)

부모님을 모시되
윗자리에 있어도
교만하지 않고
아랫사람이 되어도
난잡스럽지 않고
동등한 자리에 있어도
다투지 아니한다.

1

주(周)나라 문왕(文王)[1]이 세자로 있을 때, 하루에 세 번씩 아버지 왕계(王季)[2]를 찾아 문안을 드렸는데, 닭이 첫 번 울 때 옷을 차려 입고 침실 밖에 이르러 내수(內豎)[3]의 시종에게, "오늘 편안하신가요?" 하고 물었다.

시종이 "편안하십니다." 하면, 이에 마음을 놓고 한낮이 다가오면 다시 와서 그렇게 물었으며 해질녘에 와서 또 그렇게 물었다.

그러다 문득 편안치 않을 때가 있어 이를 시종이 문왕께 아뢰면, 문왕의 낯빛이 어두워지고 시름겨워져서 차마 발걸음을 옮기지 못하더라.

---

1) 문왕(文王) : 주(周) 문왕을 말한다. 이름은 희창(嬉昌), 서백(西伯)으로 불린다. 폭군 주왕(肘王)이 사악한 달기(妲己)에 의해 제정한 형벌인 기름칠하고 불에 달궈진 구리기둥을 건너게 하는 포락의 형을 중지해 달라고 요청하며 자신의 영토인 기름진 낙서(洛西)의 땅을 바쳤다.

2) 왕계(王季) : 주나라 태왕(太王)의 막내아들이며, 문왕의 아버지. 이름은 계력(季歷)이었으나 무왕(武王)이 왕계라고 추존하였음.

3) 내수(內豎) : 주나라 천관(天官). 궁중에 쓰이는 소신(小臣)으로 잡역에 복역하였다. 어자(御者).

그러나 왕계의 병이 차도가 있어 전처럼 음식을 들게
되면 다시 전처럼 문안을 드렸다. 또한 수라(임금의 진지)를
올릴 때에는 반드시 식었는지 더운지를 살펴보며, 수라를
물리면 반드시 드신 바를 물었다.

그리하여 만일 입에 맞지 않을 때에는 선재(膳宰)⁴⁾에게,
"다시는 이렇게 만들지 말라."고 명하고 대답을 들은 뒤에
야 물러나왔다.

2

문왕이 병이 나자 무왕(武王)¹⁾은 의관을 벗지 않은 채〔불
탈관대(不說冠帶)〕²⁾ 곁에서 모시되, 문왕이 한 술을 드시면
역시 당신도 한 술 들고, 문왕이 두 술을 드시면 또한 두
술을 드시었다.

---

4) 선재(膳宰) : 주나라 때에 궁중의 음식을 맡던 요리사(膳夫)
   의 우두머리. 주방장.

1) 무왕(武王) : 주(周) 문왕의 아들. 아들 주공(周公) 단(旦)과
   협력하여 은(殷)나라를 멸하고, 태공망(太公望)을 등용하여
   선정을 베풀었다.

2) 불탈관대(不說冠帶) : 관과 허리띠를 벗지 않음. '說'을 '탈
   (脫)'과 같이 씀.

3

공자(孔子)께서 다음과 같이 말씀하였다.

"무왕과 주공(周公)은 그 효도가 지극하였다. 무릇 효도 란 어버이 뜻을 이어받으며 어버이의 일을 잘 따르는 것이 다.

어버이의 자리에 올라 어버이가 행하던 예를 행하였으 며, 어버이가 연주하는 그 음악을 연주하며, 어버이께서 받들던 바를 공경하였으며, 그 가까이 하시던 것을 사랑하 였다.

또한 부모님께서 돌아가셨을 때도 살아계실 때처럼 하였 고, 죽은 이를 섬기되 살아계신 분 섬기듯 공경하였으니 실로 그 효도는 지극하였다."

4

맹자(孟子)께서 말씀하셨다.

"증자(曾子)[1]가 그 아버지 증석(曾晳)을 공양할 때 반드

---

1) 증자(曾子) : 춘추시대 노(魯)나라의 사상가이자 유학자. 공 자의 제자로 이름은 삼(參), 자는 자여(子輿). 효도를 역설 하였으며, 공자의 사상을 조술(祖述)하여 공자의 손자 자사

시 술과 고기를 갖추어 차렸다.

상을 물리려면 반드시 남은 음식은 '누구에게 주시겠습니까?'하고 여쭈었다. 또 '남은 음식이 더 있느냐?'고 하시면 반드시 '없습니다.'하고 아뢰었다.

증석(曾晳)이 죽고 증원(曾元)이 그의 아버지 증자를 봉양하게 되었는데 반드시 술과 고기를 차려내었다.

그러나 상을 물리며 '남은 음식을 누구에게 주시겠습니까?'하고 여쭙지 않았으며, '남은 음식이 더 있느냐?' 하고 물으시면 '없습니다. 또 장만하여 드리지요〔무의장이부진야(亡矣將以復進也)〕'[2] 하니, 곧 다시 또 음식을 한 벌 더 드리려는 생각에서였다.

이는 이른바 어버이의 입만 섬기는 것이요, 증자와 같이 한다면 참으로 어버이의 마음과 뜻을 받드는 것이니 어버이 섬기기를 증자와 같아야 할 것이니라.

(子思)에게 전함. 저서로 『증자(曾子)』, 『효경(孝經)』이 있음.

2) 무의장이부진야(亡矣將以復進也) : "없습니다" 하였다. 이는 앞으로 상에 다시 차려드리기 위해서였다로 해석하기도 한다. '亡'은 여기서는 '없을 무'로 새기고 읽는다.

5

중자(曾子)는 다음과 같이 말하였다.

"효자가 늙은 어버이를 모실 때에는 그 마음을 즐겁게 해드리고, 그 뜻을 어기지 않으며, 그 듣고 보심을 즐겁게 해드리는 것이다.

또한 잠자리와 거처를 편안히 해드리고, 음식으로 정성 껏 모셔야 한다. 그러므로 부모님이 사랑하시는 바를 또한 사랑하며 공경하시던 바를 또한 공경해 드림이니, 개나 말에 이르기까지도 다 그리해야 하는 것이니, 하물며 사람임에랴."

6

공자(孔子)께서 말씀하셨다.

"부모님이 나를 낳으시어 뒤를 잇게 하심에 그 은덕이 이보다 큰 것이 없으며, 임금과 어버이가 함께 계시니, 그 두터운 은혜가 이보다 귀한 것이 없다.

이런 까닭으로, 제 어버이를 사랑하지 않고 다른 사람을 사랑하는 일을 일러 사람다운 도리에서 어긋나는 행실〔패 덕(悖德)〕이라고 하고, 제 어버이를 공경하지 아니하고 다른 사람을 공경하는 것을 이르되, 예절에 어긋나는 행실〔패례(悖禮)〕이라고 한다."

7

효성스러운 자식의 어버이 섬기기는 계실 때는 공경을 다하고, 봉양함에는 마음을 즐겁게 받들며, 편치 않으실 때는 지극히 근심하며, 돌아가셨을 때는 슬픔을 지극히 하며, 제사 지낼 때에는 엄숙함을 다해야 한다.

이 다섯 가지를 갖춘 다음에야 능히 어버이를 섬긴다고 할 것이다.

어버이를 섬기는 사람은 높은 자리에 있어서도 교만치 말며, 낮은 자리에 있게 되어서도 어지럽게 굴지 말며, 동등한 자리에 있어도 다투지 아니한다. 높은 자리에 있으면서 교만하면 패망하고, 낮은 자리에 있으면서 어지럽게 굴면 형벌을 받게 되고, 동등한〔추(醜)〕[1] 자리에 있으면서 다투면 무기를 쓰게 된다.

이 세 가지를 없애지 않으면 비록 날마다 소·양·돼지〔삼생(三牲)〕[2]의 고기로 봉양한다 하더라도 오히려 불효가 된다.

---

1) 추(醜) : 동등함. 비교됨.

『여교(女教)』에 이르기를,

시부모가 며느리를 맞음은 효도함에 있으니, 진실로 효도를 아니 하면 얻어 무엇하겠는가?

며느리 되는 사람은 새벽 일찍 또한 밤늦도록 공경하며 조심하여 오직 한 터럭 끝만큼이라도 시부모님의 뜻에 어긋날까 염려해야 한다. 시부모의 존귀함이 그 높기가 하늘 같으니 모름지기 공경하며 온순하고 공손히 받들어, 행여 자기가 어질다 믿으려 하지도 말고, 어쩌다 매질을 하거나 꾸짖어도 기꺼이 받아들이라.

이는 진실로 나를 사랑하심이니, 어찌 변명의 말을 잠시라도 입 밖으로 내겠는가?

저 동쪽 마을 며느리에게 일찍 펴지 아니하고, 모름지기 내 가까운 사람(친며느리)에게 이렇게 가르치는 것이니, 이런저런 변명의 말을 늘어놓으려 한다면 곧 거스르는 것과 같다. 그러므로 반드시 굽히고 좇아서 효도하고 공경함에 더욱 힘써야 할 것이다.

---

2) 삼생(三牲) : 살아 있는 재물로 소·양·돼지의 세 짐승.

혹시 지시받거나 부르심을 받을 때는 명을 듣고 즉시 행해야 하니, 비록 심히 힘겹더라도 어찌 잠깐이나마 제가 편안하려 하겠는가?〔노예(勞勩)〕[1]

시부모님께서 편안하시거든 효성스런 봉양을 다하여 혹시 시장하시나 않으실까 염려하고, 편찮으실 때는 극진히 염려하여 옷과 허리띠도 벗거나 풀지 말고 보살피도록 하라. 그리하여 후손들은 이를 본받아 네가 하듯 할 것이니, 몸으로 본보기를 보여 주는 가르침에 따라 할 것이니 조심하고 또 경계하도록 하라.

9

『내칙(內則)』[1]에 이르기를,

부모나 시부모가 계신 곳에 있을 때 명(命)이 있거든 응하여 바로 "네" 하고 공손하게 대답하며, 나아가고 물러나며 둥글게 돌거나 모를 꺾어 돌 때 삼가 조심하며, 오르내리고 문을 드나들거나 앞으로 나갈 때에는 그 몸을 읍(揖)할 때처럼 몸을 약간 굽히고 물러날 때에는 몸을 약간 편다.

---

1) 노예(勞勩) : 수고로움. 고통스러움.

1) 내칙(內則) :『예기(禮記)』의 편 이름. 주로 여자들이 규문(閨門) 안에서 본받고 지켜야 할 도리를 기록하였다.

부모나 시부모가 계신 곳에서는 감히 딸꾹질〔얼(噦)〕[2]이나 한숨짓거나 또는 트림〔애(噫)〕[3]을 하거나, 재채기〔체(嚔)〕[4]를 하거나 기침〔해(咳)〕[5]을 하거나 하품〔흠(欠)〕[6]이나 기지개를 켜거나 한쪽 발을 절뚝이거나 눈을 흘겨〔제시(睼視)〕[7]보지 말아야 한다.

또한 감히 침을 뱉거나 코를 풀지〔타이(唾洟)〕[8] 말며, 추워도 함부로 옷을 껴입지 말며, 가려워도〔양(癢)〕[9] 긁지 않도록 해야 한다.

특별한 경우가 아니거든 감히 한쪽 어깨를 드러내는 단석(袒裼)[10]을 하지 말며, 물을 건널 때가 아니면 옷의 아랫

---

2) 얼(噦) : 딸꾹질.

3) 애(噫) : 트림. 탄식이나 한숨, 하품의 뜻으로 해석하기도 한다.

4) 체(嚔) : 재채기.

5) 해(咳) : 기침.

6) 흠(欠) : 하품.

7) 제시(睼視) : 사시(邪視). 눈을 흘겨봄. 곁눈질함.

8) 타이(唾洟) : 침과 콧물.

9) 양(癢) : 가려움증.

10) 단석(袒裼) : 예법의 하나로 웃옷의 왼쪽 소매를 벗어 젖히어 어깨를 드러내거나 속옷을 보임. 죄를 빈다거나 희생

도리를 걸어 올리지 말아야 한다.

　속옷과 이불은 안을 보이지 않게〔불현(不見)〕11) 하며, 부모가 코풀고 침을 뱉음을 보지 말며, 고깔과 허리띠에 때가 묻었으면 잿물〔회(灰)〕12)에 담가 빨기를 청한다. 그리고 웃옷과 아래옷이 터졌거나 찢어졌으면 바늘에 실을 꿰어〔인잠(紉箴)〕13) 기워드릴 것을 청해야 하니 젊은이가 어른 섬기고 낮은 이가 귀한 이 섬김은 모두 이를 좇아야 할 것이다.

10

　아들과 며느리가 효도하고 공경함은 부모나 시부모의 명령을 거스르거나 게을리 하지 않는 것이다. 만일 음식을 먹으라고 하신다면 비록 즐기지 아니하는 음식일지라도 반드시 맛을 보고 다음 말씀을 기다려야 하며, 옷을 주시거든 비록 입고 싶지 않더라도 반드시 입고 다음 말씀을 기다

의 제사를 지낸다거나 하는 중요하고 공경스러운 일이 아니면 단석을 삼간다.

11) 불현(不見) : 드러나지 않게 한다. '見'은 '현'으로 발음한다.

12) 회(灰) : 잿물. 요즘의 빨래비누.

13) 인잠(紉箴) : 바늘에 실을 꿰. 바느질.

려야 할 것이다.

일을 맡겨주시고 다른 이에게 나를 대신하도록 하였다면, 비록 마음속으로는 원하지 않더라도 잠시 우선은 그에게 일을 하게하고 다시 시키는 일을 뒤에야 자신이 하도록 해야 한다.

11

『곡례(曲禮)』에 이르기를,

부모가 편치 않으시거든 갓을 쓰는 어른은 머리에 빗질을 말며, 걸어도 활기차게 걷지 않으며, 쓸데없는 말을 삼가고, 거문고나 풍류, 악기를 타지 아니한다.

고기를 먹되 제 맛이 가시도록 많이 먹지 않으며 술을 마시되 모습이 흐트러지도록 많이 마시지 말아야 한다.

웃되 잇몸이 드러나도록 크게 웃지 않으며, 역정을 내되 꾸짖기에 이르지 않게 한다. 병이 다 나으시거든 이전처럼 돌아가야 한다.

12

사마온공(司馬溫公)이 이르시기를,

부모나 시부모가 편치 않으시거든, 아들이나 며느리는

특별한 일이 없으면 곁에서 떠나지 말고 손수 약을 달이며 맛을 보아 드시게 한다.

아들과 며느리가 즐거운 얼굴빛을 띠지 말고 장난치거나 소리 내어 웃지 말며 잔치를 차려 놀지 않는다.

우선은 다른 일을 뒤로 하고 의사를 청해 백방으로 약 짓는 데에만 힘을 쏟아야 하되, 병이 다 나으시면 이전처럼 돌아간다.

13

백유(伯兪)1)에게 허물이 있어 그 어머니가 매질을 했더니 울었다. 그 어머니가 물었다.

"전에는 울지 않더니 지금 우는 것은 무슨 까닭이냐?"

백유(伯兪)가 대답하였다.

"제가 잘못을 저질러 때리실 때, 늘 아프게 때리시더니, 이제 어머님의 기력이 쇠해 저를 아프게 때리시지 못하시므로, 그 때문에 울었습니다."

그러므로 부모가 노하셨을 때에는 마음에 두지 말고 언짢은 기색을 드러내지 않으며 깊이 그 책망을 받아들여

---

1) 백유(伯兪) : 한(漢)나라 때 사람. 한백유(韓伯兪). '백유읍장(伯兪泣杖)'의 고사가 『설원(說苑)』에 전해지고 있다.

부모로 하여금 어여삐 여기게 함이 으뜸이요, 부모가 성내시면 언짢게 여기지 않고, 안색에 드러내지 않음이 그 다음이요, 부모가 노하셨을 때 언짢게 여기고, 안색에 드러내는 것이 가장 몹쓸 짓이다.

14

『내칙(內則)』에 이르기를,

부모에게 비자(婢子)[1]나 서모의 자식이나 손자들이 있어 그들 중의 누구를 몹시 사랑하셨다면, 비록 부모 돌아가신 뒤라도 그를 공경하고 그 마음이 변치 않아야 한다.

15

아들이 두 첩(妾)을 두었는데 부모가 그 중의 한 첩을 어여삐 여기시고 아들은 다른 첩을 예뻐한다면 아들이 예뻐하는 첩은 의복이나 음식에서부터 여러 집안일을 처결함에 있어 부모께서 어여삐 여기신 바를 받들어야 하며, 비록 부모가 돌아가신 뒤라도 변함이 없어야 한다.

---

1) 비자(婢子) : 여자종. 천첩(賤妾)을 가리킨다.

16

아들이 제 아내를 몹시 어여삐 여기더라도, 부모가 기뻐하지 않으시면 내보내고, 아들이 아내가 마음에 들지 않더라도 부모가 말씀하시기를, "이 아이는 나를 잘 섬기는구나." 하시면 아들은 부부의 예를 행하여 죽을 때까지 변치 말아야 한다.

17

시아버지가 돌아가시면 시어머니도 노쇠[노(老)][1]하시니, 집안일은 맏며느리에게[총부(冢婦)][2] 물려줌이니, 맏며느리는 제사와 손님 대접하는 일이며 온갖 일을 반드시 시어머니께 여쭈어 보고, 작은며느리들은[개부(介婦)][3] 맏

---

1) 노(老) : 집안일을 맏며느리에게 물려줌. 남자가 일흔 살이 되어 노쇠하게 되면 살림을 아내에게 넘겨주며, 아내도 그에 따라 맏며느리에게 안살림을 넘겨준다 하여 이를 노(老)라 함.

2) 총부(冢婦) : 맏며느리. 종부(宗婦).

3) 개부(介婦) : 작은며느리, 혹은 여러 며느리들. 첩들을 가리키기도 한다.

며느리에게 여쭈어 보아야 한다.

시부모가 맏며느리에게 일을 시키면 게을리 말며, 작은며느리에게 조금이라도 무례히 대하지 말아야 한다. 시부모가 혹시 둘째며느리에게 시킨다손 치더라도 맏며느리는 여기에 맞서지 말고, 감히 어깨를 나란히 하여 걷지 말며, 잠깐이라도 나란히 앉지 말고, 똑같이 명령하지 말아야 한다.

무릇, 며느리들은 시부모가 친정으로 가라 하지 않으시거든 잠깐도 물러나오지 않아야 한다. 며느리들은 장차 일이 생기거든, 큰 일이든 작은 일이든 반드시 시부모에게 여쭈어야 한다.

18

부모가 비록 돌아가신 후에라도, 착한 일을 할 때에는 부모께 이롭게 함이라 여겨 반드시 과감히 행하며, 장차 착하지 못한 일을 할 때에는 부모께 수치와 욕됨을 끼칠 것을 생각하여 반드시 헤아려봄이 없이 성급히 행하지 말아야 한다.

19

이천(伊川) 선생[1]께서 이르시기를,

부모 돌아가신 뒤, 생일이 되면 반드시 두 배나 더 슬퍼
해야 하니, 어찌 차마 술을 빚고 노래를 부르며 즐길 수
있을 것인가.

그러나 혹은 기쁘고 경사스런 일을 맞이한 사람이라면
그렇게 하여도 좋다.

20

『예기(禮記)』에 이르기를,

부모를 섬기는 데에는 은근하게 하며, 간(諫)할 일이 있
어도 거슬림이 있어서는 아니 된다.

여기저기를 가리지 않고 봉양하되, 그 장소를 가리지 않
으며, 돌아가실 때까지 힘써 모시고, 지극한 정성으로 삼
년 간 상제(喪制) 노릇을 하여야 한다.

임금을 섬기는 데에는 맞대어 놓고 그 뜻에 거슬림이
있을지언정 간해야 하며 슬며시 간해서는 아니 된다. 여기
저기를 가리지 않고 받들되, 저마다의 맡은 바에 따라 받들

---

1) 이천 선생(伊川先生) : 정이(程頤). 명도(明道) 정호(程顥)의
　　아우이며 북송(北宋)의 유학자. 성리학(性理學)을 일으키는
　　데 공이 컸다. 말년에 용문(龍門)의 이수(伊水) 가에 가서
　　살았으므로 이천 선생(伊川先生)이라 함.

어야 하며, 돌아가실 때까지 부지런히 섬기고 돌아가시면 삼 년 간 거상을 입어야 한다[방상(方喪)][1].

스승을 섬기는 데에는 간할 일이 있어도 거슬림이 없게 하되, (간하면 바로 받아들일 것이므로) 슬며시 해서도 아니된다. 장소에 구애됨이 없이 섬기되, 돌아가실 때까지 섬김을 다하고, 마음으로 삼 년의 거상을 (부모나 임금 상을 당했을 때와 마찬가지로) 입어야 한다[심상(心喪)][2].

21

사마온공(司馬溫公)이 이르기를,

부모가 돌아가시어 상중(喪中)에 있을 때에는 중문(中門) 밖에 검소하고 허름한 거처를 지어 남자의 거상(居喪)할 곳을 만들고, 단을 공구르지 아니한 상복[참최(斬衰)][1]을 입고, 거적 위에 자며 흙덩이를 베개 삼아 베며[침점침괴(寢

---

1) 방상(方喪) : 변함없이 거상(居喪)을 입음. 떳떳하게 거상을 입음.

2) 심상(心喪) : 상복을 입지 않되 상제와 같은 마음으로 애모하는 일.

1) 참최(斬衰) : 상복의 일종. 거친 삼베로 만들며, 아랫단을 꿰매지 않은 상복으로 오복(五服) 중에서 가장 무거운 상복.

笘枕塊)]2) 머리와 허리에서 질(絰)3)을 벗지 않으며, 남과 가까이 더불어 앉지 말아야 한다.

아낙네는 중문 안의 별실에 머물며, 휘장이나 이불, 요와 같은 화려한 것들을 걷어 치워야 한다.

남자는 일 없이는 중문 안에 들지 않으며, 아낙네는 남자가 거상하는 곳〔상차(喪次)〕4)에 함부로 가지 말아야 한다.

진(晉)나라 진수(陳壽)가 아버지의 상을 당하였을 때, 자신의 몸에 병이 있어 여자 종을 시켜 환약을 빚게 했는데, 문상객이 그걸 보자, 마을 사람들이 이를 그르다 하였다. 이로 인해 진수는 벼슬에 오르지 못하고〔좌시(坐是)〕5) 죽고 말았다.

이렇듯 남의 혐의를 받을 만한 때에는 삼가고 조심하지 않을 수 없다.

---

2) 침점침괴(寢笘枕塊) : 거적을 깔고 흙덩어리를 베개로 삼음. 침점침초(寢笘枕草)라고도 하며, 부모 상중(喪中)에 있음을 비유하는 말로도 쓰인다. 침초(枕草)는 풀을 벰.

3) 질(絰) : 상복을 입을 때 두르는 삼띠(痲帶). 머리에 두르는 것을 수질(首絰)이라 하고 허리에 두르는 것을 요질(腰絰)이라 함.

4) 상차(喪次) : 거상하는 곳. 차(次)는 거처함. 머묾.

5) 좌시(坐是) : 이에 연류되어서. 좌(坐)는 연좌됨.

　예전에 부모의 상(喪)에는 빈소(殯所)1)를 마련하고 죽을 먹고 재최(齋衰)2)를 입으며, 거친 밥을 먹고, 맹물을 마시며, 채소와 과일을 먹지 않았다.

　또 부모의 상중에는 삼우제(三虞祭)3)와 졸곡제(卒哭祭)4)

------

1) 빈소(殯所) : 시체를 관에 모신 뒤, 발인할 때까지 안치하는 곳.

2) 재최(齋衰) : 상복의 일종으로 거친 삼베로 만든 옷. 재최를 입는 재최기(齋衰期)는 삼 년과 오 년 두 가지가 있다.

3) 우(虞) : 우제(虞祭). 초우(初虞) · 재우(再虞) · 삼우(三虞)의 총칭. 삼우제라는 뜻. 초우는 죽은 영혼을 위로하기 위하여 장사지낸 날 바로 지내는 제사. 재우는 장사지낸 뒤 두 번째 제사. 삼우는 장사지낸 뒤 세 번째 제사. 이 세 제사를 통틀어 우제라고 함.

4) 졸곡(卒哭) : 삼우제를 지낸 뒤 석 달 만에 정일(丁日)이나 해일(亥日)을 택해 지내는 제사. 여기에서 석 달이란 삼우를 지낸 달은 치지 않으므로 예컨대 7월에 삼우를 지냈으면 10월이 된다.
우리나라에서도 성균관과 향교의 석전대제〔(釋奠大祭 : 음력 2월과 8월의 상정일(上丁日)에 문묘(文廟)에서 선성(先聖) 선사(先師) 등에게 지내는 큰 제사. 후세에 와서 공자님을 비롯한 유가(儒家)의 현성(顯聖)을 제사하는 말로 되었음. 석전(釋奠)이나 석채(釋菜)라고도 한다.〕나 각 서원의를 지내며 그 기간에는 거친 밥 먹고 맹물을 마시며 채소와 과일을 먹지 않았다. 일주년(朞)이 지나 소상(小祥)을 지내고 나서야 채소와 과일을 먹었다.

또 이주년에는 대상(大祥)을 지내고 초[醋]와 장(醬)을 먹으며 한 달을 사이로 담제(禫祭)5)를 지내고, 담제를 지낸 뒤에 단술을 마신다.

이와 같이 처음 술을 마시는 사람은 단술부터 마시고, 처음 고기 먹는 이는 먼저 마른 고기를 먹었다. 옛날 사람들은 상중(喪中)에 있을 때는 함부로 드러내 놓고 고기를 먹거나 술을 마시는 사람이 없었다.

향사(享祀)를 지낼 때 ‘丁’일을 택하였는 바 이는 일진에 ‘丁’이 드는 날이 옛날의 공휴일이었기 때문이다.
즉 관공서의 휴일인 정일(丁日)을 택일하여 제례를 거행했던 것이다. 제례에 참여할 사람의 거개가 벼슬을 하고 있을 것이므로 공휴일에 지내야 많은 사람들이 참여할 수 있었기 때문이다.
이로 미루어 볼 때 현대의 택일은 굳이 ‘丁日’보다는 오히려 일요일이나 공휴일로 택일하는 것이 본래의 취지에 합당한 것이다.

5) 담(禫) : 담제(禫祭). 초상(初喪)으로부터 27개월 만에 곧 대상(大祥)을 치른 그 다음 다음달 하순의 정일(丁日)이나 해일(亥日)에 지내는 제사. 부(父)가 생존한 모상(母喪)이나 처상(妻喪)의 경우에는 15개월 만에 지냄.

한(漢)나라 창읍왕(昌邑王)6)이 소제(昭帝)의 거상에 급히 달려가다 도중에서 머물게 되었는데, 고기나 생선이 없는 밥은 아니 먹었다 하여 곽광(霍光)7)이 그 죄를 따져 폐하였다.

23

진(晉)나라 완적(阮籍)1)이 그 재주만 믿고 방자하여 거상에도 예의가 없었으므로, 하증(何曾)2)이 문제(文帝) 계신 자리에서 완적을 맞대놓고,

"그대는 풍속을 무너뜨리는 사람이니, 가히 길러 장려할

---

6) 창읍왕(昌邑王) : 한나라 무제(武帝)의 아들. 소제(昭帝)의 형. 소제가 젊은 나이에 후사가 없이 죽자, 소제의 형인 창읍왕을 제위에 올렸는데 행실이 나빠 제위에 오른 지 27일 만에 폐위되었다.

7) 곽광(霍光) : 전한(前漢) 무제(武帝) 때 총신(寵臣). 무제가 죽자 소제를 제위에 올렸으나 소제가 일찍 죽었으므로 소제의 형인 창읍왕을 제위에 올렸으나 행실이 음란하여 폐하고 선제(宣帝)를 세우는 등, 20여 년간 막강한 권력을 휘둘렀다.

1) 완적(阮籍) : 남조(南朝) 죽림칠현(竹林七賢)의 한 사람. 노장(老莊)을 좋아하였으며 시와 거문고에 능했다.

2) 하증(何曾) : 한(漢)나라 때의 학자, 정치가. 벼슬이 공경(公卿)에 이르렀다. 호학박문(好學博聞)하였음.

짓이 못된다."

하고 꾸짖었다.

이어 문제에게 아뢰기를,

"공(公)께서는 바야흐로 효(孝)로써 천하를 다스리시되, 완적이 거푸 복[중애(重哀) : 미처 상복을 벗기 전에 거듭 부모상을 당하여 복을 입음]을 입은 몸으로, 공식석상에서 술 마시며 고기 먹는 것을 허락하셨는데, 이는 마땅히 저 땅 끝으로 내쫓아, 그가 화하(華夏) 땅을 더럽히지 않도록 하셔야 할 것입니다."

라고 간(諫)하였다.

24

송(宋)나라 여릉왕(盧陵王)1) 의진(義眞)은 무제(武帝)가 부모의 상을 당함에[거우(居憂)]2), 곁의 시종을 시켜 물고기와, 육류 등 맛있는 음식을 사다가 재실(齋室 : 무덤이나 사당 옆에 제사지내기 위하여 지은 집) 안에 따로 찬방(饌房)을 마련하였다.

때마침 장사(長史) 벼슬을 지내는 유담(劉湛)3)이 들어오

---

1) 여릉왕(盧陵王) : 남조 송(南朝宋)의 유의진(劉義眞).
2) 거우(居憂) : 부모상을 당하여 있음.

자 "술을 데워오고 날조개〔생합(生蛤)〕를 구워 오라"고 명하자, 유담이 정색을 하고 아뢰었다.

"공(公)이 이런 때를 당하여서 이와 같이 차려서는 아니 됩니다."

그러자 의진(義眞)이 말하기를,

"몹시 추운 아침이니, 장사께서는 한 집안 같으므로 달리 생각하지 않기를 바라노라."

고 하였다. 이윽고 술이 나오자 유담이 일어나 아뢰기를,

"이미 능히 예로써 스스로 처신하지 못하는 데에다, 남까지도 예로써 처신치 못하게 하는구료."

하였다 한다.

25

수(隨)나라 양제(煬帝)가 태자로 있을 때, 문헌황후(文獻皇后) 상을 당하여, 매일 아침에 두 줌의 쌀을 바치게 하고, 또 남몰래 시켜 살찐 고기와 육포와 젓갈을 구해 대나무통 속에 넣고, 밀랍으로 통의 주둥이를 막아, 옷이나 보자기에 싸서 들여오게 하였다.

---

3) 유담(劉湛) : 표성왕(彪城王) 의강(義康)과 결탁하여 문제(文帝)를 주살하였다.

　호남(湖南)의 초왕(楚王) 마희성(馬希聲)[1]은 그 아버지 무목왕(武穆王)[2]의 장례날인 데도 닭고깃국을 먹사, 그 관속으로 있던 반기(潘起)가 비웃기를,

　"예전에 완적은 거상 중에도 찐 돼지고기를 먹었다더니, 어느 때나 현인군자는 없었던 모양이구나."

　하였다.

　오대(五代)[3] 때만 해도 거상 중에 고기 먹는 이를 이상하게 여겼음을 보면, 흘러온 풍속이 사라진 유래는 최근의 일이라 하겠다.

　오늘날 사대부(士大夫)가 거상을 하면서도 고기 먹고 술

---

1) 마희성(馬希聲) : 오대십국(五代十國) 때 초(楚)왕인 은(殷)의 둘째아들.

2) 무목왕(武穆王) : 오대십국(五代十國) 때 사람. 초왕(楚王)에 봉해졌다.

3) 오대(五代) : 양(梁)·당(唐)·진(晋)·한(漢)·주(周)의 다섯 나라.

마시기는 평상시와 다름이 없으며, 또 서로 모여 잔치를
벌이면서도 부끄러워 할 줄 모르며〔전연(靦然)〕1), 그걸 보
는 사람들 또한 조금도 이상하게 여기지 않으며, 예속(禮
俗)이 허물어지는 것이 습관이 되어 예삿일로 여기니 참으
로 한심한 일이다.

28

가난한 시골 사람이 혹시 초상을 당하여, 미처 염(斂 : 돌
아가신 분의 몸을 솜에 기름을 발라 씻기고 수의를 입힘)을 하기
전에도 친척과 손님들이 술과 음식을 가지고 와 서로 어울
려 연일 취하고 배부르게 마시며, 장례를 지낼 때도 여전히
그와 같이 먹고 마신다.

심한 사람은 초상 때 음악을 연주하여 죽은 이를 즐겁게
한다 하고, 빈장(殯葬)1) 때에도 음악을 연주하며 상여(喪
輿)를 앞서게 하고 울면서 뒤따르기도 한다.

또한 거상을 틈타서도 혼사를 치르는 이도 있으니, 아!
슬프다. 몸에 밴 풍속은 고치기 어렵고 어리석은 백성들은

---

1) 전연(靦然) : 버젓이.

1) 빈장(殯葬) : 시체를 입관(入棺)한 다음 장사지낼 때까지 안
   치시키는 장례 절차.

깨우치기가 어려운 데도 이 지경에 이르고 말았구나.

무릇 부모의 거상 중, 대상(大祥) 전에는 고기를 먹거나 술을 마셔서는 아니 될 것이다. 혹 병이 있어 잠시 고기를 먹고 술 마실지라도 병이 나으면 반드시 이전과 같이 돌아가야 한다.

그런데 혹시 반찬 없는 밥을 목에 넘기지 못해 몸이 너무 약해져 병이 날 것이 겁나는 사람은, 고깃국물이나 육포나 젓갈〔해(醢)〕2), 그리고 적은 양의 고기로 입맛을 돋울지라도, 진수성찬을 들거나 남과 더불어 잔치를 하거나 즐기는 것은 아니 되니, 이는 비록 최마(衰麻)3)를 입었으나 실제 상제 노릇을 하지 않음이다.

다만 쉰 살이 넘어 혈기가 이미 쇠약하여 꼭 술이나 고기를 갖추어야만 몸을 지탱할 수 있는 자는 그렇게 하지 않아도 된다.

---

2) 해(醢) : 생선젓. 우리나라의 제사에서는 일반적으로 조기(石魚)젓을 2~3마리 굽달린 사각형 접시(원형접시도 좋다)에 가지런히 한 접시 담는다. 해(醢)를 식혜(食醢)로 오해해서 식혜 건더기를 굽달린 원형접시에 담아서 쓰기도 하는데, 식혜는 차례(茶禮)나 묘제(墓祭)에는 쓰지만 제사에는 쓰지 않는 것이 일반적이다.

3) 최마(衰麻) : 상복.

거상 중일 때 음악을 듣거나 혼사를 치르는 자는, 나라에
바른 법이 있어 다스리니, 이에 더는 거론하지 않겠다.

29

안정(顔丁)[1]은 거상을 잘 치렀는데, 처음 부모가 돌아가
시자 그 경황없음이 마치 무엇을 구하려는 데 얻지 못한
듯하였다.

빈소를 마련하여 모신 뒤에는 부모를 뒤쫓고 싶으나 미
치지 못해 망연자실해 하였다.

장례를 치른 뒤에는 애태우는 모습이 마치 돌아오지 못
할 것을 기다리는 듯하였다.

30

해우(海虞)[1]의 원님 하자평(何子平)[2]은 그 어머니의 상
을 당하자 벼슬을 버리고 그 슬퍼함이 지나쳐 예(禮)를 넘

---

1) 안정(顔丁) : 춘추시대 노(魯)나라 사람. 거상을 잘한 것으
　로 알려짐. 『예기(禮記)』, 단궁편(檀弓篇)에 나옴.

1) 해우(海虞) : 중국 강소성의 현 이름.

2) 하자평(何子平) : 남송(南宋) 문제(文帝) 때 사람으로 오군해
　우(吳郡海虞)의 수령을 지냈다. 효자로 이름이 높았다.

어, 곡용(哭踊)3)을 할 때는 까무러쳤다가 되살아나곤 했다.

마침 대명(大明) 말년에 동쪽 지방에 기근이 든 데다 전쟁이 계속되어 8년 동안이나 장사를 치르지 못하고 있었다.

그런데도 밤낮으로 곡을 하기를 마치 첫 상을 당하여 단괄(袒括)4)하던 때와 같이 하였다.

겨울에는 솜옷을 입지 아니하고, 여름에는 서늘한 데를 가지 아니하였으며, 하루에 쌀 두 홉으로 죽을 쑤어 먹었고, 소금기 있는 음식이나 채소는 먹지 아니하였다.

또한 집이 헐어 바람과 햇빛을 가릴 수 없어 형의 아들인 백홍(伯興)이 집을 손보아 고치려 하였다.

그러나 자평이 허락하지 않으며 말하기를,

"나는 아직 하고자 하는 정성을 다 하지 못한 천지간의 죄인인데, 어찌 집을 고칠 수 있단 말이냐?"

라고 하였다.

채홍종(蔡興宗)5)이 회계(會稽) 땅 태수(太守)가 되어 오자

---

3) 곡용(哭踊) : 아주 슬플 때 땅을 구르며 큰 소리를 지르고 우는 의식의 한 가지.

4) 단괄(袒括) : 첫 거상 때 행하는 예법으로 단은 왼쪽 소매를 벗어 내어놓음. 괄은 갓을 벗고 머리를 동여매는 의식.

이를 몹시 가상하게 여겨 그를 위해 무덤〔총광(塚壙)〕6)을
만들어 주었다.

---

5) 채흥종(蔡興宗) : 남송(南宋) 때 사람.

6) 총광(塚壙) : 시체를 묻는 구덩이. 광혈(壙穴).

제3장

결혼— 혼례장(婚禮章)

혼인은 만세의 시작이다.
예의는 두터워야 하며
사위와 며느리는
성품과 행실과
집안의 법도를
중히 여겨야 한다.

1

『혼의(昏義)』[1)]에 이르기를,

혼인의 예는 장차 서로 성(姓)이 다른 두 사람이 좋은 사이를 맺어, 위로는 종묘를 섬기고 아래로는 자식을 낳아 후세를 잇게 하는 것이다. 그러므로 군자(君子)는 이를 중히 여긴다.

이런 까닭으로, 혼인의 예에 납채(納采)[2)], 문명(問名)[3)], 납길(納吉)[4)], 납징(納徵)[5)]을 한다. 그런 다음 청기(請期)[6)]하

---

1) 혼의(昏義) : 『예기(禮記)』의 편 이름. 혼인의 예와 의의에 대하여 기록한 것임.

2) 납채(納采) : 채(采)는 채택한다는 뜻. 주대(周代) 혼례의 육례(六禮) 중 첫째 일. 신부집에서 혼인을 승낙하였을 때 신랑집에서 신부집에 보내는 물건으로 나무로 만든 기러기를 주로 보냄. 기러기를 쓰는 것은 음양을 순히 하여 오가는 뜻을 취한 것이다.

3) 문명(問名) : 납채한 뒤, 혼인에 대한 길흉을 점을 쳐보기 위해 신부 생모(生母)의 이름을 물어 보는 일.

4) 납길(納吉) : 문명(問名) 후 납폐 전에 신부감의 적부(適否)를 점치고, 길조의 점괘가 나오면 사람을 보내 신부집에 알리어 혼인할 것을 정하는 것.

5) 납징(納徵) : 납길한 후에 정혼한 표적으로 신랑집에서 신부

러 오면 색시집에서 혼인을 도맡아 하는 주인이 사당에 돗자리를 깔아 놓고 상을 놓은 다음 색시의 부모가 문 밖에 나가 절하고 신랑집 사자(使者)를 맞아들인다.

안으로 들어가서는 서로 읍(揖)하여[7] 인사하고 사양하면서 사당에 오르고, 사당에 앉아 신랑집에서 전하는 명(命)을 듣는다.

모든 것이 혼인의 예를 공경하고 삼가며 소중하고 바르게 하기 위함이다.

2

공경하며 삼가고, 소중하고 바르게 한 후에야 친애하게 됨이 혼례의 기본 원칙이다. 이렇게 함으로써 남편과 아내를 구별 지어 부부의 의를 세우게 된다.

부부의 분별이 있은 뒤에야 부부의 의가 생기고, 부부의

집에 보내는 예물. 주로 푸른 비단과 붉은 비단을 보내 혼인할 징표로 삼음.

6) 청기(請期) : 납폐한 뒤에 신랑집에서 혼인할 날을 정해 그 가부를 편지로 신부집에 보내 길한 날을 받아달라고 함.

7) 읍(揖) : 두 손을 가슴 높이로 맞잡고 고개를 숙여 인사하는 것.

의가 있은 뒤, 아비와 자식의 친애함이 있고, 아비와 자식의 친애함이 있은 뒤에야 임금과 신하가 각기 그 위치를 바로 잡게(임금은 임금 노릇을, 신하는 신하 노릇을 제대로 함) 되니, 그러므로 혼인의 예는 예의 근본이라고 일컫는 것이다.

3

『예기(禮記)』에 이르기를,

대개 혼례는 영원히 대를 잇는 만세의 시작으로, 다른 성(姓)을 맞는 것은 관계가 먼 사람과 결혼함이요[부원(附遠)],[1] 혈통이 같은 사람을 가려 피하기[후별(厚別)][2] 위해서이다. 폐백(幣帛)은 반드시 정성스럽게 하며, 납폐(納幣)[3]의 말은 옳고 바른 말이 아니면 입에 올리지 말며, 정직하고 믿음이 가게 해야 한다.

믿음[信]이란 남을 섬기는 도리이며, 믿음은 또한 부덕(婦德 : 아낙네의 덕)이다. 한 번 합환주(合歡酒)를 같이 마셔

---

1) 부원(附遠) : 관계가 먼 사람과 혼인함.

2) 후별(厚別) : 남녀가 같은 성이면 자손이 번성하지 못하므로, 혈통이 같은 사람을 가려서 피해야 한다는 뜻.

3) 납폐(納幣) : 혼인 때 신랑집에서 신부집으로 보내는 예물. 푸른 비단과 붉은 비단을 보냄.

부부로 맺어진 뒤에는 죽기까지 변함이 없어야 하며, 그러 므로 지아비가 죽어도 다시는 다른 남자에게 시집가지 않 는다.

결혼 때 남자가 먼저 여자를 친히 맞아들이러(장가들러) 가는 것은 남자의 강직함과 여자의 유순함을 뜻하는 것으 로 남자의 강직함이 주동(主動)이 되고, 여자의 유순함이 피동(被動)[4]이 되는 뜻이니, 이는 마치 하늘이 땅보다 우선 하고 임금이 신하보다 우선하는 것과 다를 바 없다.

친영(親迎)[5] 때에 신랑이 색시집에 들어가 전안(奠雁)[6] 한 뒤에 서로 보는 것은 공경하여 남녀의 유별함을 밝히려 는 뜻이다.

남녀의 분별이 있은 다음에야 아비와 아들이 친애하게 되고, 아비와 아들이 친애하게 된 뒤에야 인륜의 의의가 생기게 되고, 인륜의 의의가 생긴 뒤에야 예절이 생기게 되고, 예의가 이루어진 후에야 만물이 편안해질 것이다.

남녀의 구별이 분명치 않으면 아비와 아들의 친애함도

---

4) 피동(被動) : 남의 힘이나 권고에 의해서 행동함.

5) 친영(親迎) : 신랑이 신부를 맞으러 감.

6) 전안(奠雁) : 혼인 때 신랑이 신부집에 기러기를 가지고 가서 상 위에 놓고 절함. 주로 나무로 깎아 만든 기러기를 씀.

없을 것이니, 이렇게 되면 곧 새나 짐승과 다름이 없을 것
이다.

4

왕길(王吉)이 천자께 글월을 올려 아뢰기를,

부부는 인륜의 가장 중요한 근본으로, 요절(夭折)과 장수
(長壽)의 싹이 됩니다. 그런데 세상 풍속이 시집가고 장가
드는 것을 너무 일찍 하여, 부모가 될 도(道)를 알지 못한
채 자식을 두게 되니, 이로 인해 가르침에 밝지 못하여 백
성들이 일찍 죽는 것입니다.

5

문중자(文中子)[1]가 말하기를,

시집가고 장가들 때 재물을 논함은 오랑캐의 도리이니,
점잖은 이는 그런 마을에는 발을 들여 놓지 않는다.

옛날에는 남자와 여자들의 집안에서는 각기 그 덕을 존
중하였을 뿐 재물로써 예를 삼지 않았다.

---

1) 문중자(文中子) : 중국 수나라 유학자인 왕통(王通)을 말함.
   문중자는 시호이며 유교, 불교, 도교의 일치를 논한 그의
   저서 이름이기도 하다.

6

일찍 시집가고 어려서 장가드는 것은 사람을 경박하게 가르치는 것이요, 첩[2]을 여럿 두는 것은 사람을 어지럽게 가르치는 것이다. 그러므로 한 남편에 한 아내를 두는 것이 서민의 직분(職分)이다.

7

사마온공(司馬溫公)이 이르기를,

무릇 혼인을 의논함에는 마땅히 먼저 그 사위와 며느리의 성품과 행실을 더불어 그 집안의 법도가 어떠한지를 살펴야지, 구차하게 그 부귀를 원해서는 아니 된다.

사위가 실로 어질다면 지금은 비록 가난하고 벼슬하지 못하였다 하더라도, 다음에 부귀하게 될지 어찌 알겠는가?

또한 사위가 어리석고 못난 사람이라면, 비록 지금 부유하고 세도가 있는 집이라 하더라도 이 다음에 빈천하게 될 줄 어찌 알리요.

며느리는 집안의 융성과 쇠퇴가 이에 달려 있으니, 만약

---

2) 첩잉(妾媵) : 첩, 첩실, 잉첩이라고도 함.

한때의 부귀만을 쫓아 혼인했다가 그 부귀함을 믿고 남편을 업신여기고, 그 시부모에게 오만하지 않음이 드물다. 그 교만하고 시새움하는 성질을 길렀다가는 뒷날 우환거리가 됨이 어찌 끝이 있으리오.

비록 아내의 친정 재물 덕에 부자가 되고 아내의 친정 권세에 의지하여 귀한 몸이 된들, 실로 대장부의 기개가 있는 사람이라면 어찌 부끄럽지 않겠는가?

8

안정호(安定胡)[1] 선생이 이르시기를,

딸을 시집보낼 때는 반드시 내 집보다 나은 집으로 보낼 것이니, 우리 집보다 나으면 딸의 남편 섬김이 반드시 공경하며 조심스럽게 할 것이다.

며느리를 보되 반드시 내 집보다 못한 집에서 맞아올 것이니, 내 집만 못하면 며느리의 시부모 섬김에 반드시 그 도를 다할 것이다.

---

1) 안정호(安定胡) : 북송 때 사람으로 성은 호(胡), 이름이 원(瑗), 자는 익지(翼之)이며 호는 문소(文昭)이다. 안정보(安定堡)에서 살았으므로 안정 선생이라 부름. 유능한 인재들을 길렀으며 『주역구의』, 『홍범구의』 등의 저서가 있다.

『사혼례(士昏禮)』[1]에 이르기를,

장가가는 날 아침에 아버지가 아들에게 술을 따라 주시며〔초(醮)[2]〕,

"너를 도와줄 사람을 맞이함에, 우리 종묘 일을 잘 받들도록 할 것이며, 돌아가신 네 어머니에게서 이어받은 일을 공경하고 힘써 따르게 하며, 너는 모든 행동을 떳떳이 하도록 하라."

하고 분부하시면 아들이,

"예. 잘 모시지 못할까 오직 두려워할 뿐입니다. 잠시도 명을 잊지 않겠습니다."

하고 대답하였다.

아버지가 딸을 시집보낼 때 타이르기를,

"조심하고 공경하며 낮이나 밤이나 시부모의 명을 어기지 말아야 하느니라."

---

1) 사혼례(士昏禮) :『의례(儀禮)』의 편 이름. 선비의 혼인에 대한 예를 기록한 것이다. '昏'은 혼인한다는 '婚'과 같은 뜻임.

2) 초(醮) : 관혼의식에서 장가가는 날 아침에 아버지가 아들에게 손수 술을 따라 주는 것.

하고 어머니는 옷깃을 여며주고 수건을 채워주면서〔시금결세(施衿結帨)〕3) 타이르기를,

"부지런하고 공경하여 낮이나 밤이나 집안일을 그르치는 일이 없도록 하여라."

하였다. 서모(庶母)도 문 안으로 와 향주머니를 매어 주고, 부모의 명을 되풀이 하고 이르기를,

"네 부모님의 말씀을 공경스럽게 듣고 받들어, 아침 일찍부터 밤늦도록 행함에 허물이 없도록 하여라."

하고, "띠와 주머니를 보라."

하였다〔시저금반(視諸衿鞶)〕4).

10

공자께서 말씀하셨다.

---

3) 시금결세(施衿結帨) : 금(衿)은 띠, 세(帨)는 수건. 모두 허리에 차는 것으로 띠를 매어주고 수건을 채워줌.

4) 시저금반(視諸衿鞶) : 금(衿)은 띠, 반(鞶)은 수건 따위를 넣는 작은 주머니로서 역시 둘 다 차고 다니는 것들이다. '저(諸)'는 '지어(之於)'의 준말이다. 그러므로 "띠와 주머니를 보여 준다"로 해석이 되며, 이는 경계를 당부하는 뜻이다. 즉 띠와 주머니를 자주 보며 부모님의 분부를 명심하여 수시로 행동을 조심하라는 당부의 뜻이다.

"아내는 남편에게 굽히는 것이 도리이니, 이러므로 자기 멋대로 일을 처리하는 법이 아니며, 오로지 세 가지의 좇아야 할 도리〔삼종지도(三從之道)〕가 있다.

즉 친정에서는 아버지의 뜻을 좇고, 시집가서는 지아비의 뜻에 따르며, 지아비가 죽거든 아들의 뜻에 좇아 잠시라도 제멋대로 이루는 바가 없어야 한다.

가르치는 말소리가 안채 밖으로 나가지 않게 하며, 일은 밥을 먹을 때에만 멈춤〔사재궤식지한이이의(事在饋食之閒而已矣)〕[1] 따름이다. 그러므로 여자는 안채 안에서 날이 저물고, 백 리 밖으로는 거상(居喪)을 당해도 가지를 않으며, 일을 제멋대로 함이 없으며 행함에 혼자서 하지 않으며, 확실히 알고 난 후에야 움직이며, 가히 경험한 뒤에야 말하여야 한다.

또 낮에는 뜰에서 놀지 않으며 밤에 다닐 때는 불을 밝히고 다닐 것이니, 이로써 부녀자 덕이 바르게 된다.

여자가 시집을 가서는 아니 될 다섯 가지가 있으니 다음과 같다.

역적의 집 아들은 취하지 말며, 아비의 명을 어기는 어지

---

1) 사재궤식지한이이의(事在饋食之閒而已矣) : '일은 밥을 먹는 사이에나 비로소 멈춘다'의 뜻.

러운 집안의 자식을 취하지 아니한다. 조상의 대에 형벌받은 사람이 있거든 취하지 말며, 집안에 나쁜 질병이 있거든 취하지 말며, 아비를 잃은 맏아들을 취하지 아니한다.

아낙네를 내칠 수 있는 일곱 가지가 있다.

부모에게 순종치 않거든 내치며, 자식을 못 낳거든 내치고, 음란하거든 내치고, 시새움하거든 내치고, 나쁜 질병 있으면 내치고, 말 많으면 내치고, 도둑질 하거든 내치도록 하라.

또한 아낙네를 내칠 수 없는 세 가지 조건이 있다.

시집은 왔으되 갈 곳이 없으면 내치지 말며, 부모님의 삼년상을 함께 지냈거든 내치지 말며, 예전에 가난하다 뒤에 부귀하게 되었다면 내치지 말라.

무릇 이는 성인(聖人)이 남녀 사이를 유순케 하시며, 혼인의 시작을 중히 여기시는 까닭에서이다."

제2권

제4장
남편과 아내의 도리— 부부장(夫婦章)

제4장

남편과 아내의 도리— 부부장(夫婦章)

남편이 아내를 거느리지 못하면
위의(威儀)가 무너지고
아내가 남편을 섬기지 못하면
의가 무너진다.
그러나 이 둘을 견주어 보면
그 쓰임은 하나다.

부부장 상(夫婦章 上)

<h1 style="text-align:center">1</h1>

『여교(女敎)』에 이르기를,

아내가 비록 남편과 동등하다 하나, 남편은 아내의 하늘이라, 마땅히 예로 공경하며 섬기기를 그 아버지에게 하듯 할 것이다.

제 몸을 낮추고 제 뜻을 나직이 하여 망령되이 높고 잘난 척하지 말며, 오직 순종하며 감히 거스르지 말아야 한다.

남편의 가르침과 경계함을 듣되 마치 성인(聖人)의 글을 듣듯이 하고, 남편의 몸을 보배로이 여기기를 구슬같이 소중히 하여 조심조심 하며 그 도리를 지켜야만 하니, 어찌 조금이라도 마음을 늦추어 마음대로 할 것인가? 이 몸이 오히려 내 것이 아니거늘 무엇을 믿고 감히 젠 체하며 억지 부릴 수 있을 것인가.

진실로 남편에게 허물이 있거든 자기를 낮추어 부드러운 말로 그 허물을 간(諫)하되, 이해하며 말하고, 온화한 얼굴빛으로 공손한 말씨를 써야 할 것이다.

만약 남편이 몹시 화를 내거든, 화가 가라앉은 뒤에 다시 간하여라. 비록 매를 맞는다 할지라도 어찌 원망하며 한탄할 수 있겠는가.

남편의 맡은 바 소임은 높고, 아내는 낮은지라, 혹시 때리거나 꾸짖음이 있어도 분수에 당연함이니, 어찌 감히 조금이라도 말대답하거나 성내거나 할 것인가.

그를 의지하며 함께 늙을 것이기에 하루의 인연이 아니니, 털끝만한 일이라도 반드시 아뢰고, 감히 제멋대로 처리해선 아니 될 것이다. 제멋대로 한다면 사람이 아니니라.

시집의 허물을 친정 부모에게 말하지 말라. 이는 친정 부모에게 시름을 끼치는 일이니, 말한들 무슨 보탬이 되겠는가.

한번 시집가면 죽거나 살거나 함께 해야 하기에 시집가는 것을 이미 돌아간다고도 하니 목숨을 다 바쳐 받들 뿐 집안을 어지럽게 한다면 말이나 소만도 못하다 할 것이다.

집안을 일으키고자 한다면 화합과 순종뿐이니 어떻게 하면 화합하고 순종할 것인가? 이는 곧 공경함에 있다.

2

부부의 도(道)는 음양(陰陽)이 잘 맞으며, 신명(神明)에 사무치니, 진실로 하늘과 땅의 넓고 큰 뜻이며, 인륜의 큰 법도이다.

그러므로 옛『예기(禮記)』에서는 남녀의 사귐을 귀하게 여기라 하였고,『시경(詩經)』에서는『관저편(關雎篇)』1)에 그 뜻을 밝혀두었다.

남편이 어질지 못하면 아내를 거느리지 못하고, 아내가
어질지 못하면 남편을 섬기지 못하며, 남편이 아내를 거느
리지 못하면 위의(威儀)2)가 무너지고3), 아내가 남편을 섬
기지 못하면 의리가 무너지리니, 이 두 가지를 견주어 보면
그 쓰임은 한 가지이다.

오늘날 군자(君子)들을 보면, 아내를 거느리지 못하는 것
과, 위의를 갖추지 못하면 안 되는 것만 알고 있을 뿐이다.

그렇기에 남자들만 가르쳐 글로써 몸가짐을 타일러 경계
하게 하되, 아내가 남편을 섬김과 예의가 있지 않음이 잘못
임을 알지 못하여 다만 남자만 가르치고 여자는 가르치지

---

1) 관저(關雎) : 시경(詩經)의 시편 이름. "關關雎鳩在河之洲(관
   관저구재하지주)……"로 시작되므로 『관저편(關雎篇)』이
   라고 함. '관관(關關)'은 암수의 새가 서로 정답게 우는 소리
   이며 '저구(雎鳩)'는 물새다. 짝을 지어 그 짝을 바꾸지 않으
   면서도 분간이 있으며 항상 지극하고 화락하게 지내는 의
   로운 모습이 마치 성덕이 높은 문왕(文王)과 어진 후비(后
   妃) 사(姒)씨의 유한정정(幽閒貞靜 : 그윽하고 한가롭고 곧
   고 고요함)하고 화락한 금실 같다 하여 이를 비유하여 지은
   시라고 함. 그리고 이와 같은 부부의 화락한 은덕은 자연히
   아랫사람에게까지도 영향을 미친다하여 『관저지화(關雎之
   化)』라는 말을 쓰기도 한다.

2) 위의(威儀) : 엄숙한 차림새.

3) 휴궐(隳闕) : 무너지고 망가짐.

아니하니, 이는 피차의 헤아림이 부족하기 때문이다.

『예기(禮記)』에서도, "여덟 살에 비로소 글을 가르치기 시작하고 열다섯이 되면 학문에 뜻을 두었으니, 여자라 하여 유독 이에 따르려 하지 않아도 된다고 할 것인가?"

하였다.

3

음과 양은 그 바탕이 다르고, 남자와 여자는 행실이 다르니, 양은 강건함을 그 덕으로 삼고, 음은 부드러움으로써 용(用)으로 삼아, 남자는 강건함으로써 귀하게 여기고, 여자는 부드러움으로써 아름다움으로 여긴다.

그러므로 세속 말에 이르되, "이리(狼) 같은 아들을 낳아도 오히려 유약할까 두려워하고 쥐 같은 딸을 낳고서도 오히려 호랑이 같아질까 두려워한다."고 하였다.

그러므로 몸을 수양함에 공경하는 것보다 나은 것이 없고, 강함을 피하는 데는 순종함보다 나은 것이 없다. 그런 까닭으로, "공경하고 순종함은 아내가 지켜야 할 가장 큰 예의다." 라고 하였다.

무릇 공경이란 다름이 아니라 '오래 견딤'을 말하며, 순종이란 다름이 아니라 '너그럽고 여유가 있음'을 일컫는다. 오래 견딘다는 것은 만족함을 알아 그 도를 지키는 것이요,

너그럽고 여유가 있다는 것은 온순하고 공경하여 낮추는 것을 숭상하는 것이다. 부부의 사이좋음은 죽을 때까지 떠나지 않아야 할 것이다.

같은 잠자리에서 지내다가 마침내 흉허물 없는 마음[친압(親押)]1)이 생기게 마련이니, 흉허물 없는 마음이 생기면 말이 지나치게 되고, 말이 지나치면 방자함이 반드시 생기게 되며[설독(媟瀆)]2), 방자한 행동이 생기면, 남편을 업신여기는 마음이 생기니, 이는 방자함을 그만 둘 줄 모르고 족함을 알지 못한 탓이다.

무릇 일에는 굽음(曲)과 곧음(直)이 있으며, 말에는 옳음(是)과 그름(非)이 있다. 곧은 사람은 다투지 않을 수 없고 굽은 사람은 굽음을 밝혀내느라 다투고 밝히려다 보면 성내는 일이 생기게 마련이다. 이는 온순하고 공경하여 낮추는 것을 숭상하지 아니한 때문이다.

남편 업신여김을 절제 없이 하면 남편의 꾸짖음이 뒤따르고[견가(譴呵)]3), 성내기를 그치지 않으면 매질이 뒤따른

---

1) 친압(親押) : 버릇없이 너무 지나치게 친함.

2) 설독(媟瀆) : 윗사람에게 버릇없이 구는 것. 남녀의 구분이 어지러운 것. 친압(親押).

3) 견가(譴呵) : 꾸짖음. 나무람.

것이다.

모름지기 부부는 의(義)로 화친(和親)하고 은애(恩愛)로써 화합하는 것이거늘, 매질이 이미 행하여지면 무슨 의리가 있을 것이며, 꾸짖기를 이미 행한다면 무슨 은애로움이 있으리오. 은애와 의리도 다 사라진다면 부부는 헤어지게 마련이다.

4

남편은 다시 장가들 수 있다는 법이 있으나, 아내는 다시 시집간다는 기록이 없다. 그러므로 "남편은 하늘이다."라고 이르며, 하늘은 본래 도망갈 수 없는 것이요, 남편은 본래 헤어질 수 없는 것이다.

행동이 신기(神祇)[1]의 뜻에 어긋나면 하늘이 벌을 내리고, 예의에 허물이 있으면 남편이 매정하게 대할 것이다.

그러므로 『여헌(女憲)』[2]에 이르기를, "한 사람의 마음에 들면 영원히 그를 좇으며, 한 사람의 마음에 들지 못하면 그로써 영원히 일생을 끝마치는 것이다."라고 하였다.

---

1) 신기(神祇) : 신령과 귀신. '神'은 하늘의 신이며, '祇' 는 땅의 귀신을 말한다.

2)『여헌(女憲)』: 여자가 경계해야 할 일을 쓴 책.

이로 미루어 보더라도 남편의 마음을 헤아리지 않으면 아니 될 것이다. 그러나 남편의 마음을 얻으려 함에 아첨하고, 아리따운 체하며 지나치게 친함을 꾸미는 것이 아니라, 진실로 마음을 온전하게 하고, 안색을 바르게 하며 예의에 두루 맞도록 해야 할 것이다.

귀로는 더러운 일을 듣지 말고 눈으로는 사악한 것을 보지 말며, 나간다고 모습을 너무 꾸미지 말고, 집에 들어왔다고 가꾸기를 소홀히 하지 말며, 무리를 짓지 말고, 남의 집을 엿보지 말아야 하니, 이는 곧 마음을 온전히 하고 얼굴 표정을 바르게 해야 하는 것이다.

무릇 움직여야 할 때와 움직이지 않고 조용히 있어야 할 때가 있음에, 이를 분별하지 못하고 가벼이 행해, 눈으로 보고 귀로 듣기가 일정치 않으며, 집에 들어와서는 머리를 흩으려 볼품없이 하고, 밖으로 나가려면 곱게 용모를 꾸미며, 말하지 못할 말이 없이 함부로 지껄이며, 보아서는 안 될 것을 본다면, 이는 모두 마음이 온전하지 못하고 얼굴 표정을 바르게 하지 못한 것이라 할 수 있다.

5

대개 "한 사람의 마음을 얻으면 그로써 영원히 다함이라 할 것이고, 한 사람의 마음을 얻지 못하면 그로써 영원히 마친다.”고들 한다. 이는 사람의 뜻을 일정히 하며 마음을 온전히 하라는 말이다.

시부모의 마음을 어찌 잃어서야 되겠는가. 만물이 은혜로써 맺어져 있으나 은혜로 대해도 떠나는 사람이 있는가 하면, 또 의(義)를 지녔으되 제 스스로 깨어지기도 한다.

남편이 비록 사랑하나 시부모가 마땅치 않다고 한다면 이는 의(義)가 저절로 깨어짐이다. 그렇다면 시부모님의 마음을 어떻게 할 것인가. 이는 진실로 자신을 굽혀 좇는 것보다 더함이 없다 할 것이다.

시어머니가 너는 옳다고 여기는 것을 그르다 하시거든 마땅히 그 명을 좇을 것이며, 시어머니가 너는 그르게 여기는 일을 옳다 하시면 그 명을 따름이 옳으니, 옳고 그름을 따져 가리지 말아야 하니, 이것이 곧 곡진하게 좇음(따름)이다.

그러므로 『여헌(女憲)』에 이르되,

“며느리가 그림자와 메아리처럼 응한다면 어찌 아름답다 하지 않으리오.”

라고 하였다.

6

『방씨 여교(方氏女敎)』에 이르기를,

온갖 일이 대부분 여자로부터 비롯되는 것이니, 이미 모질어 시샘하고 또 표독스럽게 성을 잘 내면 크게는 집안을 망치고 작게는 자신을 망치게 된다.

눈을 들어 살펴보건대 도도(滔滔)히[1] 흐르는 물처럼 세태가 다 이러하다. 오직 도량이 크고 너그러우며 자애로워 편파(偏頗)[2]스러움이 없어야 덕을 지녔다고 할 수 있으니, 이로써 집안은 응당 절로 화목해질 것이다.

뒤에 할 일과 급히 할 일을 헤아려서, 이를 가려 행하기를 이치에 맞도록 하되, 지나치게 여유로워 게으름에 이르지 않도록 해야 한다.

종이며 고마[3]까지도 반드시 어진 마음[仁]으로 대해 주어야 할 것이니, 네 집 여자들은 네가 어여삐 여겨야 하거니와, 저들이라고 어찌 사람이 아니겠는가.

자기를 미루어 남을 헤아린다면(이해한다면) 다른 모든 일을 가히 헤아릴 수 있을 것이니, 사람다운 마음을 지닌

---

1) 도도(滔滔) : 물이 범람하여 넘칠 듯이 흐름. 세태에 휩쓸려 뒤쫓는 모양.

2) 편파(偏頗) : 한 쪽으로 치우쳐 공정하지 못함.

3) 고마 : 버젓한 아내가 아니라 몰래 뒤에 숨겨 둔 작은마누라. 어린애를 '꼬마'라 일컬으나 옛말에는 첩(妾)을 뜻하였다.

사람이라면 어찌 이런 생각을 품지 않을 수 있겠는가?

배고픔과 추위에 떠는 것을 불쌍히 여기고, 수고롭고 편안함을 조절하여 부득이한 때에만 비로소 꾸짖어야 할 것이다.

그 밖의 일들은 더러 쉽기도 하지만 아내 노릇 하기가 가장 어려운 것이니, 이 어려운 아내 노릇함을 어찌 애써 힘을 다해 하지 않을 수 있겠는가!

7

안씨 가훈(顔氏家訓)[1]에 이르기를,

아낙네는 오직 안에서 음식 만드는 일을 해야 한다.〔주중궤(主中饋)〕[2] 오직 술이며 밥이며 의복에 관한 예(禮)만을 일삼을 뿐일지언정 가히 나라의 정사에 참여하게 해서는 아니 되며, 집안의 일을 맡게 해서도 아니 된다.〔간고(幹蠱)〕[3]

---

1) 안씨 가훈(顔氏家訓) : 중국 남북조(南北朝) 시대의 학자. 안지추(顔之推)가 지은 책. 도덕, 학문, 교양, 사상, 처세, 예술 등에 이르러 자손에게 전해주는 훈계의 내용을 기록한 책이다.

2) 주중궤(主中饋) : 음식 만드는 일을 도맡음. 중(中)은 중심을 삼는다는 것을 뜻한다.

혹 슬기로우며 재주와 지혜가 있어, 아는 바가 고금(古今)에 통달(通達)하였다 하더라도, 반드시 군자(남편)을 도와서 부족한 것을 권할지언정 절대로 암탉이 울어〔빈계(牝鷄)〕4) 그 때문에 재앙과 액화를 불러들이는 일이 없도록 해야 한다.

8

정태중(程太中)의 부인 후(侯)씨는 시부모 섬기기를 효성스럽고 조심스럽게 섬겼으므로 칭송을 받았다. 남편인 태중과 더불어 서로 대접하기를 마치 손님을 대하듯 공경하였으며, 태중은 그 아내의 도움에 힘입어 예의와 공경이 더욱 지극하였고 부인은 겸손과 순종으로 스스로를 신칙(申飭)1)하였다.

부인은 비록 작은 일이라도 제 마음대로 하는 법이 없이, 반드시 남편에게 여쭈어 본 뒤에 행하였다. 그 부인은 바로

---

3) 간고(幹蠱) : 일을 잘 처리함. 간(幹)은 일을 잘 처리함을 뜻하고, 고(蠱)는 일을 뜻한다.

4) 빈계(牝鷄) : 암탉. 여자가 자기 마음대로 일처리 하는 것을 '빈계사신(牝鷄司晨)'이라고 한다.

1) 신칙(申飭) : 단단히 타일러 조심함.

이정(二程)[2] 선생의 어머님이다.

9

여형공(呂滎公)[1]의 부인 선원(仙源)이 일찍이 이르기를,
시강(侍講)[2]과 더불어 부부가 되어 육십 년을 같이 살았
으나, 하루도 화를 내고 낯을 붉힌 적이 없었다.

젊어서부터 늙기까지, 비록 잠자리에서조차 히히덕거리
며 웃은 적이 없었다.

형양공(滎陽公)의 몸가짐이 이와 같았으나 항상 범내한
(范內翰)[3]에 비해 스스로는 그에 미치지 못한다고 한탄하

---

2) 이정(二程) : 송나라의 대학자인 정호(程顥)와 정이(程頤)
형제를 가리킴. 형 정호의 자는 백순(伯淳), 호는 명도(明
道). 아우 정이의 자는 정숙(正淑), 호는 이천(伊川)이다.
형제가 다 주돈이(周敦頤)의 제자로 우주의 본성과 사랑의
성이 본래 동일한 것이라고 주장하였으며 역(易)에도 조예
가 깊었다. 둘을 정자(程子)라고도 존칭함.

1) 여현공(呂滎公) : 북송(北宋) 때의 명신(名臣)으로 이름은 희
철(希哲). 형양군공에 봉해져 형양공이라고도 부름.

2) 시강(侍講) : 임금이나 왕세자에게 글을 가르치는 것이나
그 일을 맡아 하는 사람, 또는 벼슬을 말함.

3) 범내한(范內翰) : 송나라 때의 한림학사(翰林學士)인 범중엄
(范中淹)을 가리킴. 내한은 벼슬 이름으로 신종(神宗), 철종

였다 하더라.

10

번희(樊姬)는 초나라 장왕(莊王)의 부인이다. 장왕이 즉위하여 사냥을 좋아하자 번희가 사냥을 그만 두시라고 간(諫)하였으나, 장왕은 사냥을 그치지 않았다. 이에 번희는 짐승의 고기를 먹지 않으니, 그제야 장왕이 잘못을 뉘우치고 정사(政事)에 부지런하였다.

어느 날 왕이 조회를 늦게 파하자 번희가 전(殿)에서 내려가 왕을 맞으며,

"어찌 이토록 늦게 파하셨습니까? 시장하고 힘겹지 않으십니까?"

하고 여쭈니 왕이 이르기를,

"현자(賢者)와 함께 이야기를 하다 보니, 배고프거나 힘겨운 것을 모르겠소."

하였다. 이에 번희가,

"상감께서 현자라 하시는 이는 누구를 가리키는 것입니까?"

(哲宗)의 실록을 중수(重修)했다. 고종 (高宗)은 『좌씨춘추(佐氏春秋)』를 공부하기 위해 그를 한림학사에 제수하였다.

하고 여쭈었다. 장왕이,

"우구자(虞丘子)를 말함이요."

라고 하자 번희가 입을 가리고 웃었다. 장왕이 의아히 여겨 물었다.

"어찌하여 웃는 것이오?"

번희가 대답하였다.

"우구자는 현자이나 충성스럽지는 못합니다."

"그건 무슨 말이오?"

장왕이 묻자 번희가 대답하였다.

"제가 건즐(巾櫛 : 수건과 빗)을 받들어 상감을 모신 지 어느덧 십일 년이 됩니다. 그동안 사람을 정(鄭)나라와 위(衛)나라에 보내 미인을 구해 상감께 바쳤으니, 이제 저보다 어진이가 두 사람이요, 저와 비슷한 이도 일곱이나 됩니다.

저라고 해서 어찌 상감의 총애를 독차지하고 싶지 않겠습니까? 그러나 제가 들으니 집에 계집을 여럿 들임은 사람의 능력을 보기 위함이라고 하였기에, 제가 사사로이 공적(公的)인 것을 가로막을 수 없어, 상감께 많이 보시고 사람의 능력을 아시게 하기 위해서였습니다.

이제 우구자가 초나라에서 봉직한 지가 십여 년이 되었는데 그가 천거한 자가 모두가 그의 자제 아니면 집안의 형제들이었으되〔곤제(昆弟)〕[1], 아직까지 어진 이를 등용하고 못난이를 내쳤다는 말을 듣지 못하였습니다.

이는 상감을 어둡게 하고 어진 이가 나아감을 가로막는 것이며, 어진 이를 알고도 벼슬에 나아가지 못하게 한다면 이는 불충(不忠)이요, 어진 이를 알아보지 못하였다면 이는 지혜롭지 못한 것입니다. 그러니 저의 웃는 바가 옳지 않습니까?"

번희의 말에 왕이 크게 기뻐하였으며, 다음날 장왕은 번희의 말을 우구자에게 전하자, 우구자는 할 말을 잃고 자리를 피했다. 우구자는 제 집으로 물러나와, 사람을 시켜 손숙오(孫叔敖)[2]를 맞아 왕께 나아가도록 천거하였다.

왕이 손숙오를 영윤(令尹)[3]으로 삼았다. 그가 초나라를

---

1) 곤제(昆弟) : 형과 아우, 형제.

2) 손숙오(孫叔敖) : 춘추시대 초(楚)나라 사람으로 손숙은 복성, 오는 이름이다. 초의 장왕을 도와 패업을 이룬 재상. 사람됨이 하도 곧아서 정승된 지 석 달 만에 간사한 아전이 없어지고 도적이 없어졌다고 함. 세 번이나 재상이 되었어도 기뻐하지 않았고, 재상을 그만두고도 뉘우치지 않았다고 함. 어렸을 때 볼 때마다 죽음에 이른다는 머리가 둘 달린 뱀을 만나게 되었는데, 이후 여러 사람을 살리기 위해 뱀을 죽여 땅에 묻고 자신은 죽음을 기렸다는 이야기는 그의 음덕(陰德)을 기리는 고사로 유명하다.

다스리기 삼 년만에 장왕은 패주(覇主)가 되었다. 이에 초
나라 사서(史書)에 기록하기를, '장왕이 오패(五覇)4)의 하나
가 됨은 번희의 힘이 컸노라'라고 하였다.

11

소월희(昭越姬)는 월왕(越王), 구천(句踐)1)의 딸이요, 초
나라 소왕(昭王)의 아내이다. 소왕이 놀이를 다닐 때, 채희
(蔡姬)는 왼쪽에 월희(越姬)는 오른쪽에서 모셨다. 왕이 사
마(駟馬)2)를 타고 한달음에 달려가 부사대(附社臺)3)에 올

---

3) 영윤(令尹) : 초나라 때의 관직이름으로 재상을 말한다.

4) 오패(五覇) : 춘추시대의 제환공(齊桓公), 진문공(晋文公),
   송양공(宋襄公), 진목공(秦穆公), 초 장왕을 일컬음. 패(覇)
   는 '두목'이란 뜻으로, 무력이나 권도(權道)로써 다스리는
   제후의 우두머리를 말한다.

1) 구천(句踐) : 춘추시대 월(越)나라 2대 왕. 오(吳)나라 왕 합
   려(闔閭)와 싸워 이겨 오왕을 죽였다. 합려의 아들 부차(夫
   差)가 아버지의 원수를 갚고자 다짐하던 중 회계산 싸움에
   서 구천을 사로잡았다. 그러나 구천은 20년 동안 쓸개를
   씹으며 복수를 위해 고초를 겪다가 마침내 오나라를 쳐
   치욕을 씻었다. 이를 두고 와신상담(臥薪嘗膽)이라는 고사
   (故事)가 만들어졌다.

2) 사마(駟馬) : 네 마리의 말이 끄는 수레.

랐다.

그리고 운몽택(雲夢澤)의 동산4)을 바라보며 뒤따르는 사대부(士大夫)들을 보며 몹시 즐거워하였다. 소왕이 두 아내를 돌아보며 물었다.

"즐거운가?"

채희가 아뢰었다.

"즐겁습니다."

왕이 다시 말하였다.

"내 그대와 더불어 이렇게 살고, 죽어서도 이와 같이 하고 싶노라."

하자. 채희가 아뢰기를,

"제가 살던 고을5)의 임금께서 백성의 일꾼으로서 군왕의 말 발(馬足)을 섬기시었는데, 저 역시 종의 몸이었건만 포저(苞苴)6)로 주고 완호(玩好)7)로 여기셨는데 이제는 여러

---

3) 부사지대(附社之臺) : 부사에 있는 언덕.

4) 운몽지유(雲夢之囿) : 운몽은 연못 이름. 유(囿)는 왕의 동산인 원유(苑囿)를 일컫는다.

5) 고을 : 채(蔡)나라를 말함.

6) 포저(苞苴) : '싸고 싼다'는 뜻으로 남에게 주는 뇌물이나 예물.

7) 완호(玩好) : 완은 '놀린다'는 뜻. 호는 '사랑한다'는 뜻으로

비빈(妃嬪)과 같이 대우해 주시니, 진실로 살아서 함께 즐기고 죽기를 또한 함께 하고자 합니다."

하였다. 그러자 왕이 사관(史官)을 돌아보며 이르기를,

"기록해 두라. 채희가 나를 따라 죽겠다고 하는구나."

하였다. 그리고 월희에게도 그와 같이 물었다.

월희가 아뢰기를,

"즐겁기는 합니다만, 그러하오나 오래 할 것이 못 되옵니다."

하니 왕이,

"내가 그대와 더불어 살아서도 이와 같이 즐기고 죽어서도 이와 같이 하고자 하노라. 그렇게 할 수 없겠느냐?"

하고 물었다. 그러자 월희가 아뢰었다.

"옛날 저희 돌아가신 초나라 임금 장왕(莊王)께서 음락에 빠져 삼 년이나 정사(政事)를 돌보시지 않으시더니, 마침내 그 잘못을 고쳐서 천하의 패주(覇主)가 되셨습니다.

저는 군왕(君王)께서 우리 선왕(先王)을 능히 본받아 장차 즐기는 것을 그만두시고 정사에 부지런히 힘쓰시리라 여겼습니다. 그런데 이제 그렇게 아니 하시고 천한 종과 죽기나 기약하려 하시니, 제가 어찌 좇을 수 있겠습니까?

좋아하는 보물이나 귀한 노리개를 뜻함.

또 군왕께서 폐백〔속백(束帛)〕[8]과 네 필의 말로〔승마(乘馬)〕[9] 저를〔종(婢子)〕 저희 고을(월나라)에서 취하셨거늘, 우리 임금이 대묘(大廟 : 종묘)에 가서 명을 받으시되, 즐기다가 죽기나 약속하라고는 아니 하셨습니다.

또 저는 여러 어른들로부터 '아내 된 사람은 죽음으로써 임금의 어짐을 드러내며 임금의 총애를 더한다'는 말을 들었어도 구차하게 남몰래 죽음을 좇음으로써 영예를 삼으라는 말을 듣지 못하였습니다. 그러니 저는 그 명에 따르지 못하겠사옵니다."

이에 왕이 깨달아 월희의 말을 공경하였으나, 채희를 오히려 어여삐 여겨 사랑하였다.

이십오 년이 지나, 소왕이 진(陳)나라를 구하러 갈 때 두 부인이 왕을 따라갔었는데, 왕이 군중(軍中)에서 병이 났다. 마침 붉은 구름이 해를 에워싸니 마치 그 모양이 나는 새와 같았다. 왕이 주사(周史)[10]에게 붉은 구름이 일어난 까닭을 묻자, 주사가 대답하기를,

---

8) 속백(束帛) : 비단 다섯 필을 각각 양끝에서 마주 말아서 한 묶음으로 한 것으로 옛날에는 예물로도 썼다.

9) 승마(乘馬) : 한 수레를 끄는 네 필의 말.

10) 주사(周史) : 주나라 대사(大史).

“이는 왕의 몸에 해(害)가 있을 징조이나, 장군이나 재상에게 옮아가게 할 수 있습니다.”

라고 하자, 장군과 재상이 이 말을 듣고,

“제 몸으로 귀신에게 빌게 하고 싶습니다.”

라고 하였다. 그러자 왕이

“장군과 재상은 내게는 팔다리와 같소〔고굉(股肱)〕[11]. 그러니 내 재앙을 그대들에게 옮긴다 하여 어찌 내 몸에서 아주 없앤다 할 수 있겠소?”

하고 물리쳤다.

그러자 월희가 말했다.

“크시도다. 군왕의 덕이시여! 이로써 제가 왕을 좇으려 원하옵니다. 지난날의 놀이는 지나친 향락이오라 감히 허락하지 아니하였습니다. 그러나 이제 군왕께서 예(禮)로 돌아가시니, 온 나라 사람이 다 군왕을 위하여 죽으려 하실 텐데, 하물며 아내 된 저이겠습니까? 부디 제가 먼저 저 세상에 가서 요사한 호리(狐狸)[12]를 좇도록 해주십시오.”

이에 소왕이 말씀하시기를,

---

11) 고굉(股肱) : 고굉지신(股肱之臣)의 준말, 즉 팔다리처럼 임금이 가장 믿고 신임하는 신하.

12) 호리(狐狸) : 여우와 삵. 여기서는 나쁜 귀신, 불길함을 뜻함.

"옛날 놀며 즐길 때는 내 우스갯소리로 해본 것이거늘 어쩌다 반드시 죽는다면 이는 나의 부덕(不德)을 드러내는 것이오."

라고 하였다. 이에 월희가 말하기를,

"옛날 제가 비록 입으로는 말씀드리지 않았으나 마음속 으로는 이미 그러기로 작정하고 있었습니다. 제가 듣기로, 거짓 없이 바른 사람은 그 본마음을 저버리지 않으며, 의로 운 사람은 마음에 먹은 일을 헛되이 하지 않는다 하셨습니 다. 저는 상감의 의로움에 죽되, 상감의 향락에 죽는 것이 아닙니다."

하고 마침내 스스로 목숨을 끊었다.

소왕이 뒤에 병이 무거워지자 세 아우에게 왕위를 물리 려 하였다. 그러나 세 아우가 듣지 않던 중 소왕이 군중(軍 中)에서 죽었는데 채희는 따라 죽지 못하였다.

왕의 아우인 자려(子閭)와 자서(子西)와 자기(子期)가 더 불어 의논하고 말하기를,

"어머니가 신의(信義)있는 사람은 그 아들 역시 어질 것 이다."

하고는 진영(陣營)의 문을 닫고 군사를 숨긴 뒤 월희의 아들 웅장(熊章)을 맞아 왕으로 세우니, 이가 곧 혜왕(惠王) 이다. 그런 다음에야 군사를 거두어 돌아와 소왕의 장례를

치렀다.

12

후한(後漢)의 명덕(明德)[1] 마황후(馬皇后)는 복파장군(伏波將軍) 원(援)의 작은딸이다.

어려서 아버지를 여의고 민첩하고 슬기로운 맏오라비 객경(客卿)도 일찍 죽자 어머니 인(藺)부인이 슬퍼하다 병이 들어 혼미한 지경에 이르렀다.

그 때 황후의 나이 열 살이었는데, 집안일을 도맡아 처리하고 종들을 다스리며 단단히 일러 경계하였다. 또한 안팎의 모든 일을 묻고 아뢰기를 마치 어른과 다를 바가 없었다. 처음에는 집안 어른들이 모두 이를 알지 못했으나 뒤에 듣고서는 모두 감탄하고 기특하게 여겼다.

황후가 이전에 오랫동안 병이 든 적이 있어, 대부인(大夫人)이 점을 치게 한즉, 점쟁이가 말하였다.

"이 딸이 비록 병이 있으나 반드시 귀하게 될 것이오.

---

1) 명덕(明德) : 후한(後漢)의 2대 명제(明帝)의 마황후. 시호가 덕(德)이므로 명덕이라 함. 복파장군 마원은 광무제 때 강족(羌族)을 평정하고 교지(交趾)의 난을 진압하고 흉노 오환(烏丸)을 쳐서 공을 세웠다.

그러나 점괘에 나온 조짐을 말할 수는 없습니다."

그 뒤에 또 관상쟁이를 불러서 점을 치게 하였는데, 황후를 보더니 크게 놀라며,

"내 반드시 이 따님의 신하가 되겠습니다. 그러나 귀하게는 되나 자식이 적을 것이니, 남의 자식을 얻어 기르면 힘입음이 낳은 자식보다 더욱더 나을 것입니다."

라고 하였다.

황후가 태자궁(太子宮)에 뽑히어 들어갈 때의 나이가 열세 살이었는데, 음황후(陰皇后)[2]를 섬기며 같은 궁녀들을 대하매 예를 갖추니, 위아래가 모두 편안히 여겼다.

마침내 임금님의 총애를 입어 항상 후당(後堂)에 거처하다가 명제(明帝)가 즉위하자 황후를 귀인(貴人)으로 삼았다.

그 때 황후의 전 어머니 언니의 딸인 가씨(價氏)도 뽑혀 들어와 숙종(肅宗)[3]을 낳았는데, 명 황제는 황후의 아들이 없으므로 숙종을 기르게 명하며 이르기를,

"사람은 반드시 자기가 낳은 아들만 길러야 되는 것은 아니니, 오로지 사랑하며 기르기를 지극히 하지 못할까 마

---

2) 음황후(陰皇后) : 후한의 세조 광무황제의 황후.

3) 숙종(肅宗) : 후한 명황제의 아들 효장황제.

음 쓰도록 하오."

라고 하였다.

황후는 이에 온 정성을 다하여 보살펴 기르니, 그 애쓰는 것이 몸소 낳은 자식보다 더하였다. 숙종도 또한 효성이 두텁고, 은혜로운 성품이 하늘에 닿은 듯하였고, 어머니와 아들의 서로 자애로움이 한결같아 털끝만큼의 빈틈이 없었다.

황후는 늘 왕의 자식이 많지 않은 것을 시름하며 좌우에 후궁을 천거하여 들이라 하였으며, 혹 뜻이 못 미칠까 두려워하였다. 후궁이 들어와서 뵙는 이가 있으면 항상 더 위로를 해주었고, 만일 자주 왕의 총애를 얻는 후궁에게는 으레 더욱 높이어 대접하였다.

영평(永平)4) 삼 년 봄에 유사(有司)가 장추궁(長秋宮)5) 세우기를 여쭈었으나, 황제는 이렇다 할 말씀을 아니 하였다. 이에 황태후(皇太后)가 이르기를,

"마귀인(馬貴人)의 덕이 후궁들의 으뜸이니 바로 그 사람으로 하시오."

라고 하였으므로 마침내 황후로 삼았다.

---

4) 영평(永平) : 명제(明帝)의 연호(年號).

5) 장추궁(長秋宮) : 황후 또는 황후의 궁.

이보다 앞서 황후는 조그만 날벌레가 수없이 날아와 몸에 붙거나 살갗을 파고 들락거리는 꿈을 꾸었다. 이미 황후의 자리에 오른 후에도 황후는 더욱 겸손하고 낮추어 조심하였다. 황후의 키가 일곱 자 두 치며 바른 입모습에 머릿결이 아름다웠다.

『주역(周易)』을 외우고, 『춘추(春秋)』6)와 『초사(楚辭)』7)를 즐겨 읽고, 더욱이 『주관(周官)』8)과 『동중서(董仲舒)』9)의 글에도 능했다.

항상 올이 굵은 깁10)을 입고, 치마에는 선을 두르지 아니

---

6) 춘추(春秋) : 중국의 역사서로 춘추시대 노(魯)나라의 연대기(722~481 BC). 공자가 엮어 『춘추』라 이름 붙였는데 역사를 가리키는 말로도 쓰인다. 역사에 대한 비판적인 시각으로 저술되었으며 기원 전 480년경에 완성되었다.(전11권)

7) 초사(楚辭) : 중국 초(楚)나라 굴원(屈原)의 사부(辭賦)를 위주로 그의 제자 및 후세 사람들의 작품을 모은 책. 한(漢)나라의 부(賦)에 지대한 영향을 미쳤다.(전16권)

8) 주관(周官) : 『서경(書經)』의 주서(周書) 편 이름. 주대의 제도와 위정자의 도리를 기록했음.

9) 동중서(董仲舒) : 전한(前漢) 때의 유학자. 유교사상 (儒敎思想)을 정치의 근본으로 할 것을 주장함. 저서로 『춘추번로(春秋繁露)』 등이 있다.

10) 깁 : 명주실로 바탕을 조금 거칠게 짠 비단.

하였다. 초하루와 보름에 여러 공주들이 문안을 드릴 때, 황후의 굵고 거친 옷을 멀리서 보고 비단으로 여겼다가 가까이서 뵙고 모두 놀라며 웃었다. 이에 황후가 이르기를,

"이 옷감이 물들이기에 특히 좋아 사용했을 뿐이다."

라고 하였다. 이에 육궁(六宮)[11]의 모든 이들이 감탄하지 않는 이가 없었다.

황제가 일찍이 원유(苑囿)[12]의 이궁(離宮)[13]에 행차하실 때면, 황후는 곧 바람과 사기(邪氣 : 삿된 기운)와 이슬이며 안개를 조심할 것을 말씀드리되 그 말뜻이 정성스럽게 갖추었으며 살피고 분별하여 조심하고 가렸다.

황제가 탁룡(濯龍)[14]에 나실 때 모든 재인(才人 : 후궁의 벼슬이름)들을 부르시자 하비왕(下邳王)[15] 이하 모두 다 곁에 있다가, 황후 모시기를 청하였다.

그러자 황제가 웃으며 말하기를,

---

11) 육궁(六宮) : 황후가 머무는 궁전과 부인들이 있는 다섯 궁실(宮室)을 말한다.

12) 원유(苑囿) : 후원에 있는 짐승을 기르는 곳.

13) 이궁(離宮) : 임금이 궁궐 밖에서 거처하는 별궁(別宮).

14) 탁용(濯龍) : 후원(後苑)의 이름.

15) 하비왕(下邳王) : 명제(明帝)의 아들로 이름은 연(衍)이다.

"그 사람은 음악을 즐기지 않으시니, 비록 오신다 해도 즐기지 아니할 것이오."

라고 하였다.

이런 까닭에 황후는 놀고 즐기는 일에는 따르는 일이 드물었다.

즉위한 지 십오 년에 황제가 지도를 보고 황자(皇子)에게 봉(封)하려 할 때, 제후 여러 나라의 반만 봉하려 하자, 황후가 이를 보고 여쭈었다.

"여러 황자에게 두세 고을만을 식읍(食邑)으로 내리신다면, 법에 비추어 너무 적지 않습니까?"

황제가 이르기를,

"내 아들이 어찌 선제(先帝)의 아들과 더불어 같을 수 있겠소. 해마다 이천만(二千萬)을 주면 족할 것이오."

라고 하였다.

그 때 초(楚)나라에 모반이 일어나 여러 해 동안 판결이 나지 않았다. 죄인들이 서로 증인이 되므로 연루(連累)되어 감금된 사람이 몹시 많았다〔초옥(楚獄)〕.16)

황후가 거기에 그릇된 것이 많을 것을 염려하여 틈을

---

16) 초옥(楚獄) : 명제의 형인 초왕 영(楚王英)이 모반을 꾀하였던 사건으로 황족 등 수천 명이 연루된 옥사(獄事).

타서 황제께 사뢰며 슬퍼하였다. 황제께서 마음으로 깨닫는 바 있어 밤에도 일어나 방황하더니, 황후의 뜻을 받아들여 마침내 형벌을 낮추거나 많은 죄인들의 벌을 면제하여 주었다.

또 여러 장수들이 아뢰는 일과 공경(公卿)들의 의론이 분분한 일은, 임금이 자주 황후에게 물어보았으므로, 황후는 그 때마다 이치에 어긋남이 없이 분별하여 그 정상을 참작하게 하였다.

늘 가까이서 임금을 모실 때 드리는 말씀이 정사(政事)에 미치므로 돕는 바가 많았으되, 집안의 사사로운 일을 소청하는 일이 없었으므로, 황제의 총애와 공경이 날로 두터워져, 처음부터 끝까지 늘 쇠함이 없었다.

명제(明帝)가 돌아가시고 숙종이 즉위하자 황후를 높이어 황태후라 하였다. 명제의 여러 귀인(貴人 : 후궁)들이 남궁(南宮)으로 거처를 옮기게 되자, 태후는 이별을 섭섭히 여겨 그들에게 각각 황제의 붉은 인끈(赤綬)을 내리시고, 안거(安車)17)와 네 말이 끄는 수레와 희고 고운 베 삼천 필, 비단 이천 필과 황금 열 근을 더 내리셨다.

---

17) 안거(安車) : 노인이나 부녀자들이 편안히 앉아서 타는 수레로 말 한 필이 끈다.

태후는 몸소 현종기거주(顯宗起居注)[18]를 펴냈는데, 큰 오라비인 방(防)이 의약(醫藥) 만드는 일에 참여한 사실을 삭제해 버렸다. 이에 황제가 조심스럽게 물었다.

"황문(黃門)[19] 외삼촌이 아침저녁으로 공양하신 지가 일 년이나 되는데, 포상도 않으시고 또 공로를 기록하지도 않으시니, 너무하지 않습니까?"

이에 태후가 대답하기를,

"나는 후세 사람들로부터 선제(先帝)[20]께서 후궁의 집을 자주 가까이 친히 지냈다는 말을 듣고 싶지 않아서 기록하지 아니하였소."

라고 하였다.

건초(建初) 원년(元年)[21]에 숙종은 여러 외숙들에게 영지(領地)를 내리고 관작(官爵)을 내리고자 했으나 태후가 듣지 아니하였다. 이듬해 여름에 심한 가뭄이 들자, 사람들이

---

18) 현종기거주(顯宗起居注) : 현종 효명황제의 실록.

19) 황문(黃門) : 벼슬의 이름. 대궐의 금문(禁門). 또는 이를 지키는 관리.

20) 선제(先帝) : 돌아가신 임금, 명황제의 아버지 선황(先皇). 광무제.

21) 건초원년(建初元年) : 후한의 장제 1년.

이를 두고,

"외척(外戚)을 봉작하지 않았기 때문이다."

라고 하였다. 이에 관리가 태후에게,

"옛 법을 좇으심이 마땅하옵니다."

하고 사뢰었다.

이에 태후가 조서(詔書)를 내렸다.

"이 일에 대해 입을 여는 사람들은 모두 나에게 어여삐 보여 덕이나 보기 위함이다. 옛 왕(王)씨 오후(五侯)[22]가 하루 만에 다 봉하여졌는데, 그 때 누런 안개가 사방에 가득하고도 비 왔다는 소리를 듣지 못하였다.

또 전분(田蚡)[23]과 두영(竇嬰)[24]이 황제의 총애와 존귀를 받고, 방자하였다가 경복지화(傾覆之禍)[25]를 부른 이야

---

22) 왕씨 오후(王氏五侯) : 전한(前漢) 제10대 원제(元帝)의 황후 왕(王)씨가 형제 다섯을 모두 대사마에 임명하여 이들을 오후(五侯)라 하였다.

23) 전분(田蚡) : 전한(前漢) 제6대 경제(景帝)의 외숙. 두영(竇嬰)과 권력다툼이 치열하였다.

24) 두영(竇嬰) : 전한 제5대 문제(文帝) 두황후(竇皇后)의 사촌의 아들로 두태후의 뜻을 거슬러 파직되었다.

25) 경복지화(傾覆之禍) : 나라를 뒤집어엎어서 망하게 하는 화근.

기도 세상에 전한다. 그러므로 선제께서는 외숙들이 궁중에 오는 것을 막고 중요한 벼슬자리에 있게 하지도 아니하셨고, 모든 아들을 봉하시되 초(楚)와 회양(淮陽) 땅의 반으로만 하시고 늘,

"내 아들은 선제의 아들과 같게 할 수는 없다."

고 하시었다.

이제 유사(有司)26)는 어찌하여 마(馬 : 황후 친정)씨를 음(陰)씨에게 비교하고자 하는 것인가? 내 천하의 어미인 국모(國母)로 몸에는 올이 굵은 성긴 깁을 입으며 맛있는 음식을 구하지 않으며, 주위 사람들도 오직 깁과 베를 입고 향내 나는 꾸밈을 하지 않음은, 모름지기 스스로 몸으로 보여 아랫사람들을 다스리기 위해서이다.

외친(外親)들이 이런 나를 보면 반드시 마음에 슬퍼하여 스스로 타일러 삼가 하리라고 여겼으나, 다만 웃으며 이르시기를,

"태후는 본디 소박하여 검소한 것만을 좋아하느니라."

라고 하였을 뿐이다.

전에 탁룡문(濯龍門)27)을 지나갈 때, 제 외가의 안부를

물을 사람을 만나보니, 그 수레는 흐르는 물 같고 말은 헤엄치는 용과 같았다. 종들이 입은 구(褠)28)는 그 옷깃과 소매가 바르고 희기에, 궁궐에서 모시고 있는 이들을 돌아보았더니 그 옷은 거기에 훨씬 미치지 못하였다.

그렇건만 그르다 하여 꾸짖으며 화를 내지는 않으시고 오직 세용(歲用)을 깎은 것은 스스로 그 마음속으로 부끄러워하기를 바란 까닭이었다. 그러함에도 아직도 게을러 나라를 염려하여 집을 소홀히 하려는 헤아림이 없다.

신하를 알아보는 데는 임금만한 이가 없으니, 하물며 나는 친족(親族)임에랴!

내 어찌 위로는 선제의 뜻을 저버리고 아래로는 선인(先人 : 돌아가신 아버지)의 덕을 허물며, 서경(西京)29)이 패망한 재앙을 뒤따르게 할 수 있겠는가?

하시고 굳이 허락하시지 아니하였다.

황제가 조서를 보시고 슬퍼하며 탄식하여 또 다시 청하였다.

"한(漢)나라가 흥할 때, 외숙들을 제후로 봉한 것은 황자

---

28) 구(褠) : 소매가 좁은 홑옷.

29) 서경(西京) : 전한(前漢)의 서울. 여기서는 전한을 가리킨다.

(皇子)가 왕이 된 것과 같았습니다. 태후께서 진심으로 겸양하시나, 어찌 저로 하여금 유독 세 외숙에게 은혜를 베풀어드리지 못하게 하십니까? 또한 위위(衛尉)[30]께서는 나이가 많으시고, 두 분 교위(校尉)[31]는 큰 병이 있으니, 이러다가 돌아가시면 저로 하여금 뼈에 사무치는 한(恨)을 두고두고 품게 될 것이니, 마땅히 좋은 때에 이른 것 같사오니 미루지 않으심이 좋을 것 같사옵니다."

그러자 태후가 대답하였다.

"내가 거듭 헤아려 양쪽을 다같이 좋게 하려고 한 것이오. 어찌 한갓 겸양하다는 아름다운 이름을 얻고자 하여 황제로 하여금 외척을 돌보지 않는다는 혐의를 받게 하려 함이겠소."

옛날 두태후〔竇太后 : 문제(文帝)의 황후〕가 왕황후〔王皇后 : 경제(景帝)의 왕후〕의 오라비를 봉하려 하자, 승상 조후(條侯)[32]가 말하기를,

---

"고조(高祖) 황제로부터 약조를 받기를 군공(軍功)이 없는 이와 유(劉)씨 아니면 제후로 봉하지 말라하셨습니다."

라고 하였는데, 이제 마(馬)씨가 나라에 공이 없으니 어찌 음(陰)씨·곽(郭)33)씨 같이 나라를 중흥시킨 왕후와 같이 대우할 수 있으리오.

일찍이 부귀한 집안을 보니, 봉록과 벼슬이 겹치니, 마치 과일이 두 번 열매를 맺는 나무는 그 뿌리가 반드시 상하는 것과 같으며, 또 사람이 제후 되기를 바라는 것은 위로는 제사를 받들고 아래로는 다사롭고 배부름을 얻으려는 것일 따름이오, 그런데 이제 제사 모실 때는 사방의 귀한 것을 받고, 옷은 궁궐 창고의 남는 것을 입거늘, 무엇이 부족하여 굳이 한 고을을 가지려 한다는 것이오?

내 깊이 헤아려 하였으니 더 이상 의심치 마시오. 무릇 지극한 효행(孝行)이란 어버이 편안케 하는 것이 으뜸이오.

언을 받아들였으므로 닷새를 굶다가 피를 토하고 죽었다.

33) 음·곽(陰·郭) : 후한 세조 광무제(光武帝)의 두 황후. 곽씨는 첫 번째 황후로 태자 강(彊)의 모후(母后)였으나, 총애를 잃고 왕을 원망하다가 폐황후가 되었다. 귀인으로 있던 음씨가 황후가 되었으므로 태자 강은 동해왕(東海王)이 되고, 음황후의 아들 장(莊)이 태자가 되어 명제로 즉위하였다.

이제 자주 재변(災變)을 만나, 곡식 값은 몇 배로 뛰어올라, 밤낮으로 근심하며 앉으나 누우나 편안하지 못하거늘, 외척 봉하는 일이나 먼저 하려 하여, 어미의 근심어린 마음을 거스르려 하는 것이오?

내 본디 성미가 억세고 급하여 가슴 가운데 기운이 차 있는지라, 이를 순하게 다스리지 않으면 아니 되오. 그러나 만약 바람과 비가 제철에 오고 변두리 지역이 조용히 가라앉은 뒤에는 그대의 뜻에 따라 행하시오. 그 때가 되면 단 엿이나 즐기며 손자들이나 어르며 다시는 정사에 간여하지 않으리다."

하였다.

어느 날 신평공주(新平公主)의 집 하인이 불을 내어 북쪽 후전〔後殿 : 후비(后妃)나 궁녀가 살고 있는 궁〕에까지 불이 번졌다. 태후는 자신의 죄라 여기어 머무르시는 것을 즐거이 여기지 아니하였으며, 마침 원릉(原陵)을 참배하려던 중이었는데, 자신이 방비를 철저히 하지 못한 죄라 하여 능을 참배하는 것마저도 부끄럽다 하시며 아니 가셨다.

처음에 어머니 대부인(大夫人)을 장사지낼 때, 봉분을 조금 높게 쌓았으므로 태후가 이를 말씀하니, 큰오라비 요(廖)가 곧 깎아 덜어내었다.

또 외척 중에서 겸양하고 소박하여 행실이 어진 사람이

있으면 곧 온화한 말을 빌려 재물과 벼슬로 상을 주었다. 그러나 어쩌다 조그만 허물이 있으면 먼저 엄하고 신중한 태도를 보이신 뒤에야 꾸짖었으며, 그 수레와 의복을 화려하게 함으로써 법에 따르지 않는 사람은 즉시 친족의 호적에서 빼어 연을 끊고 시골로 내치셨다.

광평(廣平)과 거녹(鉅鹿)과 악성왕(樂成王 : 명제의 아들)이 수레와 말이 검박하여 금은으로 장식함이 없었으므로 황제가 이를 태후에게 말씀드리니, 태후가 곧 돈 오백만 냥을 각각에게 내리셨다.

이런 일들로 인해 안팎의 모두가 태후를 따르고 교화(敎化)되어 옷 입는 것이 한결같이 똑같이 하니, 모든 집안들이 영평〔永平 : 명제(明帝) 재위 시절) 시대보다 더 두려워하였다.

태후는 궁 안에 베 짜는 방을 두고 탁용문 안에는 누에를 치게 하며 자주 가 보시는 것을 즐겨하셨다.

항상 황제와 더불어 아침저녁으로 정사(政事)에 대한 말씀을 나누었으며, 여러 어린 왕들을 가르치고 『경서(經書)』를 토론하시며, 평생의 일을 들려주시며, 종일토록 따뜻하고 화평하게 지내셨다.

즉위 사 년에 풍년이 들어, 사방의 국경지대가 무사하니, 황제는 마침내 세 외숙인 요(廖)와 방(防), 광(光)을 제후로

봉하였으나, 모두 사양하며 관내후(關內侯)[34]가 되기를 원하였는데, 태후가 이를 들으시고 말씀하시기를,

"성인이 가르침을 만드심이 각각 그 방법이 다르심은 사람의 성정(性情)이 다 같지 않음을 알아서였을 것이요, 내가 젊었을 때는 오직 죽백(竹帛)[35]을 사랑하고, 속으로 명을 살피지 아니하였다.

이제 비록 늙었으나 경계하는 것은 탐욕을 조심하려 함이기에 밤낮으로 조심하여 스스로를 낮추고 덜기를 생각하여 거처에 편안함을 구하지 않으며 배불리 먹음을 생각지 아니하였다. 이러한 도(道)로써 선제(先帝)의 뜻에도 부끄럽지 않으며 또 형제들을 가르치고 이끌어 이 뜻을 함께하여 눈감는 날에 후회하는 일이 없도록 하였다. 그러한 즉 어찌 이 늙은이의 뜻을 따르지 아니할 생각을 하느냐? 만약 그리한다면 오랜 세월을 두고 길이 뉘우치게 되리라."

하였다.

이에 요와 방과 광은 부득이 봉작을 받고 벼슬에서 물러

---

34) 관내후(關內侯) : 6국 때부터 한나라 때까지 있었던 벼슬. 봉로는 없이 녹을 받았음.

35) 죽백(竹帛) : 책. 옛날에는 종이가 없어 대쪽이나 헝겊에 글씨를 썼으므로 죽백이라 하였다.

나 집으로 돌아갔다.

　태후는 그 해에 병을 앓았으나, 무당의 굿을 믿지 않고 의원도 거절하며 귀신에게 빌거나 고사를 지내지 말라고 자주 신칙(申飭 : 단단히 타일러 삼가게 함)을 하였다.

　유월에 이르러 돌아가시니 재위 스물세 해이며 나이는 마흔 조금 넘었다.

부부장 하(夫婦章 下)

1

후한(後漢)의 화희 등황후(和熹鄧皇后)[1]는 태부(太傅 : 벼슬이름) 등우(鄧禹)의 손녀다. 아버지 등훈(鄧訓)은 호강교위(護羌校尉)[2]이며 어머니 음(陰)씨는 광렬황후(光烈皇后)의 사촌동생의 딸이다.

등황후(鄧皇后) 나이 다섯 살 적에 할머니 태부 부인이 사랑하여 손수 머리를 깎아주는데, 나이가 많아 눈이 어두우므로, 잘못하여 황후의 이마에 상처를 내었다. 그러나 등황후는 아픔을 참고 말을 하지 않으니, 주위 사람이 이상히 여겨 까닭을 물었더니 황후가 대답하기를,

"아프지 않은 것이 아니라, 할머니께서 사랑하시어 머리를 깎아 주시므로 늙으신 분의 마음을 차마 상하게 할까봐

---

1) 화희 등황후(和熹鄧皇后) : 후한 제4대 화제(和帝)의 황후로서 시호가 희(熹)이므로 화희라고 부른다. 이름은 수(綏). 황궁으로 들어가 귀인(貴人)으로 있다가 음황후(陰皇后)가 폐황후 되자 황후가 되었으며, 화제(和帝)가 죽은 후 어린 상제·안제를 위해 10여 년을 섭정하였으며 선정을 베풀었다.

2) 호강교위(護羌校尉) : 한(漢) 무제 때 설치한 벼슬. 농서(隴西)에 주둔하여 여러 오랑캐를 진압하는 임무를 맡고 있었다.

참았습니다."

라고 하였다.

여섯 살이 되자 이미 사서(史書)에 능하였고, 열두 살에는 시(詩)와 『논어(論語)』에 막힘이 없이 통하였다. 어러 오라비들이 언제나 『경전(經典)』을 읽을 때면 으레 겸손한 마음가짐으로 물었다.

생각을 늘 책에만 두고 집안 살림에 대해서는 묻지 않으므로, 어머니는 늘 마땅치 않게 여기며 이르기를,

"너는 아녀자가 할 일을 익혀 옷 만드는 일은 하지 않고, 학문에만 힘을 쓰니 반드시 박사(博士)3)가 되려 하느냐?"

하였다.

황후가 어머니 말씀을 어기는 것을 두려워해 낮에는 아낙네의 일을 익히고 밤에만 경전을 읽으니 집안사람들이 '선비'라 일컬었다. 아버지 훈(訓)이 그 딸을 남달리 기이하게 여겨 크고 작은 일을 가리지 않고 의논하곤 하였다.

영원(永元 : 후한 화제(和帝)의 연호) 사 년에 당연히 여럿 중에 간택되어 대궐에 들어가게 되었으나, 마침 아버지 훈이 돌아가시므로 대궐에 들지 못한 채 밤낮으로 울며 삼년상을 마칠 때까지 소금으로 간을 맞춘 음식과 채소도 먹지

---

3) 박사(博士) : 선비의 벼슬 이름.

않았으므로 모습이 초췌해져 친한 사람도 알아보지 못하였다.

황후가 어느 땐가 꿈에 하늘을 더듬어 보니 넓고도 멀어 푸르렀는데, 마치 종유(鍾乳 : 젖꼭지)처럼 생긴 것이 있어 고개를 들어 빨아먹었다고 하였다. 이에 꿈을 풀이하는 사람에게 물으니 그가 말하기를,

"요(堯)임금이 꿈에 하늘을 잡고 오르셨으며 탕(湯)[4]임금이 꿈에 하늘에 이르러 하늘을 핥으셨다고 하였습니다. 이는 성왕(聖王)이 될 조짐을 뜻하는 꿈으로 이루 말할 수 없이 길한 꿈입니다."

하였다.

또 관상보는 황후를 보고 깜짝 놀라며 말하기를,

"이는 성탕(成湯)의 법입니다."

라고 하였다.

집안사람들은 속으로는 기뻐하였으나 입 밖에 내지 않았다. 또 황후의 작은아버지 해(陔)는 이런 말을 하였다.

"일찍이 듣기로, '천 사람을 살린 사람은 그 자손 중에

---

4) 성탕(成湯) : 은(殷)나라 초대 왕. 이름은 이(履). 하(夏)의 걸왕(桀王)을 내쫓고 천자(天子)의 왕위에 올랐다. 박(亳)에 도읍하여 국호를 상(商)이라 하였다. 탕왕.

제후로 봉함을 받는다고 하였는데 훈(訓) 형님께선 알자(謁者)5)가 되시어 석구하(石臼河 : 하천의 이름)를 고치고 손보아 해마다 수천 명을 살렸으니, 천도(天道)는 가히 미더운 것이라 우리 집안이 반드시 복(福)을 받을 것이다."

그 이전에 태부(太傅)인 우(禹)께서도 자찬하여 이르시기를,

"내가 백 만의 무리를 거느렸으되, 잠시 한 사람도 함부로 죽인 일이 없으니, 후세 자손 중에 반드시 흥할 사람이 있을 것이다."

라고 하였다.

영원(永元 : 후한 화제의 연호) 칠 년에 등황후가 다른 여러 집안의 딸들과 함께 다시 뽑히어 대궐에 들어갔다. 등황후의 키가 일곱 자 두 치요, 자태가 고와 여러 규수들 중에 가장 빼어나므로, 주위 사람들이 경탄해 마지않았다.

이듬해 겨울에 대궐에 들어가 귀인(貴人 : 황후의 다음 가는 벼슬)이 되었는데 이때 나이 열여섯이요, 온순하고 공손하며 의젓하고 조심스러우니 그 행동거지에 모두 법도(法度)가 있었다.

음황후(陰皇后)를 섬김에 새벽부터 밤까지 거듭 조심하

---

5) 알자(謁者) : 귀한 손님을 안내하는 사람. 또는 벼슬.

며, 같은 또래를 대할 때도 늘 스스로 자제하며 자신을 낮추었다. 비록 궁중에서 부리는 종이나 천한 사람들이라도 다같이 은혜를 베푸니 화제(和帝)가 몹시 기특하게 여겨 극진히 대했다. 등황후가 병이 나자 화제는 특별히, 황후의 어머니와 형제들로 하여금 궁중에 들어와 약을 쓰고 시중 들게 하되 기한을 제한하지 않았다.

이에 임금께 황후가 아뢰었다.

"궁궐은 원래 지극히 엄한 곳으로 바깥사람으로 하여금 오래도록 머물게 하여 위로는 상감께 사사로운 정에 치우치신다는 구설을 들으시게 되고, 아래로는 첩으로 하여금 은총을 받고도 분수를 모른다는 비난을 받게 되니, 위아래가 서로 손상됨을 진실로 원치 않사옵니다."

이에 황제께서 말씀하시기를,

"남들은 누구나 다 궁궐에 자주 들어오는 것을 영화롭게 여기는데 귀인은 오히려 근심으로 여기어 스스로를 자제하며 겸양하니, 실로 저러기가 어려우리라."

라고 하였다.

연회가 있을 때는 늘 여러 희첩(姬妾)6)들과 귀인들은 저마다 다투어 가꾸고 꾸미어 비녀며 귀걸이가 빛나고 옷맵

---

6) 제희첩(諸姬妾) : 임금과 성이 같은 사람. 시누이들.

시가 고왔으나 등황후만은 홀로 무늬 없는 수수한 차림으로 꾸밈이 없었다. 혹 입는 옷이 음황후와 같은 색이면 즉시 그 옷을 벗어 다른 옷으로 입었으며 만약 음황후와 함께 들어가 황제를 뵈올 때는 감히 바로 앉지 않고 따로 떨어져 서 있었으며 거동할 때는 몸을 나직이 하며 겸손하게 하였다.

황제께서 물으시는 말이 있을 때는 언제나 머뭇머뭇하며 뒤에 사뢰어 감히 음황후를 앞질러 말한 적이 없었다. 그러기에 황제께서는 등황후의 마음씀과 애써 삼감을 아시고 찬탄하기를,

"덕(德)을 닦는 노력이 이와 같구나."

라고 하였다.

후에 황제가 음황후를 점점 멀리하자, 등황후는 황제를 뵈올 때마다 매양 몸이 아프다는 핑계를 대곤 거절하였다.

그 무렵, 황제는 자주 황자(皇子)를 잃었으므로 등황후는 후사(後嗣 : 뒤를 이을 자손)가 많지 못함을 걱정하여 눈물 흘리며 한숨지었다. 그리고 자주 재인(才人)을 뽑아 황제께 올려 그 마음을 즐겁게 해드리고자 하였다.

음황후는 등황후의 덕을 칭송하는 소리가 날로 높아지자 어찌할 바를 모르더니 축저(祝詛)[7]하여 해치려 하였다. 황제가 병(病)이 들어 위독한 적이 있었는데, 음황후가 은밀

히 말하기를,

"내 뜻을 얻으면 등씨 중에 살아남는 무리를 다시는 없게 하리라."

라고 하였다.

등황후가 이 말을 전해 듣고 눈물을 흘리며 가까이 있는 사람들에게 말하기를,

"내 온 정성과 온 마음을 다하여 황후를 섬겼건만 아무런 도움이 되지 못했다니, 반드시 하늘에서 내리는 벌을 받을 것이다. 아내가 남편을 따라 죽어야 한다는 법은 없으나 주공(周公)은 자신의 몸으로 무왕(武王)의 명을 대신하려 했으며, 월희(越姬)8)는 마음속으로 반드시 임금을 따라 죽을 것을 맹세하였다. 이는 위로는 임금의 은혜에 보답하고 가운데로는 우리 일족(붙이)의 화(禍)를 면하게 하며, 아래로는 음씨로 하여금 사람보기를 돼지같이 하는 인시(人豕)9)의 기롱(譏弄 : 남을 업신여기어 실없는 말로 놀림. 희롱)

---

7) 축저(祝詛) : 귀신에게 빌어 남을 해치려 함.

8) 월희(越姬) : 월왕 구천의 딸. 초나라 소왕의 아내. 소왕이 병중에 있을 때 소왕을 위해 먼저 죽었다.

9) 인시지의(人豕之議) : 사람돼지의 말썽. 한 고조(高祖)의 황후 여(呂)씨는 고조가 죽고 아들 혜제(惠帝)가 즉위하자, 평소 고조에게 총애가 깊었고 그것을 기화로 태자로 있던

을 하지 못하게 하리라."

하시고는 곧 독약을 마시려 하였다.

이에 궁인(나인) 조옥(趙玉)이 급히 말리며 짐짓 거짓으로 아뢰기를,

"마침 심부름꾼이 왔었는데 황제의 병환이 이미 쾌차하셨다고 하옵니다."

라고 하였다.

등황후는 그 말을 믿어 약 먹기를 그만두었다. 그런데 다음 날 과연 병이 나았다.

영원(永元) 십사 년 여름, 음황후가 무고(巫蠱)10)의 죄로 폐후(廢后)를 당하게 되자, 등황후가 황제를 뵙고 음황후 구해 주기를 청하였으나 황제는 정하신 뜻대로 처결하시므로 뜻을 이루지 못하였다.

이 일로 인해 등황후는 거짓으로 몸이 몹시 아프다고

혜제를 폐하고, 자기 아들인 여의(如意)를 태자로 바꾸도록 졸랐던 척부인(戚夫人)을 잡아들여 손발을 자르고 눈을 후벼내고 귀를 짓이기고 목이 쉬는 약을 먹여서 말을 못하게 한 후, 변소에 처넣고서 사람돼지(人豕)라고 불렀던 사건을 말한다.

10) 무고사(巫蠱事) : 무당을 부려서 귀신을 내리게 하여 사람을 해치도록 푸닥거리를 하는 일.

하며, 스스로 깊숙이 거처하고 모든 접촉을 끊었다.

마침 유사(有司 : 사물을 맡아보는 관리)가 새로 황후를 세울 것을 황제께 여쭈었다. 그러자 황제가 이르되,

"황후의 지존(至尊)함이 나와 같으니 종묘를 받들고 천하의 어머니가 되므로 어찌 쉬운 일이겠는가? 오직 등귀인의 덕이 후궁 가운데 으뜸이니 그를 세움이 가히 마땅하리라."

하였다.

겨울에 이르러 황후로 세우니, 등귀인은 세 번 사양한 뒤에야 즉위하였다. 그리고 손수 황제께 올리는 표(表 : 임금에게 올리는 글)를 써서 올렸는데,

"덕(德)이 엷은 제가 황후로 간택됨에 감당하기에 부족함이 많사옵니다."

라고 하였다.

이때 사방의 여러 나라에서 공물(貢物)을 바치는데, 다투어 진귀한 것을 바쳤다. 그러나 황후가 즉위하고부터는 모두 다 금지시키고, 설을 쇤 뒤에 다만 종이와 먹만을 바치게 하였다.

황제가 여러 번 등씨(鄧氏)들에게 벼슬을 내리려고 하였으나 등황후는 번번이 간곡히 청하며 겸손히 사양하였기에 황제가 세상을 떠날 때까지 맏오라비 즐(騭)은 화제(和帝) 때가 끝나도록 호분 중랑장(虎賁中郎將)[11]에 지나지 않았다.

원흥(元興) 원년에 황제가 돌아가셨는데, 맏아들 평원왕
(平原王)이 병이 있었고, 여러 황자(皇子)들은 이즈음을 전
후로 십여 명이 요절하였으므로, 등황후는 뒤에 낳은 황자
를 즉시 몰래 민간으로 보내 은밀히 기르게 하였다.

상제(殤帝)12)가 태어난 지 백일이 되자 등황후가 이를
맞아다 황제로 세웠다. 이로부터 등황후를 높여 황태후(皇
太后)가 되고 조회(朝會)에 임하였다.

화제(和帝)의 장례를 마친 후 궁인들이 다 후원(後園)으
로 돌아가게 됨에, 태후가 귀인 주(周)씨와 풍(馮)씨에게
책(策)을 내리어 말하기를,

"내가 귀인들과 더불어 황제의 배필이 되어 후궁으로 들
어와 더불어 기뻐하여 함께 하였음이 십여 년이 되었구려.
복을 타지 못하여 선제(先帝)께서 일찍 세상을 버리시니
외로운 마음 허전하여 우러를 곳이 없어 낮이나 밤이나
길이 그리워 슬픔이 가슴에 솟구치는 듯하오. 이제 마땅히
옛 법대로 헤어져 후원으로 돌아가게 되어 서러움이 맺혀

---

11) 호분 중랑장(虎賁中郎將) : 한(漢)나라 때에 설치된 벼슬.
    날쌔고 용맹스러운 사람들로 구성된 천자(天子)를 호위하
    는 군대를 거느리던 벼슬.

12) 상제(殤帝) : 후한 제5대 황제. 이름은 융(隆). 생후 백일이
    되어 황제가 되었으나 일년 만에 죽었음.

한숨짓게 되니, 연연의 시(燕燕之詩)13)인들 어찌 비할 수가 있겠소?"

라고 하였다.

태후는 귀인들에게 왕청개거(王靑盖車)14)와 곱게 꾸민 수레, 그리고 수레를 메는 말 각기 네 필과 황금 삼십 근, 여러 가지 비단 삼천 필과 흰 베 사천 필을 주라 하시고, 또 풍귀인(馮貴人)에게는 굵고 붉은 인끈을 주시고 머리에 보요(步搖)15)와 환패(環珮)16)가 없다 하여 각각 한 벌씩을 더 주었다.

이때 새로 큰 상(喪)을 당하였으나 법(法)이 제대로 갖추어지지 못하고 있었는데, 궁중에서 굵은 구슬 한 상자가

---

13) 연연지시(燕燕之詩) : 위 장공(衛莊公)의 부인 장강(莊姜)이 자식이 없어 장공의 첩인 대규의 아들을 양자로 삼아 왕위를 계승하게 하였으나 다른 첩의 아들이 그를 살해하였으므로 대규는 제나라로 돌아가려 하였다. 이에 장강이 그를 보내며 슬퍼서 부른 시라고 함. 일설에는 위왕(衛王)이 여동생을 타국에 시집보내며 지은 시라고도 한다.

14) 왕청개거(王靑盖車) : 황자(皇子)가 왕으로 봉하여지면 타는 수레.

15) 보요(步搖) : 머리에 꽂는 장식으로 걸어 다닐 때 매달린 구슬이 흔들거림. 머리꾸미개.

16) 환패(環珮) : 허리에 차는 패옥(珮玉).

없어졌다. 이에 태후가 문초를 할까 하시다 그 중 반드시 죄 없는 사람이 있을 것을 염려하여 친히 궁인들을 한 사람씩 보며 낯빛을 살피었다. 그러자 즉시 스스로의 죄를 빌며 자백하는 사람이 있었다.

또 화제(和帝)가 총애하던 길성(吉成)이란 사람이 있었는데 그의 시종 여럿이 짜고 길성이 무당을 불러 남을 해하고자 푸닥거리를 하였다고 헐뜯었다. 이에 태후는 후궁에게 명을 내려 심문케 하니 말과 증거가 어긋남이 없었다.

그러나 태후는, '선제(先帝)를 좌우에서 모시던 사람을 대접함에 특별히 은혜를 베풀며 아직 모진 말을 한 적이 없었는데 지금에 와서 이런 일이 있다는 것이 인정(人情)에 맞지 않는다'고 여기시었다.

이에 태후는 몸소 불러 보시어 사실을 조사하니 과연 시종들이 한 짓이었음이 밝혀졌다. 이에 감탄하지 않는 이가 없었으며 "성인(聖人)의 밝음을 지니셨다."라고 하였다.

2

대명(大明) 태조(太祖)의 효자소헌 지인문덕(孝慈昭憲至仁文德) 승천순성(承天順聖) 고황후(高皇后) 마씨(馬氏)[1]는 그의 조상이 송(宋)나라의 태보(太保)[2]인 묵(黙)으로부터 숙주(宿州)의 민자향(閔子鄕) 신풍리(新豊里)에서 대대로 마을의 호걸로 살았다.

　아버지 마공(馬公)은 성품이 강직하여 사람을 사랑하고 베풀기를 좋아하여, 남이 시급한 때 도와주기에 앞뒤를 돌보지 않았다.

　황후가 어렸을 때 어머니 정씨(鄭氏)가 일찍 죽었다. 아버지에게는 정원(定遠) 사람인 곽자흥(郭子興)과 아주 절친한 친구 사이였는데〔물경지교(勿頸之交)〕3), 황후를 그 집에 부탁하고 죽으니, 곽자흥이 황후를 친딸처럼 길렀다.

　황후는 어려서부터 정숙하고 단정함이 한결 같았다. 또 효성스럽고 공경스러우며 인자하고 슬기롭기가 남달리 뛰어났다. 시(詩)와 서(書)를 몹시 즐겨하더니 머리에 비녀를 꽂으면서부터는 태조(太祖) 고황제(高皇帝)의 빈(嬪)이 되었는데, 정성스럽고 공경함에 감동하여 안팎이 모두 칭찬

---

1) 마씨(馬氏) : 명나라 태조 고황제(高皇帝) 주원장(朱元章)의 황후 마씨를 가리킴. 어려서 부모를 여의고 곽자흥의 양녀로 있었는데, 곽자흥이 거느리고 있던 주원장이 비범함을 보고 그에게 시집을 보냈다.

2) 태보(太保) : 벼슬이름. 삼공(三公)의 하나로 태부 다음의 벼슬로 임금이 덕을 닦도록 도왔다.

3) 문경지교(刎頸之交) : 설사 목을 베어도 마음이 변치 아니할 만큼 친한 교제나 친한 벗.

하였다.

혹심한 흉년이 든 해가 있었는데 황후가 임금을 따라 군중(軍中)에 계실 때, 자신의 배고픔을 참으시고 말린 밥과 포육〔구이포수(糗餌脯脩)〕4)을 품었다가 임금께 바쳐 드실 것이 그치지 않게 하시었다. 아무리 급하고 어려운 때라 하더라도5) 아내의 도리를 조심하여 따르시었다.

임금께서는 늘 기록한 글이나 서찰을 황후에게 명하여 간직하게 하셨다가, 급히 보고자 하실 때는 즉시 황후가 주머니에서 꺼내 바치어 조금도 소홀하거나 엇갈리지 않았다.

임금이 향을 사르고 하늘에 빌기를,

"부디 천명(天命)으로 하루 속히 맡겨져 천하의 백성들이 수고롭지 않게 하소서."

하시자 황후가 아뢰기를,

"이제 바야흐로 호걸(豪傑)들이 다투어 비록 천명이 돌아갈 곳을 알지 못하나, 제가 보기에는 오직 사람을 죽이지 않음을 근본으로 삼아, 넘어진 이를 일으키고 위급한 이를

---

4) 구이포수(糗餌脯脩) : 구이는 말린 양식으로 볶은 쌀이나 말린 밥, 포수는 얇게 저며서 말린 고기를 말한다.

5) 전패(顚沛) : 엎어지고 넘어짐. 좌절하거나 꺾임.

구하여 주어 사람의 마음을 거두어들인다면 사람의 마음이 가는 곳이 천명이 있는 곳이 될 것입니다. 그렇지 않고 저들처럼 사람을 죽이고 노략(虜掠 : '虜'는 사람 잡는 것이고 '掠'은 때리고 빼앗음)질을 일삼아 사람의 마음을 잃는다면 이는 곧 하늘이 미워하시는 바이라, 비록 그 몸 하나 보존하기 어려울 것입니다."

하였다. 이에 임금께서 말씀하시기를,

"그대 말이 내 뜻과 같소."

하시고, 다음날 비를 무릅쓰고(맞으며) 돌아가시며 황후께 이르기를,

"어제 들은 그대의 말이 마음속에 맴돌며 잊혀지지 않소. 한 군사가 군령을 어기고 문득 아낙네와 더불어 있으므로 심문하였더니, 속일 수 없었던지 노략질하였음을 실토하므로 내가 이르기를, '오늘날 군사와 말을 써서 싸움은 군율의 어지러움을 금지하는 것이다. 만일 남의 아낙네를 과부로 만들고 남의 자식을 고아로 만든다면 이는 바로 군율을 어지럽히는 것이니, 이를 즉시 버리지 않으면 내 반드시 너를 죽일 것이다.' 하였더니 이 병졸이 마침내 깨달아 버리었소. 이는 그대가 해준 말 덕분이었소."

하였다. 이에 황후가 말씀드리기를,

"마음 쓰심이 그와 같으시니 어찌 사람의 마음이 모여들

지 않을 것을 근심하겠습니까?"

하였다.

황후가 처음에 자식이 없었으므로 임금의 형님 아들 문정(文正)과 여동생의 아들 이문충(李文忠)과 목영(沐英) 등 몇몇을 기르셨는데, 마치 친자식과 같이 사랑하였으며 뒤에 태자(太子)와 여러 아들을 낳으시고도 그 사랑함이 변함이 없었다.

임금이 군사를 거느리고 강을 건너실 때, 황후 또한 장수들의 처첩을 거느리고 뒤따라 태평(太平) 땅으로 가고 있었다. 이윽고 건강(健康)에 이르러 머물게 되었을 때는, 오(吳)나라와 한(漢)나라와 국경이 접해 있어 하루도 싸움이 그칠 날이 없었다.

그러므로 황후 몸소 시녀들을 거느리시고 옷과 신발을 꿰메 고치시며, 장수들을 돕는 일로 밤에도 잠을 자지 아니하였다. 또 때때로 임금의 책략을 도와 일마다 형편이 이롭게 하였다.

홍무 원년(洪武元年) 정월에 임금께서 즉위하시어 황후로 책봉하고 신하들에게 이르시기를,

"옛날 한나라 광무(光武) 황제가 풍이(馮異)6)의 노고를

---

6) 풍이(馮異) : 후한(後漢) 광무제(光武帝)의 공신(功臣). 여러

위로하기를, '다급할 때 무루정(蕪蔞亭) 콩죽7)과 호타하(滹沱河)의 보리밥8)을 준 두터운 뜻을 오래 보답하지 못하였구나.' 하시었기에 임금과 신하와의 사이에 그 뜻이 처음과 끝을 보전하였다.

내가 생각해 보니, 황후는 포의(布衣)9)를 입던 보잘것없던 때로부터 일어나 고생과 기쁨을 더불어 하며, 일찍이 나를 따라 군중(軍中)에 있으면서, 다급할 때 스스로 배고픔을 참고 마른 밥을 간직하였다가 나에게 바치니, 이는 콩죽과 보리밥에 비한다면 그 어려움이 더 한층 심하였다.

옛날 당 태종(唐太宗)의 장손황후(長孫皇后)는 은(隱) 태

장수들이 자신들이 세운 공을 이야기 할 때는 언제나 홀로 나무 밑으로 물러나 공을 내세우지 않았음. 왕망을 위해 한나라와 싸우다가 뒤에 후한 광무제의 주부가 되었음.

7) 무루정(蕪蔞亭) : 정자 이름. 풍이가 광무제에게 콩죽을 바친 곳.

8) 호타아(滹佗河) : 중국 하북성에서 백하(白河)로 흘러가는 강 이름. 광무제가 요양현의 무루정에 군사를 이끌었을 때, 모두들 배가 고파 허기져 있었는데 풍이가 콩죽을 바쳐 왕의 배고픔과 추위를 면했으며, 호타하를 건널 때에도 보리밥을 지어 바쳐 왕의 허기를 채워주었다고 함. 광무제는 뒤에 제위에 오른 후에도 이 고마움을 잊지 않았다고 함.

9) 포의(布衣) : 벼슬하지 않은 사람이 입는 베옷이나 벼슬하지 않은 서민을 일컬음. 백의(白衣)라고도 함.

자와 의심과 원한으로 벌어졌을 때, 위로 성심껏 효도를 다하고 여러 왕비들을 조심스럽게 받들어 끝내 의심하고 미워함을 없게 하였으므로, 내가 자주 황후의 의부(義父) 곽씨(곽자흥)의 의심을 받을 때도 내 뜻에 따라 행하되 염려하지 않았다. 장수들이 어쩌다 옷이나 일용품들을 바치면 황후는 먼저 그것을 곽씨에게 바쳐 그 뜻을 위로하여 기쁘게 하였으며, 또 나를 해치고자 하는 일이 있을 때는 황후가 문득 임시변통으로 끝내 화를 면하게 하였다. 이 모두가 장손황후에 비해 더 어려운 것이었다. 내가 혹 옷이나 말, 수레 등으로 비롯한 하찮은 허물을 노여워하고 나무라면 나에게 말하기를, '임금께서는 지난날 가난하고 미천했던 때를 잊으셨습니까?' 하여 내 또 놀라곤 하였다.

'집안의 어진 아내는 나라의 어진 재상과 같다.' 하였으니 어찌 차마 잊을 수 있겠는가."

하시었다.

조회를 마친 뒤에 그 같은 내용을 황후에게 말하자 황후가 말씀하시기를,

"제가 듣기에 부부가 서로 보전하는 것은 쉽고, 임금과 신하가 서로 보전함이 어렵다 하였사옵니다. 폐하께서 이미 빈천했던 시절의 저를 잊지 않으시니, 바라옵건대 여러 신하들과 백성들이 어려웠던 때 또한 잊지 말도록 하소서.

또 저를 어찌 감히 장손황후의 어지심에 견주시려 하십니까? 다만 폐하께서는 오로지 요(堯)와 순(舜)을 본받으시기를 바랄 뿐이옵니다."

하였다.

황후가 궁중에서 정위(正位)에 오르시자, 더욱 스스로 부지런히 힘써 궁첩(宮妾)들을 보살펴 단속하고 아낙네의 일을 다스렸다.

새벽에 일어나 밤늦게야 잠자리에 들어 잠시도 게으름이 없었다. 임금께서는 어진 이를 가까이 하고 학문에 힘쓰기를 권하며, 일에 따라 기회를 보아 잘못을 고치도록 사뢰었다. 또 옛 글을 풀이하고 설명하여 육궁(六宮 : 후비가 머무는 궁전)을 일깨워 깨우침에 부지런히 힘썼다.

하루는 여사(女史)[10]인 청강(淸江)의 범유인(范孺人)[11] 등을 모아놓고 물었다.

"한 · 당(漢唐)으로부터 오늘에 이르러 어느 황후가 가장 어질고 가법(家法)은 어느 대(代)가 가장 바른가?"

---

10) 여사(女史) : 글을 아는 여자로 황후의 예도와 궁중 안의 정사(政事)를 살피는 벼슬.

11) 청강 범유인(淸江范孺人) : 청강은 땅 이름. 범은 성, 유인은 대부(大夫)의 부인을 말함.

그러자 대답하기를,

“오직 송(宋)나라 조(趙)씨 성의 여러 황후들이 대부분 어질고, 가법 또한 가장 바릅니다.”

라고 하였다.

이에 황후가 여사에게 명하여 그 가법과 어진 행실을 기록하게 하였다. 그리고 그것을 늘 외우게 하고 들으시고는,

“이는 다만 나를 위한 오늘날의 법일 뿐 아니라, 자손과 임금, 왕후와 왕비들이 모두 마땅히 살펴보아야 할 것이니, 가히 대대로 이어져야 할 법이 될 것이로다.”

하였다. 또한 더러 말하기를,

“송나라의 조씨 황후는 그 인후(仁厚)함에 지나치십니다.”

라고 하자 황후가 이르시기를,

“인후함이 지나침은 오히려 각박한 것보다 낫지 않느냐? 내 자손이 진실로 능히 인후로 근본을 삼는다면 삼대(三代)에 이르기가 어렵지 않을 것이다. 인후함이 설령 지나치다 하더라도 어찌 해로움이 있을 것인가?”

하였다.

임금께서 일찍이 황후에게 이르기를,

“임금이란 온갖 책임의 모임이니, 한 사람이 제 자리를

얻지 못하여도 임금의 책임이오.”

하시자, 황후가 바로 일어나 절하며 아뢰기를,

“제가 옛 사람의 말을 듣기로, 한 사람이 제 자리를 얻지 못함이 곧 ‘이는 나의 허물이다.’ 하였고, ‘한 백성이 굶주려도 이는 내가 굶긴 것이다.’ 하였으며, 한 백성이 추워 떨면 ‘내가 춥게 한 것이다.’ 하였다 하더니, 이제 폐하의 말씀이 곧 옛 어른의 마음이옵니다. 폐하의 성스러운 마음에 부디 삼가기를 다하시어 백성들에게 은혜를 더하시면 천하가 그 복을 입사오며, 저 또한 더불어 영화로움이 있을 것입니다.”

하였다.

또 일찍이 가만히 임금께 아뢰기를,

“임금께서 비록 밝은 성인(聖人)의 자질을 타고 나셨으나 능히 홀로 천하를 다스리지는 못하십니다. 그러므로 반드시 어진 사람을 가려 다스림을 의론하여야 합니다. 그러나 세대가 아래로 내려갈수록 재주를 두루 다 지닌 사람이 없으니, 폐하께서는 인재를 쓰심에 그 길고 짧음에 좇아 쓰십니다만, 더욱 중요한 것은 하찮은 허물은 용서하시면서 그를 보전하시도록 하옵소서.”

하였다.

임금이 기뻐하시며 좋은 의견이라고 하셨다.

하루는 원(元)나라 대궐의 창고를 얻어 그 보화(寶貨)를 서울로 옮겨온다는 말을 듣고 임금께 여쭈었다.

"원나라의 창고에서 얻은 것이 무엇입니까?"

"보화일 뿐이오."

임금의 대답에 황후가 말씀드렸다.

"원씨(元氏)가 그 같은 보화를 가졌으면서 어찌 지키지 못하고 잃었다 합니까? 재물이 보물이 아닐 것입니다. 폐하께서는 각별히 보배로 여기셔야 할 것이 있사옵니다."

임금께서,

"황후의 뜻을 내가 알겠소. 오직 어진 사람 얻음을 보배 삼으라는 말씀이구려."

하자, 황후가 곧 절 올리고 말씀하시기를,

"참으로 성인의 말씀 같사옵니다. 제가 늘 살펴보니, 사람의 집안 살림이 넉넉해지면 교만해지고, 근심걱정 없이 사는 것이 편안해지면 안일에 빠지게 됩니다. 가정과 나라가 같지 않으나 그 이치는 다르지 않으니, 사람의 본성을 반드시 가장 경계해야 할 것입니다. 제가 폐하와 더불어 가난을 함께 하며 살다가 이제 부귀에 이르고 보니, '교만과 방자함이 사치에서 나오며, 위태로움과 망함이 늘 하찮은 데서 비롯될까' 항상 염려되옵니다. 이런 까닭으로 세상에 전하는 말에, '재간을 부림은 나라를 망치는 도끼와 같고

주옥(珠玉 : 구슬과 옥)은 마음을 방탕하게 하는 짐독(鴆
毒)12)과 같다.' 하였는데 참으로 옳은 말입니다.

오직 어진 신하를 얻어 '아침저녁으로 흉금을 털어놓고
생각하는 바를 말해 나의 마음을 적시어라'13)하여 천하를
모두 안전히 보호함이 가장 큰 보배이오며, 만세에까지 이
름이 드리워지게 함이 곧 큰 보화이니 어찌 한갓 재물에
있겠습니까?"

하였다. 이에 임금께서,

"옳은 말이오."

하시었다.

또 건청궁(乾淸宮)에서 임금을 모시고 앉아 계시다 이야
기가 가난했던 때에 미칠 때면 임금께서 말씀하시기를,

"내 그대와 함께 어려움을 겪고, 온갖 고생을 두루 겪었
소. 그리하여 이제 집안을 일으키어 나라로 바꾸어 놓았소.
그러나 이는 굳이 얻고자 하는 마음이 없었으므로 다만
위로는 하늘의 덕과 조상의 은혜에 감사드릴 것이오나, 그

---

12) 짐독(鴆毒) : 짐새의 독. 짐새의 깃에 독이 있어 술에 담가
    먹으면 술의 독기로 인해 사람이 죽음.

13) 계옥(啓沃) : 마음속에 있는 것을 열어 남의 마음속에 부
    음. 곧 흉금을 털어놓고 진솔하게 말하는 것. 은나라 고종
    (高宗)이 재상 부열(傅說)에게 한 말. 『서경(書經)』.

러나 역시 황후가 안에서 도운 공이오."

하시자 황후 아뢰기를,

"폐하의 백성 구하려 한결같은 마음이 황천(皇天)에까지 미치어 천명이 돌아보시고 조상이 살피신 덕이지 제가 무슨 힘이 있겠사옵니까? 다만 바라옵기는 폐하께서 가난했던 시절을 잊지 마시고, 편안한 날을 경계하시옵소서. 저 역시 근심과 재난 중에도 따르던 일을 잊지 아니하며 늘 조심하겠사옵니다.

그리하여 천지(天地)와 조상이 오늘만을 도울 뿐 아니라 장차는 자손에까지 무궁한 복을 주실 것입니다."

하였다.

임금께 바치는 모든 음식을 황후가 반드시 몸소 살피셨으므로 궁인이 아뢰기를,

"궁에 사람이 많으니 옥체를 번거롭게 하지 마소서."

하니 황후 이르시기를,

"내 궁 안에 사람 많은 것은 알고 있으나, 아낙네가 지아비 섬김에 조심하지 않을 수 없으며, 또 음식을 올림에 정갈하게 하지 않으면 안 되느니라. 만약 소홀하고 지극하지 못함이 있어 너희들이 벌이라도 받게 되면 내 마음이 어찌 편할 수 있으리오. 내 이렇게 하는 것은 한편으로는 위를 공경하여 소홀히 하지 아니함이요, 한편으로는 너희들을

보호하여 벌을 받지 않게 하려는 것이니, 어찌 사람이 없어 그러겠는가?"

하시므로 궁인들이 듣고 모두 감동해 마지않았다.

황후가 여사(女史)에게서 서한(西漢)의 두 태후가 황노(黃老)14)를 즐겼다는 강론(講論)을 들으시고, 돌아보며 물으시었다.

"황노란 어떤 것인가?"

여사가 대답하였다.

"맑고 깨끗하여 무위(無爲 : 자연을 따름)를 근본으로 삼으니, 인(仁)을 끊고 의(義)를 버려 백성이 효도하며 인자함으로 돌아가게 하는 것입니다."

이에 황후가 이르기를,

"그렇지 않다. 효도하며 자애로움이 곧 인(仁)이요, 의(義)이니 어찌 인의를 끊고 효도하며 자애로울 수 있겠는가? 인의는 다스림의 근본인데 이를 끊고 버리라 함은 이치가 아니로다."

하였다.

황후가 『소학(小學)』의 글을 외우게 하시고 마음에 새겨

---

14) 황노(黃老) : 황제와 노자(老子). 또는 그들이 주창하는 학설인 도가(道家)의 학문.

들으시더니 이윽고 황제께 사뢰었다.

"『소학』은 말이 깨치기 쉽고, 일을 행하기 쉽습니다. 사람의 도리에 관해 갖추어지지 않은 바가 없어 참으로 성인의 가르침입니다. 그런데 어찌 밝히어 드러내지 않으십니까?"

임금께서 말씀하시었다.

"옳소이다. 내 이미 친왕(親王 : 황제 형제와 황자)과 부마(駙馬 : 나라 사위, 벼슬이름)와 대학생(大學生)들로 하여금 강론하며 읽게 하였소."

황후가 전에 원 세조(元世祖)의 황후가 낡은 활줄을 삶아서 썼다는 이야기를 들으시고, 스스로도 낡은 활줄을 가져오라 명하시어 가져다가 삶은 후 빨아 바랜 후 베를 짜 이불을 만들어 외로운 늙은이들에게 주었다. 또 늘 옷 짓고 남은 천 조각들을 이어 수건과 요를 만들고 이르시되,

"몸이 부귀하게 되었을 때 반드시 천지(天地)의 뜻을 헤아려 물건을 아껴야만 한다. 하늘이 내신 물건을 가벼이 여겨 함부로 버리는 것〔폭진천물(暴殄天物)〕15)을 옛 사람들은 몹시 경계하였느니라."

---

15) 폭진천물(暴殄天物) : 조물주가 만든 물건을 함부로 훼손함. 물건을 함부로 낭비하며 아까운 것을 모름.

하였다.

베를 짜는 사람들이 실을 나를 때 무지러진(오래 되어 낡은 것, 끝이 닳거나 잘라져 못 씀) 것이 있었다. 그러면 역시 그것들을 주어다 이어서 베를 짜 여러 왕비와 공주들에게 내리며 일렀다.

"부귀를 누리며 태어나고 자랐으나 모름지기 누에치고 뽕나무 기르기가 쉽지 않음을 알아야 한다. 비록 이 무지렁이들이 버릴 것이나 민간에서는 이것도 얻기 어려운 것이다. 그러니 내가 베를 짜게 하여 너희들에게 보여줌은 이를 알게 하고자 함이로다."

황후께서는 늘 깨끗이 빤 옷을 입으시되, 사치스럽거나 화려한 것을 즐기지 아니하였다. 이불이 비록 낡아도 차마 쉽게 버리지 못하였으므로 누군가가 황후께 여쭈었다.

"천하에 지극한 귀와 지극한 부를 누리시면서 어찌 이를 아끼려 하십니까?"

황후가 이르시기를,

"내 듣기로 옛 후비(后妃)는 모두 부자이면서도 검약하였으며, 귀하면서도 부지런하여 책에 기록되어 칭송받고 있다 하였다. 무릇 사치스런 마음은 쉽게 생겨나고 존엄스런 자리는 처신하기 어려우니, 잊어서는 안 될 것은 부지런하고 검소함이오, 믿어서는 아니 되는 것이 부귀함이다. 부지런하고 검소함이 한 번 게으름과 사치로 잘못 옮겨지면 화(禍)와 복(福)의 징계함이 메아리처럼 이르니, 늘 생각이 이에 미치고, 함부로 소홀한 마음을 가져서는 아니 될 것이다.”

한 궁인(宮人)에게 허물이 있어 임금께서 화를 내시자, 황후 또한 화내시며 명하기를,

“궁정사(宮正史)16)로 하여금 그 죄를 다스리게 하라.”

하셨다. 임금께서 화를 풀고 황후에게 물으시었다.

“친히 문책하여 벌주지 않고 궁정사에게 맡기니 무슨 까닭이오?”

황후 사뢰기를,

“제가 듣건대 상 주고 벌줌이 공평해야 족히 사람을 굴복시킬 수 있다 하옵니다. 그러하므로 기쁨으로 상을 더하지 아니하며 노함으로 형벌을 더하지 아니하니, 기쁘고 노여울 때 상벌을 행하면 반드시 기울어 지나치게 되어 사람의 사사로움이 곁들여질 것이옵니다. 그러니 궁정사에 맡기면 잘못의 무겁고 가벼움을 잘 가릴 것입니다. 천하를 다스리는 사람이 어찌 능히 한 사람씩을 몸소 상벌을 주겠습니까? 관리가 그것을 논하면 될 것입니다.”

---

16) 궁정사(宮政司) : 궁중 일을 관리하는 벼슬.

그러자 임금께서 물으셨다.

"그대 또한 화를 낸 것은 어째서이오?"

황후가 아뢰었다.

"폐하께서 화내실 때가 되니, 문득 몸소 벌을 내리신다면 한갓 나인이 너무 무거운 벌을 얻게 될 뿐 아니라, 폐하께서는 중후하신 그 마음을 상하시게 됩니다. 그러므로 제가 화를 낸 것은 폐하의 노여움을 풀어드리기 위함이었습니다."

그 말에 임금은 크게 기뻐하셨다.

황후가 시부모를 미처 섬기지 못함을 한(恨)스럽게 여겼다. 임금께서 슬픔에 젖어 부모를 추모하는 것을 보면 함께 눈물을 흘리며 슬퍼하였다. 황후는 또한 아침저녁으로 위적(褘翟)[17]을 입고 임금을 따르며 봉선전(奉先殿)에 절 올리시었다.

제삿날이 되면 늘 몸소 제수(祭需)를 만드시고 정성을 다하여 공경하시었다.

비빈(妃嬪) 이하를 대접함에 은혜를 베풀었으며, 임금의 은총 입어 자식이 있는 사람은 더 후하게 대접하였다. 또

---

17) 위적(褘翟) : 황후가 선왕의 제사 때 입는 옷으로 꿩을 그린 제복.

여러 왕비와 공주에게 이르시기를,

"공(功)이 없이 복을 받음은 하늘이 탐탁치 않게 여기거늘 내 너희들과 금실로 수놓은 비단옷 입고 맛있는 음식 먹으며, 종일 하는 일 없으니, 마땅히 아녀자의 할 일에 부지런히 힘써, 하늘의 은혜에 보답해야 할 것이다."

하였다.

태자와 여러 왕을 비록 몹시 두터이 사랑하시었으나 힘써 학문에 힘쓸 것을 타이르심이 간절하고 지극하시었다.

그래서 늘 이르시기를,

"내 여사(女史)의 말을 들으니, 등우(鄧禹)18)가 장군으로 있을 때 함부로 사람을 죽이지 않았으므로 그 딸이 황후가 되었다 한다. 우리 집안은 대대로 '충직하고 후덕하였다.'

우리 아버님께서는 비록 등우와 같은 공은 없으시나, 평생 의(義)를 앞세우셨으니 오늘날 내 황후가 되었음이 우연이 아니었으리라, 너희들은 훗날 백성과 사직(社稷)을 맡을 몸이니, 더욱 충직하고 후덕함을 많이 쌓아야만 자손이 길이 이어질 수 있을 것이다. 저 잘난 줄만 믿고 잠시라도 덕에 소홀히 해서는 아니 되며 우연히 잘 되는 일 있다고 믿어서는 아니 된다. 너희들은 이를 새겨두어라."

---

18) 등우(鄧禹) : 후한 창업기의 공신.

하였다.

여러 왕자들이 가끔 옷이나 기구(器具) 등을 두고 서로 다투면 황후가 말씀하시기를,

"당 요(唐堯)19)와 우 순(虞舜 : 순임금)께서는 띠(茅)로 지붕을 이으시고, 흙으로 계단을 만드셨다. 하(夏)의 우왕(禹王)과 문왕(文王)께서는 거친 옷과 소박한 옷을 입으셨다. 너희 아버지는 더 검소하여 사치하거나 화려한 옷을 마땅치 않게 여기시고, 밤낮으로 걱정하며 부지런히 천하를 다스리고 계시다.

그런데 너희들은 쌓은 공(功)도 없으면서 비단옷을 입고 좋은 음식을 먹으면서도 그도 모자라 오히려 옷이나 거마(車馬) 따위나 꾸미려드니, 어찌 뜻과 기개가 아버지와 다르기가 이와 같은가? 오로지 스승을 가까이 하며 좋은 벗을 사귀고, 성현(聖賢)의 학문을 강론하여 뜻을 열어 마음을 밝게 한다면, 저절로 이런 기운이나 버릇이 사라질 것이다."

하였다.

황후가 인자한 마음으로 아랫사람을 대접하여 친척과

---

19) 당요(唐堯) : 옛 성황(聖皇)으로 호가 요(堯). 아들 단주가 어리석어 순(舜)에게 왕위를 물려줌.

공신(功臣)들의 집이 모두 기쁜 마음을 얻지 않음이 없었으며, 명부(命婦)[20]가 들어와 뵈올 때 존귀한 몸으로 맞아들이지 않으시고, 집안사람처럼 맞아들여 대접하였다.

가뭄과 흉년이 든 해가 되면 임금님은 진짓상에 반드시 보리밥과 들나물을 준비하였는가 물으시었다. 임금께서 재난을 당하여 백성들을 구제할 일을 말씀하시므로, 황후가 사뢰었다.

"제가 듣기로 어느 때고 가뭄이 없었던 때는 없었습니다. 백성의 어려움을 구할 대책은 미리 대비하여 마련해 두는 것보다 나을 것이 없을 것입니다. 불행히도 아홉 해 동안 홍수와 일곱 해 동안 가뭄이 든다면 장차 무슨 방법으로 백성들을 구호(救護)하시렵니까?"

하므로 임금은 깊이 옳게 여기셨다.

황후가 임금께 또 사뢰기를,

"은혜를 베푸는 것에는, 널리 두루 베풀고자 하나 그러나 차등이 있게 되는 것이므로 많은 사람들에게 날마다 주는 것은 실로 어렵습니다. 벼슬아치 집이 서울에 있으면, 그 고향의 멀고 가까움이 같지 않으며, 그 집안의 살림 형편이

---

20) 명부(命婦) : 사대부의 아내. 봉호(封號)를 받은 부인을 일컬음.

또한 다릅니다.

봉록(俸祿 : 관원의 봉급)에는 한정이 있으니, 만약 봉록을 주지 않으면 어려움이 반드시 더욱 심하여 더위와 비와 혹독한 추위를 만나면 애처롭게 한숨짓게 되는 일이 생기지 않을까 걱정되옵니다.”

하였다.

임금께서 그 뜻에 감동하시어, 늘 사람을 시켜서 형편을 물어가며 살피어 주시곤 하였다.

임금을 가까이 모시는 신하와 여러 공사(公事)를 아뢰는 관원들이 조회가 끝나면 궁정 뜰에서 밥을 먹었는데, 황후가 내관(內官 : 내시, 또는 여관)에게 그 음식을 가져오게 하여 친히 맛을 보았더니, 음식이 차갑고 맛이 좋지 않았다. 황후가 임금께 아뢰었다.

“조정은 하늘에서 내리시는 녹(祿)으로 천하의 어진 이를 기르는 곳입니다. 그러므로 자기 스스로 보양함에는 박(薄)하게 하고, 어진 이를 받드는 데는 넉넉하게 하고자 하시었습니다.

그러함에도 불구하고 이제 음식을 관장하는 관리가 그 아랫사람을 가르치지 못하여, 오직 폐하께 올리는 음식만이 달고 맛이 있게 하고, 여러 신하의 음식은 다 제 맛을 얻지 못하였으니, 어찌 폐하께서 어진 이들을 대접하는 뜻일 수 있겠습니까?"

하였다.

이에 임금께서 이르시기를,

"음식 일은 내가 마음을 쓰지 않은 탓이오. 여러 신하들이 모두 달고 맛있는 것을 먹고 있으리라 여겼는데 어찌 음식을 맡은 관리가 제멋대로 후하고 박하게 다르게 했으리라 생각할 수 있었겠소? 여러 신하들이 설령 이에 대해 말하고자 짐작할 수 있었겠소. 이 일이 비록 미미한 것이나 그 관계된 바가 크니, 황후가 오늘 일러주지 않았다면 내가 어찌 이를 알았으리요."

하시고는, 급히 광록경(光祿卿)[21]인 서홍조(徐興祖) 등을 부르시어 그 잘못을 심히 나무라시니, 홍조 등이 모두 부끄럽게 여기고 그 죄를 빌었다.

임금께서 어느 땐가 대학(大學)에 납시어 선사(先師) 공자(孔子)를 제사지내고 돌아오신 후 황후가 여쭈었다.

"대학생이 얼마나 됩니까?"

"수천 명이나 되오."

임금의 대답에 황후는,

---

21) 광록경(光祿卿) : 궁중에서 음식을 맡아 다스리던 벼슬 이름. 광록시경 1인, 소경 2인이 술과 음식을 관리함.

“다들 집이 있습니까?”

하고 여쭈니 임금이 이르시기를,

“거의 다 있소.”

하시자, 다시 황후가 사뢰었다.

“천하를 잘 다스리는 사람은 어질고 재주 있는 사람을 으뜸으로 삼습니다. 이제 인재(人材)가 많다고 하시니 매우 기쁩니다. 그러나 생원(生員)만 대학에서 먹고 마실 것을 주는데 그 아내와 자식들에게는 급여(給與)하는 것이 없으니, 저들 마음에 어찌 마음에 쌓인 바가 없겠습니까?”

임금께서는 즉시 명하시어, 다달이 양식을 내리도록 하시고 이를 법으로 정하셨다.

일찍이 황후는 임금께 아뢰기를,

“일의 잘 되고 못 되는 것은 임금님의 마음이 옳은가 그릇된 것인가에 그 근본이 있으며, 천하가 편안한가, 위태로운가는 백성들의 마음이 즐거운가, 슬퍼하는가에 달려 있습니다.”

또 아뢰기를,

“법을 자주 고치면 반드시 폐단이 생기니 폐단이 생기면 간사한 일들이 생기고, 백성을 자주 어지럽히면 반드시 괴로움이 뒤따르고 백성이 괴로우면 난리가 납니다.”

하였다.

이에 임금께서는 여사(女史)에게 명하여 황후의 말씀을 기록해 두도록 하셨다.

황후가 병들어 눕게 되어, 임금께서 침식을 편히 하지 못하시게 되자 여러 신하들에게 말씀하시자 신하들이,

"산천(山川)에 기도드려 이름난 의원을 두루 구하시옵소서."

하고 청하였다.

황후께서 이 말을 들으시고 임금께 아뢰었다.

"제가 평생 병이 없더니 이제 하루아침에 병이 들어 이와 같으니, 내 일어나지 못할 듯하나이다. 죽고 사는 것이 명(命)이 있으니 기도하며 빌며 의원을 구한들 어찌 도움이 되겠습니까?"

병세가 심해지자 임금께서 황후에게 물으시기를,

"그대 죽은 뒤에 부탁할 일이 있소?"

하시자 황후가 대답하기를,

"폐하께서 저와 더불어 베옷 입고 일어나시어, 오늘날 백성의 주인 되시고, 제가 또한 백성의 어머니 되어, 존귀함과 영화로움이 지극함에 더 무엇을 말씀드리겠습니까? 오직 천지(天地)와 조종(祖宗)에게 감사드리며 아무런 벼슬 없이 베옷 입던 그 시절을 잊지 마시기를 바랄 뿐입니다."

하였다.

임금께서 다시 물으시니 황후 대답하시기를,

"폐하께서는 반드시 어진 이를 구하시고 간(諫)하는 말을 들으시며, 정사(政事)를 밝게 하시어 태평성대(太平聖代)를 이루십시오. 모든 아들을 가르치시어 덕(德)에 나아가게 하여 왕업(王業)을 닦게 하십시오."

하였다.

임금께서 이르시기를,

"내 이미 그렇게 해야 함을 알고 있소이다. 다만 늙은 몸이 어찌 홀로 마음에 품은 바를 할 수 있겠소?"

하였다.

그러자 황후 또 아뢰기를,

"죽음과 삶이 하늘의 명에 있으니, 원컨대 부디 폐하께서는 삼가심을 끝마칠 때까지 처음과 같이 하십시오. 자손들도 모두가 다 어질게 하시고, 신하와 백성들이 저마다 제 소임을 다할 수 있게 하신다면, 제가 비록 죽는다 하여도 폐하와 더불어 살아 있는 것과 같을 것입니다."

하였다.

황후 마침내 돌아가시니 그 때 나이 쉰하나, 홍무(洪武) 임술년(壬戌年) 팔월 병술(丙戌)날이었다. 임금께서 슬피 우시고 죽을 때까지 다시 황후를 맞지 않으시었다.

어느 날 임금께서 일찍 조회를 끝내자 내관(內官)과 여사

(女史)가 다시 나아가 황후 다시 세울 일을 여쭈니 임금께서 처연(悽然)한 모습으로 달가워하지 않으시며,

"황후가 살았더라면 내 어찌 이 같은 번거로운 말을 들으리오."

하셨다.

황후가 살아 있었을 때는 내정(內政 : 안살림)으로 임금께 번거롭게 아니 하시었다. 그러므로 임금께서 궁궐 안의 일에 대해서는 조용하고 한적하게 지낼 수 있었기에 더욱 슬퍼하셨다.

3

숙류녀(宿瘤女)는 제(齊)나라 동곽(東郭) 땅에 사는 뽕 따는 여자로 민왕(閔王)의 황후이다. 목에 큰 혹[1]이 있으므로, 숙류라 불렀다.

처음 민왕이 놀이 나갔다가 동곽에 이르렀는데 백성들이 모두 구경하였으나 숙류만은 여전히 뽕만 따고 있었다.

왕이 괴이하게 여겨 불러 물어보시기를,

"내가 놀이 나오니 수레와 말[2]이 매우 많아, 백성들이

---

1) 대류(大瘤) : 큰 혹.

아이나 어른 할 것 없이 모두 일을 팽개치고 와 구경하는데, 너는 길가에서 뽕을 따고 있으면서도 한 번도 거들떠보지 않으니 어찌된 일인가?”

하니 숙류 사뢰기를,

“제가 부모님의 말씀을 받들어 뽕을 따고 있을 뿐, 대왕님을 구경하라는 말씀은 듣지 아니하였습니다.”

하였다.

왕이 이르기를,

“이상한 여자로구나. 애처롭구나. 큰 혹이 있음이…….”

하시니, 숙류가 사뢰기를,

“천한 제가 맡은 바는, 일이 맡겨지면 두 마음을 먹지 아니하며, 주신 것은 잊지 아니하는 것입니다. 속마음이 어떠한가가 중요할 뿐, 어찌 혹 때문에 마음이 상하겠습니까?”

하였다.

이에 왕이 기뻐하며 이르시기를,

“바로 이 여자가 어진 여자로다.”

하고, 뒤의 수레에 명하여 태우라고 하였다.

그러자 숙류가 아뢰었다.

---

2) 거기(車騎) : 수레와 가마.

“부모님이 안에 계신데 부모의 말씀을 듣지 아니하고 대왕님을 따라 좇으라 하신다면 이는 저를 분녀(奔女)[3]가 되게 하시는 일이옵니다. 대왕께서는 이런 여자를 장차 무엇에 쓰시겠습니까?”

하였다.

왕이 몹시 계면쩍어 하며 이르시기를,

“내가 잘못하였노라.”

하니 다시 숙류가 사뢰기를,

“정숙한 여자는 한 가지라도 예도에 벗어난다면 비록 죽는다 하여도 따르지 않을 것입니다.”

하였다.

이에 왕이 숙류를 다시 돌려보내고, 사람을 시켜 금 백 일(鎰)[4]을 더하여 맞아오게 하였다. 그 부모가 놀라고 두려워하며 목욕시키고 옷을 더 잘 입히려 하자 숙류가 말하기를,

“이렇게 하여 왕을 뵈오면 모양이 달라지고 옷이 바뀌어

---

3) 분녀(奔女) : 정식으로 혼례를 치르지 않고 남자에게 달아난 여자라는 뜻으로 바람난 여자를 일컬음.

4) 일(鎰) : 무게의 단위로 24냥(兩), 또는 20냥, 30냥이라고도 함.

저를 알아보지 못하실 것이니, 청컨대 이렇게 하고는 죽어
도 가지 아니하겠습니다.”

하였다.

그리하여 전과 같은 모습으로 데리러 온 사람을 따라갔
다.

민왕이 돌아가 모든 부인들께 알리기를,

“오늘 내 놀이 나갔다가 지덕(知德)이 뛰어난 한 여자를
얻었는데 이제 곧 올 것이니, 너희들은 내쫓으려 하노라.”

하였다.

이에 여러 부인들이 모두 이상하게 여겨 옷을 잘 차려
입고 도착하기를 기다리니, 숙류가 이를 보고 크게 놀라
마지않았다. 그러자 궁중의 여러 부인들이 모두 입을 가리
고 웃었다. 왕을 가까이 모신 사람들이 자세를 흩트리며
웃노라 웃음을 그치지 못하자, 왕이 크게 부끄러이 여기어
이르시기를,

“웃지 말라. 꾸미지 않아서일 뿐 꾸미고 꾸미지 않음이
실로 그 차이는 십 보와 백 보이다.”

그러자 숙류가 사뢰었다.

“꾸미는 것과 꾸미지 않음은 그 차이가 천(千)과 만(萬)이
라 하신다 해도 오히려 족히 부족하다 할 것이니 어찌하여
단지 열이고 백과의 차이겠습니까?”

왕이 이르시기를,

"그러면 어찌 말해야 하는가?"

이에 숙류가 사뢰었다.

"성격이 서로 가까운 듯하여도 배우고 익히는 사이에 차이가 멀어집니다. 옛 요순(堯舜)과 걸주(桀紂)는 다 같은 천자(天子)였습니다.

요와 순은 인의(仁義)로 꾸미시어 비록 천자가 되신 뒤에도 절약하고 검박함을 편안하게 여기시었습니다. 지붕을 띠로 이으시고도 잘라서 다듬지 아니하였으며, 거친 서까래5)를 깎지 아니 하셨습니다.

후궁의 옷은 두 가지 색6)의 옷을 입지 않았으며, 음식도 여러 가지를 먹지 아니 하였으므로 오늘까지 수천 년이 흘러도 천하가 다 어질다 하옵니다.

걸 임금과 주 임금은 인의(仁義)로서 스스로를 꾸미지 아니하고 하찮은 꾸밈을 배우고 익혀 높은 누대(樓臺)와 깊은 연못을 만들었습니다.

후궁들도 무늬 고운 비단과 명주를 밟고 다니며 주옥(珠

---

5) 채연(采椽) : 벌채한 나무를 그대로 쓴 서까래. 거친 서까래 또는 막 지은 집의 뜻으로도 쓰임.

6) 중채(重采) : 여러 가지의 색깔.

玉)을 가지고 놀면서도 마음으로는 만족할 줄 몰랐기에 몸은 죽고 나라가 망하여 천하의 웃음거리가 되었습니다.

이제 천 년이 지난 오늘날에 이르러서도 천하가 악하다고 하니, 이로 미루어 보건대 꾸밈과 꾸미지 않음이 그 차이가 천이나 만이라 하더라도 오히려 족하다고 할 수 없으니, 어찌 다만 열이나 백의 차이겠습니까?"

이에 부인들이 다들 크게 부끄러워하였다.

임금이 숙류에게 몹시 감동하여 황후로 삼으시고, 나아가 명을 내리시어 거처하는 곳을 나직이 하시며, 연못을 다시 메우고 반찬의 가지 수를 줄이고, 음악을 줄이고 후궁에게도 두 가지 빛깔의 옷을 못 입게 하시었다.

그리하여 그 교화(敎化)가 한 해만에 이웃나라에까지 미치어 여러 제후들이 조회 왔으며 이에 삼진(三晉)7)을 침공하고 연나라와 제나라를 겁내게 하시어 단번에 황제로 부르심을 세우시었다.

이에 민왕이 이르시기를,

"이와 같이 된 것은 바로 숙류의 공이라."

하였다.

---

7) 삼진(三晉) : 전국시대의 진(晉)나라가 한(韓)·위(魏)·조(趙)나라로 나누어졌기 때문에 삼진이라 함.

숙류가 죽은 뒤에 연나라가 제나라를 무찌르게 되자 민왕이 도망가시다 신하에게 죽임을 당하였다.

뒷날 군자가 이르기를 숙류가 통달(通達)하시고 예(禮)가 있으니 시(詩)8)에 이르되,

"청청하게 무성한 다북쑥이여
저 언덕에 있도다.
이미 군자를 보았으니
기쁘고도 위의 있도다."

함은 바로 이를 두고 일컬음이로다.

4

한(漢)나라 포선(鮑宣)의 아내 환(桓)씨의 자(字 : 덕을 나타내는 이름)는 소군(少君)이었다.

선이 일찍이 소군의 아버지에게 가 글을 배웠는데, 소군의 아버지가 그가 청렴하게 괴로움을 견디어 내는 것〔청고

---

8) 시(詩) :『시경』소아(小雅)에 있는 청청자아 4장 중 1장. 모서(毛序)에 의하면 인재를 기르는 즐거움을 읊은 것이라 하였고, 주자(朱子)는 빈객의 잔치에서 부르는 노래라고 하였음.

(淸故)]1)을 기특히 여겨 그 딸을 아내로 삼게 하였다.

그런데 혼인에 보내는 혼수감[장송(裝送)]2)이 재물이 너무 풍성하였는 데도 선(宣)이 기뻐하지 아니하며 아내에게 이르기를,

"소군(少君)은 부유한 집에서 교만하게 살아왔기에 곱게 꾸미는 것을 익혀왔으나 나는 실로 가난하고 천하여 감히 예를 갖추지 못하겠소."

하였다.

이에 아내가 말하기를,

"친정아버님께서는 당신이 덕을 닦으며 분수를 지킬 줄 알기 때문에 저에게 수건과 빗을 받들어 모시게 하시었습니다. 이미 군자를 모시라 하셨으니 오로지 하라시는 대로 좇겠습니다."

선이 웃으며 이르되,

"뜻이 능히 그러하다면 이는 내가 바로 바라던 바이오."

하였다.

이에 아내는 좇아온 종과 의복과 장식품을 다 돌려보내고 다시 짧은 베로 만든 치마를 입고, 선과 함께 작은 수레3)

---

1) 청고(淸故) : 청렴하여 가난을 견디어 냄.
2) 장송(裝送) : 혼수.

를 끌고 시집으로 돌아왔다.

　시어머니에게 절하여 뵙고 나서 예를 갖춘 다음, 바로 항아리를 들고 나가 물을 길어오는 등, 며느리의 도리를 잘 행하니 온 고을과 나라에서 칭찬이 자자하였다.

---

3) 녹거(鹿車) : 겨우 사슴 한 마리를 실을 만한 작은수레라는 뜻. 포선의 아내 환의 부덕을 '녹거지덕'이라 함.

제5장

어머니의 본보기— 모의장(母儀章)

아이에게 허물이 있는 것은
어머니의 양육 탓이다.
그 허물을 길러 장성하면
그 때는 뉘우치더라도
늦으리라.
자식이 불초함은 오로지
어머니에게 달렸으니
어찌 그 허물을
눈감을 것인가?

1

『내칙(內則)』에 이르기를,

대체로 자식을 낳으면, 키울 사람을 아버지의 여러 첩이나 마땅한 사람 중에서 택하되 반드시 그 인품이 너그럽고 인자하며 은혜롭고 온화하며 어질고 공손하며 공경스럽고 삼가며 말씨가 드문 사람을 구해 자식의 스승으로 삼아야 한다.

자식이 스스로 밥을 먹기 시작하면 오른손으로 먹게 하며, 능히 말을 하거든 남자는 "예!" 하고 공손스럽게 대답하게 하고 여자는 "예에!"[1] 하고 부드럽게 하게 한다.

남자의 주머니는 가죽이고 여자의 주머니는 실로 만든[2] 것이니라.

여섯 살이 되면 셈을 세는 것과 방위 이름을 가르쳐야 한다. 일곱 살이 되면 남자와 여자가 한 자리에 앉지 않으

---

1) 남유여유(男唯女兪) : 유(唯)와 유(兪)는 모두 "예"하고 대답하는 소리. '唯'는 '예'하고 이내 공손히 응답하는 말이고, '兪'는 '예'하되 응답함이 조용함이다.

2) 남반혁여반혁(男鞶革女鞶絲) : 혁(革)은 무예를 배우는 남자를 뜻하는 가죽, 사(絲)는 누에치고 베 짜는 여자의 할 일을 뜻함. 여기서 반은 주머니를 뜻한다.

며 함께 음식을 먹지 말아야 한다.

여덟 살이 되면 문 밖이나 안으로 드나듦과 자리에 앉아 음식을 먹을 때 반드시 어른보다 뒤에 하여 비로소 양보할 것을 가르친다.

열 살이 되면 여자는 밖에 나가지 아니하며, 모교(姆敎)[3]의 가르침을 온순하게 들어 좇으며, 삼과 모시를 손에 잡고 실과 고치를 다루며, 베와 비단을 짜고 가늘고 굵은 끈을 꼬아[4] 여자의 일을 배워 옷을 지어야 한다.

제사지내는 것을 살펴 술과 국물과 대나무나 나무로 만든 제기(祭器)와 채소 절임과 생선 절인 것을 들여놓으며[5] 예를 다하여 제물을 올려야 한다.

열다섯이 되면 비녀를 꽂으며, 스물이 되면 혼인해야 하니, 특별한 연고가 있으면 스물셋에 혼인해야 한다.

예를 갖추어 시집가면 정식 아내가 되고, 중매 없이 바람

---

3) 모교(姆敎) : 옛날에 여자의 나이 오십이 되었어도 아들이 없으면, 다시 시집가지 않고 여자의 도리를 남에게 가르쳤다. 여자 선생, '여자 스승의 가르침'을 뜻함.

4) 적임조순(績紝組紃) : 베와 비단을 짜며 가늘고 굵은 끈을 꼰다.

5) 저해(菹醢) : 저는 소금에 절인 채소, 해는 포를 떠 누룩이나 소금에 절인 것으로 식혜나 젓갈을 말한다.

나서 제 맘대로 남자를 따라가면 첩이 된다.

2

사마 온공(司馬溫公)이 말하기를,

여자가 여섯이 되면 비로소 여자가 할 일 중에 작은 것을 배워 익히게 하고, 일곱 살이 되면 『효경(孝敬)』[1]과 『논어(論語)』[2]를 외우게 한다.

아홉 살이 되면 『논어(論語)』와 『효경(孝敬)』과 여자가 경계해야 할 글들을 강론하고 풀이하여 대략의 뜻을 깨우쳐야 한다.

오늘날 사람들은 혹 여자에게 노래나 시(詩)를 짓도록 하며 세상의 속된 음악에 즐겨 손대기를 가르치는데, 이는 자못 마땅치 않은 일이다.

---

1) 『효경(孝敬)』: 경서(經書)의 하나로 공자가 증자를 위하여 효의 도리에 관하여 기록한 책. 1권 18장.

2) 『논어(論語)』: 경서(經書). 사서(四書)의 하나. 공자가 그의 제자나 당시의 사람들과 문답한 말, 또는 제자들 간에 주고 받은 말들을 공자 사후에 그 제자들이 엮어낸 책. 공자의 인(仁), 예, 정치, 교육 등에 대한 것을 주로 기술했으며 모두 20편으로 되어 있다.

3

무릇 아들과 며느리가 공경하지 않거나 효도하지 않더라도 갑자기 미워하지 말 것이며, 우선 시어머니가 가르쳐야 할 것이다. 만일 가르쳐도 안 될 때에는 비로소 노여워할 것이며 노여워하여도 안 될 때에는 매로 쳐야 할 것이다.

그러나 여러 번 매질을 하여도 끝내 고치지 않거든 아들을 내쫓고 며느리를 내보내야 한다. 그러나 그들의 허물을 너무 드러내고 밝히어 말하지 말아야 한다.

4

『방씨 여교(方氏女敎)』에 이르기를,

고생하며 수고로이 애써 자식을 길러 그 자식이 성공하기를 바라는 것은 먼저 선조들의 뒤를 이어 가문(家門)을 이으며 죽은 사람을 장사지내고 살아 있는 사람을 잘 봉양하려는 것이다. 그러므로 그 맡은 바 소임이 지극히 중요하며 맡은 일이 쉽지 아니하다. 그러니 만약 가르치지 않는다면 어찌 집안이 무너지는 것을 면할 수 있겠는가.

내가 보니, 부유한 사람이 금을 산 같이 쌓아놓았다가 하루아침에 패망하는 것이 마치 손바닥 뒤집을 사이에 망

해버렸다.

또 이름난 사람의 공덕이 빛나가도 하루아침에 무너져 남의 비웃음과 책망[산초(訕誚)][1]을 당하였다.

부모가 처음 자식을 가르칠 때는 밤낮으로 한가할 겨를이 없이 오로지 자식을 위하는 까닭에 꾀함이 깊으며 염려도 많았는데 어찌 오늘날에 문득 여기에 이를 줄 알았겠는가. 황천(黃泉)에서도 아는 바가 있거늘 두 눈의 눈물이 물이 되어 흐르리다.

이는 대개 다른 까닭이 아니라 사랑이 근원이 되는 것이다. 사랑함만 있고 가르침이 없으면 자라서는 곧 어질지 못하니, 제 뜻대로만 좇지 말고, 조금만 방종하더라도 그때마다 조심토록 하며, 저의 잘못을 덮어두지 말아서 비록 한 번 저지르더라도 못하게 때려서 가르쳐야 한다.

어린 아이에게 허물이 있음은 모두 어머니의 양육 탓이다. 허물을 그렇게 기르다 장성하게 되면 비록 뉘우친다 해도 이미 늦으리. 자식이 어리석고 못난 것은 진실로 어머니에게 달렸으니, 어머니여! 어머니여! 어찌 잠시라도 그 허물을 못 본 체하겠는가.

---

1) 산초(訕誚) : 헐뜯고 꾸짖음.

　주(周)나라　태임(太任)은　문왕(文王)의　어머니이며,　지(摯)나라　임씨(任氏)의　가운데　딸이었다.

　왕계(王季)가　혼인하여　왕비를　삼으니,　태임의　성품이　단정하며　한결같이　성실하고　엄하여　오직　덕스러운　일만　행하였다.　아기를　갖게　되자　눈으로는　궂은　것을　보지　아니하고,　귀로는　음란한　소리를　듣지　않았으며,　입으로는　오만한　말을　하지　않았다.

　이렇게　하여　문왕을　낳으니　총명하고　밝아　태임이　가르치되　하나를　가르치면　백　가지를　알았으므로　군자들이　이르되,

　"태임이　능히　아기　배었을　때부터　태교(胎敎),　즉　태아에게　가르침이　있었기　때문"이라　하였다.

　옛날에는　부인이　자식을　가지면　잠을　자되　옆으로　눕지　않으며,　앉을　때도　가장자리에　앉지　않으며,　서되　한　발을　치우치게　서지　않으며,　이상한　맛이　나는　것을　먹지　않으며,　바르게　자르지　않은　것은　먹지　않았다.

　앉을　때는　자리가　바르지　않으면　앉지　않았으며,　눈으로　나쁘고　궂은　것을　보지　않으며,　귀로는　음란한　소리를　듣지　아니하며,　밤이면　소경으로　하여금　『시경(詩經)』을　외우게

하여 듣고 바른 일을 이르게 하였다.

이와 같이 하여 낳은 자식은 그 생김이 단정하여 재주와
덕이 반드시 남보다 더할 것이니라. 그러므로 임신하였을
때는 반드시 마음속에 느끼는 바를 조심해야 할 것이니,
마음에 느끼는 것이 선하면 선(善)한 자식을 낳게 되고,
악(惡)한 일에 마음이 움직이면 그릇된다.

사람이 태어날 때 만물을 닮게 되는 것은, 모두 그 어머
니가 온갖 사물에 감응을 받았기 때문에 그 모습과 목소리
가 닮게 되는 것이다.

문왕의 어머니는 이와 같이 어머니와 닮게 된다는 것을
알고 있었다 할 만하다.

6

주(周)나라 태사(太姒)는 무왕(武王)의 어머니로, 우(禹)
나라의 뒤를 이은 유신(有莘)이란 나라 사씨(姒氏)의 딸이
다.

인자하고 도(道)에 밝았으므로 문왕이 이를 아름답게 여
겨, 몸소 위수(渭水)¹⁾에 가 맞으실 때, 배를 이어 다리를

---

1) 위수(渭水) : 감숙성에서 발원하여 섬서성을 거쳐 황해로
   흐르는 강 이름.

놓았다[2].

궁중에 들어오자 태사는 시할머니 태강(太姜)과 시어머니 태임(太任)에게 사랑을 받으며 아침저녁으로 부지런히 힘써서 아낙네의 도리를 다하였다.

태사의 이름이 문모(文母)였는데, 문왕은 밖을 다스리고, 문모는 안을 다스렸다.

태사는 아들 열을 낳았는데 맏아들은 백읍(伯邑) 고(考)요, 두 번째는 무왕(武王) 발(發)이며, 세 번째는 주공(周公) 단(旦)이요, 네 번째는 관숙(管叔) 선(鮮)이며, 다섯 번째는 채숙(蔡叔) 도(度)이며, 여섯 번째는 조숙(曹叔) 진탁(振鐸)이요, 일곱 번째는 곽숙(霍叔) 무(武)이며, 여덟 번째는 성숙(成叔) 처(處)요, 아홉 번째는 강숙(康叔) 봉(封)이며, 열 번째는 담계(聃季) 재(載)이다.

태사가 열 아들을 가르치기를 어려서부터 다 자랄 때까지 잠시라도 그릇되고 치우친 일을 보이지 않았다.

7

맹가(孟軻)[1]의 어머님이 그 사는 집이 무덤에서 가까웠

---

2) 조주위량(造舟爲梁) : 배를 잇대어 다리를 만듦.

다. 그래서 맹자(孟子)가 어렸을 때 장난치고 놀이하는 것이, 모두 무덤 사이에서 행하는 것으로, 땅을 치며 통곡하고 땅을 파고 다지고 파묻는 무덤 만드는 흉내를 내었다.

맹자 어머님이 이를 보고 말하기를,

"여기는 아들을 기를 만한 곳이 못되는구나."

하고는 그곳을 떠나 저잣거리로 옮겼다.

그런데 맹자의 놀이가 시장에서 물건을 흥정하며 장사하는 흉내를 내므로, 맹자의 어머니는,

"여기도 아들을 키울 만한 곳이 아니로구나."

하고는 곧 옮겨 학교 가까운 곳에서 살았다.

그랬더니 이번에는 그 놀이가 제기(祭器)를 차려놓고 손을 모아 겸손하게 고개 숙이고 사양하며 나아가고 물러나는 시늉을 하므로, 맹자 어머님이 말하기를,

"이곳이야말로 내 아들을 기를 만한 곳이로구나."

하고 마침내 그 곳에 머물러 살았다.

맹자가 어렸을 때에,

"동쪽 집에서 돼지를 잡는데 무얼 하려고 하는 것이지

---

1) 맹가(孟軻) : 맹자(孟子). 가(軻)는 맹자의 이름이며 자는 자여(子與). 전국시대의 사상가이며 공자 다음가는 성인이라 하여 아성(亞聖)이라 불림. 성선설(性善說)을 주장함. 저서로 『맹자(孟子)』가 있다.

요?"

하고 물었다.

어머니는 무심코,

"너에게 먹이려고 그러는 것이다."

하고 대답하였다.

어머니는 곧 뉘우치며 말하기를,

"내 들으니 옛날에는 아기를 가져서도 가르쳤다(胎敎)는데, 이제 그것을 알고 있는데도 이는 믿음을 허무는 것을 가르친 것이 되었구나."

하고는 돼지고기를 사다가 맹자에게 먹였다.

맹자는 자라면서 학문에 나아가 마침내 큰 선비가 되었다.

8

여형공(呂滎公 : 송나라 사람)의 이름은 희철(希哲)이며 자는 원명(原明)이었는데 신국(申國) 정헌공(正獻公)의 맏아들이다.

정헌공은 집안에서 대범하고 진중하여 말이 없으며 일이나 물질에 관여하는 것을 마음에 두지 않았다.

신국 부인은 성품이 엄하고 법도가 있어 비록 여형공을 사랑하였으나 가르치기를 일일이 법도를 좇도록 하였다.

여형공의 나이 갓 열 살이 되었을 때, 몹시 추운 날이나 더운 날이나 비가 와도 하루 종일 부모를 모시고 서 있으면서도 앉으라 말하지 않으시면 감히 잠시도 앉지 않았다.

날마다 반드시 갓을 쓰고 띠를 두르고 웃어른을 뵈오며, 평상시에도 비록 몹시 더울지라도 부모와 어른의 곁에서는 두건이며 버선과 행전(行纏)[1]을 벗지 않고 의복을 조심스럽게 차려 입었다.

거리를 다닐 때나 집을 드나들 때도 찻집이나 술집에 들어가지 않으며, 저자와 마을 주변의 말과, 정(鄭)나라와 위(衛)나라의 음악[2]을 잠시라도 귀 기울이지 않으며, 바르지 못한 글과 예가 아닌 모습은 잠깐이라도 눈에 붙이지 않았다.

정헌공이 영주(潁州)의 통판(通判)[3]으로 있을 때, 마침 구양공(歐陽公)[4]이 지주사(知州事 : 주의 지사)로 있었다.

---

1) 행전(行纏) : 바지나 고의를 입을 때, 가뿐하게 하기 위해 정강이에 꿰어 무릎 아래에까지 졸라매는 것.

2) 정위지음(鄭衛之音) : 음탕한 음악. 중국 춘추시대의 나라인 정나라와 위나라에서 유행하였던 음탕한 음악.

3) 통판(通判) : 송나라 때의 벼슬 이름. 한 주(州)의 정사를 감독함.

4) 구양공(歐陽公) : 송나라 때 사람으로 이름은 수(修), 자는

초(焦) 선생 천지 백강(千之伯强)⁵⁾이 그 곳 문충공(文忠公) 집의 손님이 되어 갔었는데, 그 인품이 엄하고 의젓하며 반듯하므로 정헌공은 그를 불러 맞아다가 여러 아들들을 가르치게 하였다.

여러 학생들이 조금이라도 허물이 있으면 초 선생은 단정하게 앉아 학생들을 불러 마주앉게 하고는 하루해가 다 지도록 더불어 말을 하지 않았다. 이에 여러 생도들이 두려워 항복하면 비로소 말씀과 얼굴빛을 조금 부드럽게 하였다.

그 때 공의 나이 겨우 십여 세이니 안으로는 정헌공과 신국 부인의 가르침이 이렇듯 엄하고, 밖으로는 초 선생의 가르침이 이렇듯 두려우므로, 여형공의 덕을 성취함이 사뭇 다른 사람들과는 달랐다.

공이 일찍이 말하기를,

영숙(永叔). 학문이 깊고 시(詩)를 잘 지었으며 산문으로 당송 팔대가(八大家)의 한 사람으로 꼽힘. 저서로는 『신당서(新唐書)』 등과 여러 시문집(詩文集)이 있다.

5) 천지 백강(千之伯强) : 성은 초(焦), 이름은 천지(千之), 자는 백강(伯强)이다. 구양수의 문하로 성품이 엄격하고 방정(方正)하였는데 과거 공부를 하지 않고 경술(經術)에만 전념하였다.

“인생에 있어 안으로 어진 아버지와 형이 없고, 밖으로
엄한 스승과 벗이 없으면 능히 성공할 사람은 아주 드물
것이다.”
하였다.

<h1 style="text-align:center">9</h1>

제(齊)나라의 의계모(義繼母 : 의로운 계모)는 두 아들의
어머니였다.
선왕(宣王) 시절에 어떤 사람이 싸우다 길에서 죽었는데,
의계모의 두 아들이 그 곁에 서 있으므로 관리가 묻자 형
이,
“내가 죽였소.”
하고 대답하였다.
그러자 아우가 말하기를,
“형이 아니라 내가 죽였소.”
하였다.
그리하여 한 해 동안 조사해도 판결이 나지 않으므로
왕에게 이 일을 여쭈었다.
그러자 왕이 이르기를,
“제 어미에게 물어보아라. 제 어미는 능히 자식의 착하고
악한 것을 알 것이니, 누구를 살리려 하고 누구를 죽여야

할 것인지를 들어보라."

하였다.

그러자 그 어머니가 울면서 대답하기를,

"작은아들을 죽이시옵소서."

하자, 다시 물었다.

"사람들은 대체로 작은 자식을 귀여워하는데 이제 그 작은 자식을 죽이려 하니 무슨 까닭인가?"

하니, 그 어미가 여쭈기를,

"작은놈은 내가 낳은 자식이고 큰아들은 전 부인의 아들입니다. 그 아버지가 병이 나 돌아가실 때 저에게 부탁하기를 '잘 보살펴 길러 주오' 하기에, 제가 그렇게 하겠다고 승낙하였습니다. 이미 남의 부탁을 받고 승낙한 터에 이제 와서 어찌 그 부탁을 저버릴 수 있으며 그 믿음을 무너뜨릴 수 있겠습니까? 또한 형을 죽이고 동생을 살린다면 이는 내 자식만을 사랑하는 사사로운 사랑으로 공정한 의(義)를 버리는 일이며 언약을 배반하고 신의를 저버리는 것이니, 이는 곧 돌아가신 분을 속이는 것입니다. 이미 말한 약속을 지키지 않고 이미 승낙한 일을 분명히 하지 못한다면 어찌 세상을 살아갈 수 있겠습니까? 아들의 일이 비록 가슴 아프고 슬프나 제가 행한 일이라 하니 어쩌겠습니까?"

하고는 슬피 울어 눈물이 옷깃을 적셨다.

이에 왕이 그 의로움을 아름답게 여기고 그 행실을 높이 여겨 모든 죄를 용서해 주고, 그 어머니를 높이 불러 '의로운 어머니'라 하였다.

10

위(魏)나라 망씨(芒氏)의 자모(慈母 : 착한 어머니)는 위나라 맹양(孟陽)씨의 딸로 망묘(芒卯)의 후처였는데 아들 셋을 두었다.

전처의 아들이 다섯이 있었는데 모두 새어머니를 사랑하지 않았다. 그러나 자모는 전처의 아들을 몹시 각별히 대접하였으나 그들은 여전히 사랑하지 아니하였다. 자모는 세 아들에게 전처의 아들과 같은 옷이나 음식을 먹지 못하게 하였다. 그러나 그들은 여전히 자모를 사랑하지 않았다.

그런데 전처의 가운데 아들이 위왕의 법을 어겨 곧 죽게 될 지경이 되었다. 자모는 근심하며 슬퍼하여 허리띠가 한 자나 줄었으며 아침저녁으로 부지런히 다니며 그 죄에서 구해내려 하였다.

이에 사람들이 자모에게 말하기를,

"아들들은 그렇게도 어머니를 사랑하지 않는데, 어찌 어머니는 부지런히 애쓰고 근심하며 두려워함이 이와 같은가?"

하였다.

자모가 대답하기를,

"내 친자식이 비록 나를 사랑하지 않는다 할지라도 그들이 화를 입게 되면 두려워하며 그 화를 없애려 할 것이거늘, 어찌 친자식이 아니라고 해서〔가자(假子)〕[1] 아니하면 어찌 여느 어미와 다르다 할 수 있겠습니까? 그 아버지가 그 아들들이 어미 없는 외로운 처지가 되므로 나를 계모로 삼았고, 계모는 친어미와 다름없는데 남의 어머니가 되어 능히 그 자식을 사랑하지 않는다면 가히 자애롭다 할 수 있겠습니까? 친자식이라 하여 편애(偏愛)하고 친자식이 아니라 하여 편벽(偏僻)[2]되이 대한다면 가히 의롭다 할 수 있겠습니까? 자애롭지 않으며 의리 없으면 어떻게 세상에 떳떳할 수 있겠습니까? 저들이 비록 나를 사랑하지 않으나 나야 어찌 의리를 잊을 수 있겠습니까?"

하고는 곧 탄원(歎願)하였다.

이에 위나라의 안리왕이 들으시고 그 의로움을 높이 여겨,

"어머니가 이와 같으니 그 아들의 죄를 용서해 주지 않을

---

1) 가자(假子) : 친자식이 아닌 전 부인의 아들.

2) 편벽(偏僻) : 한쪽으로 치우쳐 공평하지 못함.

수 있으리오.”

하시고는 이내 아들의 죄를 용서하시고 그 집을 다시 일으키게 하였다.

이로부터 그 아들 다섯이 다 친아들처럼 자모를 의지하며 화합함이 한결같았다.

자모는 예의로써 여덟 아들을 가르쳐 모두 위나라의 대부(大夫)와 경사(卿士)3)가 되어 각기 예의로 성취케 하였다.

11

제(齊)나라 재상인 전직자(田稷子)가 그 아랫사람의 금 일백 일(鎰)을 받아다가 어머니에게 드렸다. 그러자 그 어머니가 말씀하시되,

“아들이 재상이 된 지 삼 년이 되었는데 받아오는 녹(祿)이 이처럼 많지 않았는데 어찌 사대부(士大夫)에게 준 것이겠는가? 어디서 이것을 얻었는가?”

하자 대답하기를,

“사실은 아랫사람에게서 받은 것입니다.”

---

3) 대부(大夫)와 경사(卿士) : 영의정 · 좌의정 · 우의정 이외의 벼슬아치의 총칭.

하였다.

이에 어머니가 말씀하시되,

"내가 듣기로 선비란 몸을 닦으며 몸가짐을 깨끗이 하여 구차하게 얻지 않고 진실한 마음으로 거짓 일을 하지 않으며, 의리가 아닌 일은 마음에 새기지 아니하며 도리에 어긋난 이익을 집에 들이지 않는다고 하였다. 그런데 이제 임금이 벼슬을 내려 대접하시며 후한 녹을 너에게 주시니, 마땅히 힘을 다하여 능력을 다 바치되 충정과 신의로 속이지 않으며 청렴하고 깨끗하며 공정(公正)함으로써 임금의 은혜에 보답해야 할 것이다.

그런데 이제 네가 이를 뒤집어 놓으니, 남의 신하가 되어 충성스럽지 않음은 사람의 자식되어 효도하지 않은 것과 같다. 의(義)가 아닌 재화는 내 것이 아니며 효도하지 않은 아들은 내 아들이 아니니 어서 일어나 나가거라."

하였다.

전직자는 크게 부끄러워하며 나가 그 금을 다시 되돌려 보내고 선왕(宣王)께 자기 죄를 아뢰며,

"죽여주시옵소서."

하였다.

선왕은 그 어머니의 의(義)를 칭찬하고 그 죄를 사하여 주고, 도로 재상으로 삼으며 공금(公金)으로 그 어머니에게

하사금을 내렸다.

12

당(唐)나라 최현위(崔玄暐)[1]의 어머니 노(盧)씨가 일찍이 아들 현위를 경계하여 말하기를,

"내 사촌형인 둔전 낭중(屯田郎中)[2] 신현어(辛玄馭)를 만났는데 그가 말하기를, '자식이 벼슬살이 하고 있는 것을 보고 남이 와서 말하되 가난하고 궁핍하여 못 살더라하면 이는 좋은 소식이나, 그렇지 않고 재물이 넉넉하고 의복이 좋고 말이 살쪘더라[3].'고 하면 이는 나쁜 소식이다."

하였다.

나는 늘 이 말을 옳은 말이라고 여겼다. 그런데 이제 안팎의 친척[4] 중에 벼슬하는 이가 재물을 갖다가 그 부모

---

1) 최현위(崔玄暐) : 시호는 문헌(文獻)으로 학문과 덕행으로 칭송을 받았으며 경서(經書)에 밝았다.

2) 둔전 낭중(屯田郎中) : 벼슬 이름. 둔전(屯田)과 관전(官田) 의 일을 맡아봄.

3) 경비(輕肥) : 품질이 좋은 가벼운 가죽 옷과 살찐 말. 부귀한 사람의 외출할 때의 차림, 또는 그러한 생활.

4) 친표(親表) : 친(親)은 같은 성, 표(表)는 이성(異姓). 즉 내외 의 친척을 가리킴.

에게 바쳤는데, 그 부모가 오직 기뻐할 뿐 이 재물이 어디
서 나온 것인지를 묻지 않으니, 이것이 반드시 녹봉에서
쓰고 남은 것이라면 참으로 좋은 일이거니와 만일 이치에
어긋나게 얻은 것이라면 이는 바로 도둑과 무엇이 다를
것인가? 비록 커다란 허물이 없다 하더라도 어찌 스스로
마음속으로 부끄럽지 않겠는가?"
하였다.
이에 현위는 이 가르침과 경계의 말을 받들어 청렴하며
삼감으로써 사람들의 칭송을 받게 되었다.

13

이천(伊川 : 송나라 때의 학자. 정이(程頤)) 선생의 어머니
후(侯) 부인은 인자하고 어질었으며 너그럽고 후하여, 여러
첩의 자식들 사랑하기를 친자식과 다름없이 하였다.
또 종숙(아재비)과 어린 고모들도 함께 보살폈는데 내
자식과 같이 하며, 집안을 다스림에 법도가 있어 엄하게
하지 않아도 가지런히 정돈되어 있었고, 종들에게는 매질
〔태복(笞扑)〕1) 하는 것을 좋아하지 않았으며 어린 종들〔장

---

1) 태복(笞扑) : 매를 때리는 것을 말함.

획(臧獲)]2) 보기를 마치 자식같이 여겼다.

혹시 자식들이 종들을 꾸짖을 때에는 반드시 그들을 경계하여,

"귀하고 천한 것이 비록 다르나 사람은 원래 마찬가지인데, 너희가 저만큼 컸을 때 능히 그 일을 해낼 수 있겠느냐?"

하였다.

선공(先公)3)이 노하시는 일이 있으시면 반드시 너그러이 밝혀드렸으나, 다만 자식들이 잘못이 있으면 덮어두지 않고 늘 말하기를,

"자식이 불초(不肖)4)함은 어머니가 그 허물을 가리고 있어 아비가 알지 못했던 탓이다."

하였다.

부인은 아들 여섯 가운데 다만 두 아들만이 살아 있어, 사랑하고 귀여워함이 가히 지극하다 할 만했다. 그러나 가

---

2) 장획(臧獲) : 장은 남자 종, 획은 여자 종, 즉 노비를 말함.

3) 선공(先公) : 돌아가신 아버지. 여기서는 이천 선생의 아버지를 일컬음.

4) 불초(不肖) : 초(肖)는 닮는다는 뜻. 불초는 부모나 스승 등을 닮지 않아 어리석다는 뜻이며 자신을 낮추는 겸양의 뜻으로도 쓰임.

르치는 도리에 있어서는 조금도 누그러뜨리는 일이 없었다.

겨우 두어 살이 되어 걷다가 혹시 넘어지면 집안사람이 달려가 안아 일으키고 놀라울까 두려워하였으나, 부인이 꾸짖기를,

"네가 조심해서 천천히 걸었다면 어찌 넘어지겠느냐?"

하였다.

음식 먹을 때는 늘 곁에 앉혀놓고 먹이는데, 국에 간을 맞추는 일이 있으면 즉시 꾸짖기를,

"어려서부터 네가 원하는 대로 맞추고자 한다면 자라서는 어떻겠느냐?"

하였다.

비록 부리는 사람에게도 모진 말로 꾸짖거나 야단치지 못하게 하였다. 그러므로 이(頤) 형제5)는 평생 음식이나 의복에 있어서 가리는 것이 없었고 모진 말로 남을 꾸짖지 못했으니 이는 본래 성품이 그래서라기보다는 어머니의 가르침이 그러하였기 때문이었다.

혹 남과 다투다가 화를 내면, 비록 그 아들이 옳더라도

---

5) 이(頤) : 이천 선생. 여기서 형제는 북송(北宋)의 유학자 정호, 정이 형제를 말한다.

두둔하지 않고 이르기를,

"자기를 굽히지 못하는 것[6]을 걱정할지언정 이기지 못함을 걱정하지 마라."

하였다.

점점 자라서는 어진 스승과 벗을 좇아 놀게 하며 비록 가난하게 살지라도 혹 손님을 청하고자 할 때에는 기꺼이 음식을 준비하였다.

14

이의자(二義者 : 의로운 두 사람)는 주애(珠崖) 땅 원님의 후처(後妻)와 전처(前妻)의 딸로, 딸의 이름은 초(初 : 갓난이)이며 나이 열세 살이었다.

주애 고을에는 구슬이 흔하여 초의 계모는 큰 구슬들을 꿰어 팔찌를 만들어 팔목에 차고 있었는데, 원님이 죽어 장사를 지내게 되었다.

당시 법(法)에는 구슬을 지니고 관(關 : 검문소)에 들어가는 사람은 사형에 처했으므로 계모는 구슬을 버렸다. 그 아들이 나이 아홉 살이었는데 구슬이 탐이 나 어머니의

---

6) 불우(不右) : 강하게 우기지 않음. 우(右)는 '높이다', '강하다'의 뜻.

거울상자에 넣어 두었으나 아무도 그 사실을 알지 못하였
다.

장사를 치르고 돌아가다 관에 이르렀는데 관에서 검문하
던 관후(關侯)와 아전들이 뒤져서 구슬 열 개를 계모의 거
울상자에서 찾아내자 아전이 말했다.

"슬프다. 법을 어겼으니 어찌할 수가 없구나. 누가 벌을
받겠는가?"

딸 초가 곁에 있다가 혹시나 어머니가 깜빡 잊고 거울상
자에 넣어 둔 것이 아닌가 하여 두려워하며 말하였다.

"제가 벌을 받아 마땅합니다."

이에 아전이,

"그렇게 하면 되겠느냐?"

하고 물었다.

이에 초가 대답하기를,

"아버지가 불행히도 돌아가시자 어머님이 팔에 매었던
구슬을 풀어 버리셨는데, 제가 아까운 생각이 들어 어머니
의 거울상자 속에 넣어 두었으니 어머님은 알지 못하는
일입니다."

하였다.

계모가 그 말을 듣고 얼른 가 초에게 어찌된 일이냐고
물으니 초가 말하기를,

"어머니께서 버렸던 구슬을 제가 다시 주워 어머니의 거울상자 안에 넣어 두었으니 제가 마땅히 벌을 받아야 합니다."

하였다.

계모가 초가 한 말이 사실이려니 생각하였으나 불쌍히 여겨 아전에게 말하기를,

"바라건대 잠시 기다려 어린아이에게 캐물어 꾸짖지 마소서. 이 아이는 정말 모르는 일입니다. 이 구슬은 내 팔에 묶었던 것인데 남편이 불행을 당하자 풀어서 경대 서랍에 넣어 두었던 것입니다. 그런데 장사를 치르느라 바쁜 데다 길이 멀고 어린아이들까지 데리고 오느라 깜빡 잊었던 것이니, 제가 마땅히 벌을 받아야 합니다."

하였다.

그러나 초가 굳이 말하였다.

"정말 제가 한 일입니다."

계모가 또 말하기를,

"저 아이는 다만 사양의 뜻으로 한 말일뿐, 사실은 제가 한 일입니다."

하고 흐느껴 울며 울음을 그치지 못했다.

딸이 또 말하기를,

"어머니께서 제가 아버지가 안 계신 것을 가엾이 여기시

어 억지로 살리고자 하시지만 어머님은 진실로 아시지 못합니다."

하고 울어 눈물이 턱 밑으로 줄줄이 흘러내리자 함께 장사지내던 사람들이 이를 보고 모두 슬피 울며 서러워하고, 곁에서 지켜보던 이들도 모두 콧날이 시큰거려 눈물을 흘리지 않는 이가 없었다.

아전도 붓을 잡고 캐물은 내용을 적으려 하였으나 한 자도 쓰지 못하였고, 관후도 이를 보고 온종일 눈물을 흘리며 판결을 하지 못하다가 말하기를,

"어머니와 딸의 의리가 이와 같으니 차라리 내가 벌을 받을지언정 차마 글로 작성하지 못하겠구나. 또 서로 사양하니 누가 옳은지를 알 수가 없겠구나."

하고 구슬을 모두 버리고 그들을 보내주었다.

그들이 간 후에야 비로소 아들이 혼자서 주어다 감춘 것을 알았다.

제6장

서로 화목하게 지냄— 돈목장(敦睦章)

두 쪽 다 강한 것이
서로 다투면
하나는 반드시
부러지는 법이니,
부드러움으로 대해야만
자기의 어질어짐을
온전히 하리라.

1

『여교(女敎)』에 이르되,

손윗동서와 손아랫동서[1]는 마치 형제[2]와 같으니 정과 의리의 두터움이 남과 같을 수 없다.

혹 어진 이를 만나면 감동하고 사랑하는 마음이 절로 우러나 힘써 어진 일을 행하며 함께 늙기를 기약하기도 한다.

그러나 혹 모질고 사나운 이를 만나게 되면 망령된 생각만 서로 더해지니, 오직 자신의 잘못을 알아서 스스로를 책망함에도 바쁠 지경이니 어느 겨를에 남을 염려하겠는가.

두 쪽이 다 강한 것이 서로 다투면 반드시 하나는 부러지는 법이니, 부드러움으로 대응해야만 자기의 모자라고 이지러짐을 온전히 할 것이다. 그러니 오직 온순하고 공손히 하여, 사납고 오만함에 임하며, 내가 오직 먼저 베풀되 상대방이 갚기를 바라지 말아야 하며, 조그만 이익을 가지고

---

1) 사제(姒娣) : 손윗동서와 손아랫동서. 언니와 동생.

2) 공곤(共昆) : 곤(昆)은 형을 뜻하나 여기서는 형제란 뜻.

다투어 지극히 가까운 친척 사이를 어그러지게 하지 말아야 한다. 지극히 가까운 친척은 얻기 어려우니 어찌 이익을 말할 수 있겠는가?

목숨이 길고 짧음은 거스를 수도 미리 헤아릴 수도 없으니 힘으로 빼앗아 내 뜻대로 할 수 있다한들, 죽은 후에 누구에게 이어질지 알 수 있으리오? 두루 함께 모여 사는 백 년이란 잠깐 사이에 지나가는 것이니, 길고 짧은 것을 겨루어 본들 무슨 소용이 있겠는가?

2

증자(曾子)가 이르시되,

친척이 좋아하지 않거든 잠깐이라도 밖의 사람과 사귀지 말며, 가까운 이와 친하지 못하였거든 잠깐이라도 먼 곳 사람을 구하지 말 것이다.

작은 일을 미처 살피지 못하였거든 잠깐이라도 큰일을 입에 올리지 말아야 한다.

무릇 사람의 일생 백 년 동안에는 병을 앓는 일도, 늙어 힘없는 때도 있으니, 그러므로 군자는 다시 하지 못할 일을 생각하여 먼저 그 일을 하는 것이다.

친척이 이미 죽고 나면 비록 효도하고자 한들 누구에게 효도하며, 나이 이미 늙으면 비록 공경하며 우애하고자 한들 누구에게 우애하고 화락하게 지낼 수 있을 것인가?

그러므로 '효도하고자 하여도 늘 미처 다하지 못한 것이 있으며 공경하고 우애롭고자 하여도 못할 때가 있다.'라는 말은 바로 이를 두고 한 말이리라.

3

유개(柳開)1) 중도(仲塗)가 말하기를,

"아버님〔황고(皇考)〕2)이 집안을 다스림에 효도하며 엄하시었는데 초하루와 보름〔단망(旦望)〕3)에 동생이며 며느리들이 대청 아래에서 절을 올리고 나면, 곧 손을 위로 들고 얼굴 숙여 아버님의 훈계를 들었다.

아버님이 말씀하시되,

'사람의 집안에 형제들이 우애롭게 지내지 않는 사람들이 없건만, 모두 장가들어 며느리를 집안에 들이고 함께 살게 됨을 기화로 다른 성(姓)이 모여 길고 짧음을 다투게

---

1) 유개(柳開) : 송나라 때의 문인이자 학자. 자가 중도(仲塗)이다. 문장에 능하고 뜻이 크고 기개가 있었으며 의리를 중하게 여겼다. 『하동집(河東集)』 등의 문집이 있다.

2) 황고(皇考) : 돌아가신 아버지의 존칭.

3) 단망(旦望) : 초하루와 보름.

된다.

남편들은 날마다 듣게 되는 부인 말에 점점 물들어 마침내 자기 아내만 편애하게 되고, 사사로운 비밀을 갖게 되며 드디어는 서로 거슬리고 거슬리며 끝내는 배반하게 된다.

이로 인해 집안이 나누어지고 호적을 떼어내어, 분가(分家)에 이르고 도둑이나 원수처럼 미워하게 되니 이는 모두 너희 부인들이 저지른 짓이니라.

남자 중에 심지 굳은 사람, 몇이나 능히 그 아내의 말에 혹하지 않는 사람이 있겠는가?

내가 보니 대부분이 그러하였다. 그러나 너희들에게는 어찌 이런 일이 있겠는가?'

하셨으므로, 물러나와 두려워하며 감히 잠깐이라도 불효한 말은 한마디도 입에 담지 않았다.

우리들은 모두 깨우쳐 아버님의 가르침에 힘입어 능히 집안을 온전히 이어갈 수 있었다."

4

사마 온공(司馬溫公)은 그 형 백강(伯康)과 서로 사랑하는 마음을 더욱 두터이 하더니, 백강이 나이 바야흐로 여든이 되었다.

공(公)이 받들어 모시기를 아버님 같이 하고, 보살피기를

어린아이 돌보듯 하였다. 늘 식사가 끝나면 조금 있다가,

"시장하지 않으십니까?"

하고 묻고, 날씨가 조금 차면 형님의 등을 쓰다듬으며,

"옷이 얇지 않습니까?"

하고 묻더라.

5

당(唐)나라 영공(英公) 이적(李勣)은 복야(僕射)의 귀한 벼슬에 올랐다. 그 누님이 병들게 되자 반드시 불을 지피어 몸소 죽을 쑤었다. 그러다가 불이 붙어 수염을 태우자 말하기를,

"종들이 많은데 어찌 네 몸소 수고롭게 구는가?"

하니, 이적이 말하기를,

"어찌 사람이 없어서이겠습니까? 이제 돌아보니 누님의 나이 늙고 저 또한 늙었으니 비록 자주 누님을 위해 죽을 끓여드리고 싶다한들 다시 그럴 수 있겠습니까?"

하였다.

6

진(晉)나라 함녕(咸寧)에 전염병〔대역(大疫)〕1)이 돌아서

유곤(庾袞)2)의 두 형이 다 죽고, 둘째형 비(毗)도 또한 위독하게 되는 등 전염병의 기세가 기승을 부렸다.

이에 부모와 다른 아우들이 모두 집 밖으로 피했으나 곤만은 홀로 집을 떠나지 않고 남으려 하자 부모 형제들이 나가기를 강권하였다.

그러자 곤이 말하기를,

"저는 천성이 병을 두려워하지 않습니다."

하고는, 몸소 형을 부축하며 밤낮을 가리지 않고 보살폈다.

그 뿐만 아니라 이따금 관을 어루만지며 슬피 울었다.

이러기를 십여 순(旬)3)이 지나자 병세가 점차 누그러지자 집안사람들이 돌아오니, 비의 병세가 차도가 있었고, 곤 또한 병이 없었다[양(恙)]4).

---

1) 대역(大疫) : 역(疫)은 돌림병으로 곧 전염병. 옛날에는 천연두를 돌림병이라 함.

2) 유곤(庾袞) : 진나라 때의 학자. 근검하고 학문이 깊었으며 효행이 지극하였다.

3) 순(旬) : 일순(一旬)은 열흘. 여기서는 백여 일을 말한다.

4) 양(恙) : 원래 사람을 무는 독충(毒蟲)을 일컬음. 옛날에는 사람이 독충의 해독을 많이 입었기 때문에 병(病) 또는 근심의 뜻, "무양(無恙)하셨습니까?", "별고 없으십니까?" 하

이를 보고 어른들이 모두 말하기를,

"이상하구나. 다르다. 이 아들이여! 남이 능히 지키지 못할 것을 지키고, 남이 능히 행하지 못 할 것을 행하였구나. 날씨가 추운 뒤에야 소나무와 잣나무가 맨 뒤에 시드는 줄 아는 법이니 전염병도 능히 전염되지 않음을 비로소 알겠구나."

하였다.

7

수(隋)나라 이부상서(吏部尚書)[1] 우홍(牛弘)의 아우 필(弼)이 술을 즐기며 주정을 잘 하는데, 하루는 술에 취해 형 홍의 수레를 끄는 소를 쏘아 죽였다.

홍이 집으로 돌아오자 그 아내가 홍에게 말하기를,

"서방님이 소를 쏘아 죽였습니다."

하니, 홍이 듣고 묻는 말도 없이 곧 대답하기를,

고 안부를 묻는 데도 쓰였음.

1) 상서(尙書) : 서경(書經)의 별칭. 진(秦)나라 때 임금과 신하 간에 오고간 문서를 맡았으나 그 직의 중요성 때문에 대(代)를 내려올수록 지위가 높아져 당나라 때는 육부(六部)의 장관 명칭으로 되었음.

"고기를 얇게 저며 포(脯)를 만드시오."

하고는 자리를 잡고 앉았다. 그 아내가 다시 말하기를,

"서방님이 소를 쏘아 죽였으니 예삿일이 아닙니다."

하니, 홍은

"이미 알고 있소."

하고는 얼굴빛 하나 변하지 않은 채로 태연히 글 읽기를
그치지 않았다.

8

범 문정공(范文正公)[1]이 참지정사(參知政事)[2]로 있을 때
여러 자식들에게 고하기를,

"나는 가난했을 때, 너의 어머니와 더불어 부모님을 봉양
할 제 너희 어머니가 정성들여 친히 밥을 지어드렸다. 그러
나 부모님께 맛있는 음식을 넉넉히 대접해 드리지 못하였
으니, 이제 후한 녹(祿)을 받아 부모님을 잘 봉양하려 하나

---

1) 범 문정공(范文正公) : 송나라 인종(仁宗) 때의 이름난 재상.
   이름은 중엄(仲淹), 문정은 시호이다. 국경을 지키던 수년
   동안 강인(羌人)들의 존경을 받아 용도(龍圖)의 노자(老子)
   라 불리었으며, 의전(義田)을 두어 일가친척을 돌보아 주었
   다. 문집으로 『단양집』 등이 있다.

2) 참지정사(參知政事) : 송나라 때 재상 다음가는 벼슬.

부모님이 계시지 않으며 너희 어머니 또한 일찍 세상을
떠나 없으니, 내가 몹시 한스럽구나. 차마 너희들만 부귀와
영화를 누리게 할 수 있겠느냐?

우리 오중(吳中)3) 안에 친척이 매우 많은데, 내게는 본래
가까운 사람도 있고 먼 사람도 있건만, 그러나 우리 조상이
보신다면 똑같은 자손이다. 그러니 본래 가까운 사람과 먼
사람이 따로 없다. 진실로 조상의 마음에 가까운 사람과
먼 사람이 없다면, 내 어찌 굶주리고 추위에 떠는 그들을
가엾게 여기지 않을 수 있겠느냐?"

하였다.

9

노(魯)나라의 의로운 고모(姑姉 : 큰고모, 아버지의 누이)
는 노나라의 들판에서 사는 사람의 부인이다.

제(齊)나라가 노나라를 공격해 와 성 밖에까지 이르렀는
데, 한 부인이 한 아이는 안고 한 아이는 손을 잡고 가다가
군사들이 뒤쫓아 오자 안고 있던 아이를 버리고 손잡고
가던 아이를 안고 산으로 달아났다. 버렸던 아이가 쫓아가

---

3) 오중(吳中) : 강소성의 고을을 말함.

며 울었으나 부인은 뒤도 돌아보지 않고 달아났다.

제나라 장수가 그 부인을 붙들어다가 물으니 대답하기를,

"안고 있던 아이는 제 형님의 아들이고 버리고 온 아이는 제 아들인데 군사들이 뒤쫓아 오므로 제 힘으로 능히 두 아이를 보호할 수가 없기에 제 아이를 저런 것입니다."

하자, 제나라 장수가 묻기를,

"자식이 그 어미에게 더 가깝고 사랑하는 마음이 지극하거늘 이제 자기 자식은 버리고 오히려 형의 자식을 안고 가는 것은 무슨 까닭인가?"

하니, 부인이 말하기를,

"제 자식은 사사로운 애정이나 형님의 자식을 사랑하는 것은 공공의 의(義)이니 공공의 의를 저버리고 사사로운 정을 좇아 형님의 자식을 죽게 하고 제 자식만을 보호하여 죽음을 면한다한들 어떻게 의롭다 할 수 있겠습니까? 이런 까닭으로 제 자식을 버려서라도 의를 행하려 하였습니다. 의로움이 없이 어떻게 떳떳이 살 수 있겠습니까?"

하였다.

이에 제나라 장수는 병마(兵馬)의 진군을 그치게 하고 사람을 제나라 임금에게 보내어 보고한 후에 돌아갔다.

노나라 임금이 이런 사실을 듣고는 비단 백 필을 내리고

그 부인을 '의로운 고모'라 불렀다. 공정하며 성실하여 의로움을 행함에 결연히 하므로 그 의로움이 얼마나 큰 것인가!

비록 한 아낙네라도 나라가 오히려 이득을 입으니, 하물며 예와 의로써 나라를 다스리는데 더할 바가 있겠는가.

제7장

청렴함과 검소함— 영검 장(廉儉章)

보통 검소하다가
사치로 옮기기는
쉬우나
사치하다가
검소해지기는
어려운 법이다.
하루아침에
오늘과 다른 형편에
처할 때를 생각해
소박하고 깨끗한
처신이 한결같아야
하리라.

1

공자(孔子)가 말하기를,

"어질고 현명하도다 회(回)[1]여! 한 그릇의 밥과 한 표주박의 냉수[2]로 끼니를 이으며 누추한 마을[3]에 사는구나. 남들은 그 시름을 견뎌내지 못하거늘, 회는 그 즐거움을 바꾸려 들지 않으니 참으로 어질구나. 안회(顔回)여!"

2

호문정공(胡文正公)[1]이 말하기를,

"사람은 모름지기 일체의 세상살이 맛을 담박하게 욕심

---

1) 회(回) : 안회(顔回)를 일컬음. 춘추시대 말기의 학자. 노나라 사람으로 공자의 제자로서 십철(十哲) 가운데 으뜸으로 꼽힘. 안빈낙도(安貧樂道)의 덕행으로 이름이 높음.

2) 일단사일표음(一簞食一瓢飮) : 대나무로 만든 밥그릇 하나에 담은 밥과 표주박 하나에 담은 음료라는 뜻. 몹시 가난한 사람의 간소한 음식을 뜻함.

3) 누항(陋巷) : 누추하고 좁은 거리.

1) 호문정공(胡文正公) : 송나라 때 사람으로 이름은 안국(安國). 문정은 시호. 저서로 『춘추전』, 『상채어록』 등이 있다.

없고 깨끗한 것이 좋으니, 오히려 부귀를 누릴 상(相)을 지닐 필요가 없다.

맹자가 말하기를 '높이가 두서너 인(仞)2)짜리 집과 열 자 넓이로 벌여놓은 밥상과 첩(妾 : 작은마누라) 수백을 거느린다 해도 나는 뜻을 이룬 후에라도 바라는 바가 아니다.' 하였으니, 배우는 사람은 모름지기 먼저 이와 같은 일들을 없애 덜어버리고 늘 스스로가 힘써 분발해야 타락하지 않게 되는 것이다.

나는 항상 제갈공명(諸葛公明)3)이 한(漢)나라가 기울어질 때에 이르러 남양(南陽) 땅에서 몸소 밭을 갈며, 이름을 드러내며 벼슬길에 나아감을 바라지 않았음을 사랑한다.

뒤에 비록 유선주(劉先主)4)에게 예물을 보내어 예로 청

---

2) 인(仞) : 길이의 단위로 여덟 자.

3) 제갈공명(諸葛公明) : 중국의 삼국(三國)시대 촉(蜀)나라의 재상. 이름은 양(亮), 자는 공명(公明)이다. 남양(南陽) 땅의 융중에서 밭 갈며 농사짓고 있을 때 유비(劉備)가 세 번이나 그의 초가집을 찾은 삼고초려(三顧草廬)에 의해 유비를 받들어 촉(蜀)나라를 세우게 하였다. 유비가 죽으며 그 아들을 당부하자 이를 받들어 후주(後主)인 유선을 보필하며 위나라의 사마의와 오장원에서 싸우던 중 사망함. 그가 후주에게 올린 출사표(出師表)는 만고의 명문으로 유명하다.

4) 유선주(劉先主) : 삼국시대 촉한의 임금 유비(劉備)를 말함.

하므로 이에 부름을 받아들여, 산하(山河)를 갈라, 천하를 셋으로 나누었고, 몸은 장군과 재상의 소임을 맡으며, 손에는 막중한 병권(兵權)을 잡으니, 또 무엇을 구하여 얻지 못한 것이 있겠으며 무엇을 하고자 한들 이루지 못한 것이 있겠는가.

그러나 후주(後主 : 유비의 아들)를 모시며 말하기를,

"제게는 성도(成都)에 뽕나무 팔백 그루와 메마른 밭 열다섯 이랑이 있어, 자손들의 옷이며 밥 먹는 데에는 여유가 있습니다. 저의 몸이 늘 밖에 있어서 따로 장만한 것이 없고, 특별히 생계를 걱정하여 조금도 늘리지 아니하였습니다. 만일 죽는 날에 곳간에 남은 쌀이 있거나 창고에 재물이 남아 있게 하여 그로써 폐하께 부끄러움을 보이지는 아니 할 것입니다.

하였더니, 급기야는 죽음에 이르렀는데 과연 그 말과 같았다. 이와 같은 부류의 사람이야말로 진정 대장부라 할 만하다."

하였다.

자는 현덕(玄德). 제갈공명을 얻어 그의 천하 삼분(三分) 계책을 써서 파촉(巴蜀)을 평정한 후 성도(成都)에서 제위에 오르고 국호를 한(漢)이라 하였다. 시호를 소열황제(昭烈皇帝)라 하며 유선주라고도 함.

양진(楊震)[1]이 추천한 형주(荊州)에 사는 재능이 뛰어난
〔무재(茂才)〕[2] 왕밀(王密)이 창읍(昌邑)의 수령이 되자 이에
양진을 찾아뵈올 때, 금 열 근을 품고 와 바쳤다.

그러자 양진이 말하였다.

"나는 그대를 잘 아는데 그대는 나를 알지 못하니 어째서
인가?"

왕밀이 말하기를,

"어스름한 밤이라 아무도 알지 못합니다."

하자, 양진이 말하였다.

"하늘이 알고 귀신이 알고 내가 알고 그대가 아는데, 어
찌 아는 이가 없다 하시오?"

하니, 왕밀이 부끄러워하며 돌아갔다.

---

1) 양진(楊震) : 후한(後漢)의 학자. 학식이 많고 제자가 많아
   '관서(關西) 땅의 공자(孔子)'라 불리었다. 성격이 강직하고
   불의를 보면 참지 못해, 불의를 탄핵하여 임금께 아뢰다가
   참소를 당하여 관직을 파면당하고 자결하였다.

2) 무재(茂才) : 원래는 수재(秀才)를 일컬었으나 대체로 재주
   가 뛰어난 사람을 말함.

온공(溫公)[1]이 말하기를,

"나의 집은 본래 가난한 집안이라, 대대로 청렴결백으로 이어져왔다. 내 천성도 화려하고 사치스러운 것을 좋아하지 않아 젖먹던 어린아이 때부터 그러하여 어른께서 금은(金銀)과 화려하고 좋은 옷을 입혀주면 문득 부끄러워 얼굴 붉히며 벗어버렸다.

나이 스물이 되어 분에 넘치게도 과거에 이름을 욕되게 하며[2] 벼슬에 올라 문희연(聞喜宴)[3] 잔치에 갔으나 홀로 꽃을 꽂지 않으니 함께 급제한 이들이 말하기를,

"임금께서 내려주신 것이니 어기면 안 될 것이오. 하기에 비로소 꽃 한 송이를 머리에 꽂았었다. 평생에 옷이란 추위를 가릴 만큼만 입었고, 음식은 배고프지 않을 만큼만 먹

---

1) 온공(溫公) : 언행장 참조.

2) 첨과명(忝科名) : 과거에 급제함을 겸양해서 하는 말. 첨(忝)은 '욕되게 하다'의 뜻이나, 분에 넘치는 일이라고 겸양할 때 쓰는 말이다.

3) 문희연(聞喜宴) : 과거에 급제한 사람들에게 나라에서 베풀어 주던 잔치.

되, 또한 조금이라도 더럽고 해진 옷을 입어 세상 풍속을 속여 명예를 구하려〔교속간명(矯俗干名)〕[4] 하지 않고 오로지 내 천성에 따랐을 뿐이었다."

5

선공(先公)[1]께서 군목판관(郡牧判官)[2]으로 계셨을 때 손님이 오면 술상을 차려 대접하지 않은 적이 없었다.

그러나 술은 세 순배, 혹은 다섯 순배, 혹은 일곱 순배를 넘지 않았다. 술은 시장에서 사오고 과실은 배 · 밤 · 대추 · 감에 그치고 안주는 포육 · 젓갈 · 나물 · 국에 그쳤고, 그릇은 사기그릇과 옻칠한 그릇을 썼다.

당시에는 사대부(士大夫)들이 모두 그랬기에, 사람들은 이를 아무도 그르다고 하지 않았다. 모임이 잦았으되 예의를 부지런히 갖추었으며 비록 차림이 소박하였으나 인정은

---

4) 교속간명(矯俗干名) : 일반 풍속과 다른 짓을 함으로써 이름을 얻으려 하는 것을 말한다.

1) 선공(先公) : 돌아가신 아버지. 여기서는 사마 온공의 아버지.

2) 군목판관(郡牧判官) : 당나라 때 지방 관리에 속한 관직명. 주로 행정(行政)을 담당하는 벼슬.

두터웠다.

그런데 요즈음 사대부 집안에서는 자기 집에서 담근 술이 아니거나, 과일은 먼 데서 온 귀한 것이 아니거나, 그릇이 상에 가득하지 않으면 감히 손님이나 벗을 부르지 않는다. 그렇기 때문에 항상 여러 날에 걸쳐 장만하여 모은 뒤에야 초대의 글을 보낸다. 혹 그렇게 하지 않으면 사람들이 이를 다투어 비난하여 비루하고 인색하다고 한다.

그러므로 세속에 따라 사치하고 화려하지 않는 이가 드무니 아아, 슬프다, 세상 풍속의 무너지고 피폐해짐이 이와 같으니, 벼슬아치들이 비록 금하지는 못할지언정 차마 이를 조장해서야 되겠는가.

6

장문절공(張文節公)[1]이 재상이 되었으나 살림살이가 하양(河陽) 땅에서 서기(書記)[2]로 지낼 때와 다름이 없었다.

가까이 지내는 사람들이 간혹 이를 고치라며 하는 말이,

---

1) 장문절공(張文節公) : 송나라 때의 학자. 이름은 지백(知白), 문절(文節)은 시호이다. 인종(仁宗) 때 벼슬을 지냈으며 학문이 깊었다.

2) 서기(書記) : 기록을 맡아보던 벼슬.

"이제 공(公)이 받는 녹이 적지 않은데, 생활하는 것이 이와 같으니 비록 스스로 진실로 청백하며 검약해서 그러는 것이라 해도, 남들이 공손(公孫)이 무명 이불을 덮던 것을3) 본뜬다는 비웃음이 더러 있으니, 공은 일반 대중의 풍속을 쫓는 것이 마땅할 것이다."

하였다.

그러자 공이 탄식하며 말하기를,

"내가 오늘날 받는 녹이 비록 온 집안 모두에게 비단옷을 입히고 좋은 음식을 먹인다 한들 어찌 부족함을 걱정할 것인가 마는 돌이켜 보건대, 사람들은 보통 검소하게 지내다가 사치하기는 쉽고, 사치하다가 검소해지기는 어려우니, 내 오늘날 녹이 어찌 늘 그대로이겠으며 이 몸 또한 어찌 언제까지나 살아 있을 수 있겠는가?

하루아침에 오늘과 다른 형편에 놓이게 되면 집안 식구들이 이미 사치가 습관이 된 터에 어찌 갑자기 검소해지지 못하여 반드시 집안이 흔들리게 될 지경에 이르게 될 것이다. 그러니 어찌 내가 벼슬자리에 있을 때나 없을 때나

---

3) 공손포피(公孫布被) : 전한(前漢) 때 재상 공손홍이 검소하여 삼공(三公)의 벼슬을 지내면서도 베옷을 입었던 고사(故事)를 말함.

살아 있거나 죽든지 간에 어찌 그 처신이 한결같지 않을
수 있겠는가?"
하였다.

7

포효숙공(包孝肅公)[1]이 경윤(京尹)[2]으로 있을 때에, 한
백성이 스스로 와서 아뢰기를,
"백금(白金) 백 냥을 내게 맡긴 사람이 죽었기에 그 아들
에게 주니 받지 아니합니다. 원컨대 그 아들을 불러 이것을
받도록 해 주십시오."
하였다.
윤이 그 아들을 부르니 사양하며 말하기를,
"돌아가신 아버님은 결코 백금을 남에게 맡기신 적이 없
습니다."
하고는 두 사람이 서로 오랫동안 사양할 뿐이었다.
여형공(呂滎公)[3]이 이 말을 듣고 이르기를,

---

1) 포효숙공(布孝肅公) : 송나라 때 사람으로 이름은 증(拯)이
   다. 그의 제자 장전(張田)이 펴낸 『포효숙주의』가 있다.

2) 경윤(京尹) : 벼슬 이름. 서울 시장.

3) 여형공(呂滎公) : 송나라 때 사람. 모의장 참고.

“세상에 ‘좋은 사람은 없다(無好人)’는 석 자를 즐겨 말하는 사람이 있는데 이는 가히 자기 스스로를 해치는 것이다라고 말할 수 있다.”

하였다.

또 옛 사람이 말하기를,

“‘사람은 저마다 모두 요순(堯舜)이 될 수 있다’고 했으니 모름지기 자기 자신을 미루어 보아 알 수 있는 것이다.”

하였다.

8

이문정공(李文靖公)[1]이 살 집을 봉구문(封丘門) 밖에 지었는데, 청사(廳事)[2] 앞이 너무 좁아 겨우 말을 돌릴 수 있을 정도였다.

어떤 사람이 너무 좁다고 하니, 공이 웃으며 말하기를,

---

1) 이문정공(李文靖公) : 송나라 때 사람으로 이름은 항(沆)이고 문정은 시호. 관직을 물러나 세상과의 교류를 끊고 띠집을 짓고 검소하게 살았다고 함. 세상에서는 연평(延平) 선생이라고 부르기도 하며, 주희가 제자의 예로 받들기도 하였다. 저서로는 『연평문답』 등이 있다.

2) 청사(廳事) : 관청 안의 사무를 보는 곳. 여기서는 방문객을 맞아들여 일을 보는 대청.

"사는 집은 반드시 자손에게 전해지는 것인데, 이 집이
재상이 일 보는 청사라면 너무 좁으나, 대축(大祝)3)이나
봉례랑(奉禮郞)4)의 청사로서라면 이미 너무 넓은 것이다."
하였다.

9

문중자(文中子)의 옷은 검소하고 깨끗하여 쓸데없이 꾸
미지 않았다.
기라금수(綺羅錦繡)1)와 같은 비단을 집안에 들이지 않으
며,
"군자는 누런빛과 흰빛이 아니면 입지 않으며, 아낙네는
옥색과 푸른빛을 입을 수 있다."
하였다.

---

3) 대축(大祝) : 종묘나 문묘 제향에 축문(祝文)을 읽는 사람이
나 벼슬을 말함.

4) 봉례랑(奉禮郞) : 조회나 제사에 관한 사무를 맡아보는 벼
슬.

1) 기라금수(綺羅錦繡) : 기(綺)는 무늬 있는 화려한 비단, 라
(羅)는 얇은 비단, 금(錦)은 여러 가지 색깔을 섞어 짠 무늬
있는 비단. 수(綉)는 무늬 있는 비단이나 자수. 화려하고
아름다운 옷이나 물건을 가리킨다.

초(楚)나라의 미치광이 접여(接與)[1]는 밭을 갈아먹고 사는데, 어느 날 그의 아내가 시장에 갔다 돌아와 물었다.

"당신이 젊어서는 매우 의롭게 지내더니, 어찌 늙어서는 이를 버리십니까? 문 밖의 수레바퀴 자국이 왜 저렇게 깊습니까?"

이에 접여가 말하기를,

"임금께서 나의 불초함을 알지 못하시어, 나에게 회남(淮南)[2] 땅을 다스리라 하시며, 사람에게 금과 말을 보내와 청하시었소."

하였다. 그러자 그 아내가 말하였다.

"허락하지 않으셨겠지요?"

이에 접여가 말하기를,

"부귀란 사람들이 다 원하는 것인데, 어찌 내가 허락하는 것을 싫어하는가?"

---

1) 초광접여(楚狂接與) : 초나라 사람 이름. 초나라 소왕(昭王) 때 머리를 풀어헤치고 미치광이 짓을 하며 벼슬아치 노릇을 하지 않아 당시 사람들은 '초광접여'라 불렀다.

2) 회남(淮南) : 지명. 회수(淮水) 이남의 땅.

하였다.

그러자 아내가 말하였다.

"의로운 선비는 예가 아니면 움직이지 아니하고, 가난 때문에 절개를 바꾸지 않습니다. 또 천하다 하여 행적을 바꾸지 않으니, 제가 당신을 섬기며 몸소 밭을 갈아 음식하며 손수 길쌈하여 옷을 지으니, 배부르고 옷이 따뜻하며, 의로움에 의지하여 행동하니 그 즐거움에 또한 만족하였습니다. 그러한데 이제 남이 주는 많은 녹을 받으며, 남의 굳고 튼튼한 수레와 좋은 말을 타며, 남의 살찌고 좋은 고기를 먹는다면 장차 그 대가를 어떻게 치르려고 하십니까?"

그러자 접여가 대답하기를,

"내 허락하지 않을 것이오."

하였다.

아내가 다시 말하였다.

"임금께서 시키시는데 따르지 않는 것은 충성스럽지 못한 것이며, 따르는 것이나 따르지 않음이 모두 의(義)가 아니니 차라리 떠나는 것보다 나은 것이 없을 것입니다."

그리하여 남편은 솥과 시루를 지고 아내는 베 짜는 기구를 머리에 이고, 성과 이름을 고쳐 이사를 하니, 아무도 간 곳을 알 수 없었다.

발문(跋文)

　오로지 우리 인수왕비대비전하(仁粹王妃大妃殿下)께서는 세조대왕(世祖大王) 잠저(潛邸)[1]에 계시면서 양쪽 궁(宮)의 일을 보시게 되었으나, 대비전하께서는 밤낮으로 나태하거나 게으르지 않고 부지런하시었다.

　급기야는 빈(嬪)으로 책봉되시었으며, 빈이 되신 다음에도 더욱 며느리의 도리를 삼가고 경계하며 행하시었다. 몸소 어찬(御饌)[2]을 돌보시고 늘 주위를 떠나지 않으시었다.

　그리하여 세조대왕께서는 늘 지극한 효성을 칭찬하시며 '효부(孝婦)'라는 인장까지 만들어 하사하시어 그 효를 널리 드러내시었다.

　대비전하께서는 타고나신 성품이 엄하고 바르서서, 왕손들을 양육(養育)하심에 있어 조금이라도 허물이나 잘못이 있어도, 가리어 비호(庇護)해 주는 법이 거의 없이 즉시 정색을 하여 훈계하고 단단히 타일러 삼가게 하였으므로, 양쪽 궁에서 우스개 이름으로 '폭빈(暴嬪)'[3]이라 놀리기도 하였다.

---

1) 잠저(潛邸) : 임금이 즉위하기 이전에 살던 집.

2) 어찬(御饌) : 임금에게 올리는 음식상 차림.

세조대왕께서는 주상전(主上殿)4)을 부를 때 '아자(我子)'
라 하셨고, 대왕대비께서는 월산대군(月山大君)5)을 부를 때
'오자(吾子 : 내 아들, 우리 아들)'라 하시면서 위안하시었다.

가르침의 엄함이 이와 같으셨으니 오늘에 이르러서는
더할 말이 있겠는가?

윗분의 기쁨을 받들어드리며 안락한 생활 틈틈이 여자들
의 무지함을 염려하여 부지런히 힘쓰시어 가르치셨다.

그러나 『열녀(烈女)』, 『여교(女敎)』, 『명감(名鑑)』, 『소학
(小學)』 등의 글은 책의 권수가 많고 번잡하여 처음 배우는
사람들에게 힘이 들어, 친히 슬기롭게 잘라내고 중요한 것
만을 모두 일곱 장으로 가려 뽑아 이를 『내훈(內訓)』이라
하셨다. 이를 다시 한글로 옮겨 쉽게 밝혀놓으니, 비록 우
매한 사람일지라도 한번 살펴보면 그 뜻을 분명하게 알
수 있으므로, 익히고 외우기에 편하게 하시었다.

---

3) 폭빈(暴嬪) : 세조가 며느리 인수왕대비 한(韓)씨의 성격이
   엄격하므로 '난폭한 왕비'라는 뜻으로 사랑스럽게 부르던
   우스개 별명.

4) 주상전(主上殿) : 세조의 큰아들이며 인수대비 한씨의 남편
   인 장(暲)을 가리킴. 장은 세자로 있었으나 왕위에 오르기
   전에 죽었으므로 추존하여 덕종(德宗)이라 하였다.

5) 월산대군(月山大君) : 인수왕대비의 아들. 성종(成宗)의 형.

살펴보건대, 역대의 어진 왕비들 중에는 시부모를 부지런히 잘 모시며, 어질고 효성스런 덕을 힘써 다 할 뿐만 아니라 자식을 엄격하게 교육시켜 나라와 가문을 경사스럽게 한 이가 많았다. 그러나 몸소 훈계를 책으로써 후세에 전하여 주는 이는 드물었다.

이 책의 펴냄이 어찌 인수전하의 옥엽(玉葉)6)만을 가르치기 위한 것이겠는가? 민간의 우매한 부인들에 이르기까지, 여자들 일손의 틈틈이 배워 익히게 하셨고, 아침에 일어나 익히고 저녁에는 외워 마음으로 음미하여 간다면, 점차 집안을 다스리는 법을 알게 될 것이다.

그러므로 그것이 풍속(風俗)의 교화(敎化)에 어찌 적은 도움만 되겠는가.

아아, 참으로 지극하신 분이다.

- 성화(成化) 을미(乙未) 첫 겨울, 십오일,
상의(尙儀) 신(臣) 조씨(曹氏)는 공경스럽게 발문(跋文)7)을 올린다.

---

6) 옥엽(玉葉) : 옥 같이 아름다운 잎이라는 뜻으로 임금의 일족(一族)을 가리킴.

7) 발문(跋文) : 책의 끝에 내용의 요약이나 관련내용을 적은 글.

가장 오래된 판본

內訓卷第一

言行章第一

李氏女戒예 曰되호 藏心이 爲情오이 出口ㅣ爲
語ㅣ니 言語者는 榮辱之樞機며 親疎之大節
也ㅣ니 亦能離堅合異며 結怨興讎ᄒ니ᄂ 大者
則覆國亡家ᄒ고 小者도 猶六親을 離間ᄒ니ᄂ
是以로 賢女ㅣ 謹口는 恐招恥謗이니 或在尊
前이며 或居閑處에 未嘗觸應答之語ᄒ며 發諧
諫之言ᄒ며 不出無稽之詞ᄒ며 不爲調戲之事

內訓目錄 終

敦睦章第六
廉儉章第七

그니도오히려 六륙親친을 여희에ᄒᄂ
ㅣ니 六륙親친은 아비와 어미와 집과 ᄌᆞ식과라
시賢현女녕ㅣ 입삼가오ᄆᆞᆫ 붓그러옴과
할아ᄆᆞᆯ 블가져호미니 시혹 尊존前쪈
에 잇거나 시혹 寂쩍靜쪙호ᄃᆡ 이쇼매ᄍᆞ
간도 對됭答답ᄒᄂᆫ 마ᄅᆞᆯ 犯뻠觸쵹ᄒ며
아당ᄃᆞ왼 말ᄂᆡᄃᆡ 아니ᄒ며 相샹考콯아
ᄂ니 혼말ᄂᆡᄃᆡ 아니ᄒ며 노ᄅᆞ쉿일ᄒᄃᆡ아

며ᄒ 不涉穢濁ᄒ며 不處嫌疑라니
李링氏ᄶ女녕戒갱예 닐오ᄃᆡ 므스매구
초아슈미 情ᄶ이오 이ᄲᅦ내요미 마리니
마ᄅᆫ 榮ᅌᅯᆼ華ᅘᅪᆼ와 辱쇽괏 지두릿 조가기
며 親친과 疎송왓 큰 ᄆᆞᄃᆡ니 ᄯᅩ 能능히 구
든거슬여희에ᄒ며 다ᄅᆫ거슬 몬게ᄒ며
怨펀望망 올지스며 寃펀讎쓩 ᄅ롤니ᄅ 완
ᄂ니 크닌나라ᄒ배며 지블ᄂ 망ᄒ고져

니ᄒᆞ며 더러운 이레 버ᄆᆞ디 아니ᄒᆞ며 嫌
疑예 잇디 아니ᄒᆞᄂᆞ니라
曲禮예 曰호ᄃᆡ 共食애 不飽ᄒᆞ며 共飯애 不澤手
毋摶飯ᄒᆞ며 毋放飯ᄒᆞ며 毋流歠ᄒᆞ며 毋咤食
毋齧骨ᄒᆞ며 毋反魚肉ᄒᆞ며 毋投與狗骨ᄒᆞ며 毋固
獲ᄒᆞ며 毋揚飯ᄒᆞ며 飯黍毋以箸ᄒᆞ며 毋嚃羹
毋絜羹ᄒᆞ며 毋刺齒ᄒᆞ며 毋歠醢니 客
이 絜羹이어든 主人이 辭不能烹ᄒᆞ고 客이 啜醢어든 主人이

辭以窶ᄒᆞ며 濡肉을 齒決ᄒᆞ고 乾肉을 不齒決ᄒᆞ며
毋嘬炙이니라
曲禮예 닐오ᄃᆡ 모다 밥 머글 제 비
브르디 말며 모다 밥 머글 제 손ᄲᅥ 말
며 밥 뭉킈디 말며 바볼 졋ᄀᆞᆺ ᄲᅥ머디 말며
그지업시 마시디 말며 飮홀 소리
나게 말며 ᄲᅨ를 너흐디 말며 고기를 도로
그르세 노티 말며 ᄲᅨ를 가히게 더뎌 주디

말며 구틔여 어더 머구려 말며 밥 홀디 말
며 기장 바볼 머구듸져로 말며 羹ㅅ거
리를 후려 먹디 말며 羹을 沙鉢애
셔 고텨 마초디 말며 닛삿 ᄠᅳ러디 말며 젓
국 마시디 마롤디니 손이 羹올 沙鉢
애셔 고텨 마초거든 主人이 잘 글
히디 몯호ᄆᆞᆯ 辭緣ᄒᆞ고 손이 젓국을
마시거든 主人이 가난호ᄆᆞ로 辭

緣ᄒᆞ며 져즌 고기란 니로 버히고 ᄆᆞᄅᆞᆫ
고기란 니로 버히디 말며 炙을 ᄒᆞᆫ 믜모
도 먹디 마롤디니라
○男女ㅣ 不雜坐ᄒᆞ며 不同椸枷ᄒᆞ며
不親授ᄒᆞ며 嫂叔이 不通問ᄒᆞ며 諸母ㅣ 不漱
裳ᄒᆞ며 外言이 不入於梱ᄒᆞ고 內言이 不出於梱
女子ㅣ 許嫁ᄒᆞ야 纓ᄒᆞ야ᄃᆞᆫ 非有大故ㅣ어든 不
入其門ᄒᆞ며 姑姊妹와 女子子ㅣ 已嫁而反든

[내훈 권1 4-2]

兄弟弗與同席而坐ᄒ며弗與同器而食이니라

남진과 겨집괘 ᄒ디 말며 옷 거리롤

ᄒ디 말며 手슈巾건과 빗과롤 ᄒ디 말며

親친히 심기디 말며 嫂ᄉ와 叔슉괘 무루

嫂ᄂ 兄ᄒ의 겨지비오 叔슉ᄂ 男진의 兄ᄒ뎨라

믈 서르 말며

아비 고마롤 아랫 옷ᄉ리디 말오 안햇 말ᄉ미

ᄉ미 門몬 안해 드리디 말오 안햇 말ᄉ미

門몬 밧ᄀ 내디 마롤디니라 겨지비 婚혼

[내훈 권1 5-1]

姻인ᄒ얫거든 큰 緣연 故공ㅣ 잇디 아니

커든 그 門몬의 드디 말며 아ᄌ미 와 몬누

의와 아ᄉ누의 와 ᄭᅢ왜ᄒ마 婚혼姻인ᄒ

야도 라왓거든 兄ᄒ뎨ᄒ둧 그 앉디 말

며 ᄒ그ᄅ 셰먹디 마롤디니라

○登城不指ᄒ며城上不呼ᄒ며將適舍ᄒᆯ求母

固ᄒ며將上堂ᄒᆯ聲必揚ᄒ며戶外에有二屨어니

든言聞則入ᄒ고言不聞則不入ᄒ며將入戶ᄒᆯ

[내훈 권1 5-2]

視必下ᄒ며入戶ᄒᆯ奉扃ᄒ며視瞻을毋回ᄒ며戶

開어든亦開ᄒ고戶闔이어든亦闔ᄒ디호有後入者ㅣ어

든閤而勿遂ㅣ라니毋踐屨ᄒ며毋踖席ᄒ며摳衣趨

隅야ᄒ必愼唯諾이니라

城셩의 올아 ᄀᄅ 치디 말며 城셩 우희 브

르디 말며 쟝ᄎ 太태堂당ᄋᆞᆯ 오ᄅᆯ제 소리롤

구틔여 말며 쟝ᄎ 太태堂당 ᄯᅡ 이오롤제 소리롤

모로매 펴며 門몬 밧ᄀ 두시니 잇거든 말ᄉ

[내훈 권1 6-1]

미 들이거든 들오 말ᄉ미 들이디 아니커

든 드디 말며 쟝ᄎ 이페 들제 보몰모로매

ᄂᄌ기ᄒ며 이페 들제 걸쇄롤 바ᄃ며 보

몰두ᄅ디 말며 이피 여롓거든 쏘ᄃ 열오 이

피 다뎟거든 쏘다 도디 後후에 들리 잇거

든다 도몰다ᄒ디 마롤디니라 ᄂ 미시 놀

볼븨 말며 ᄂ 미 돗ᄀᆯ 드듸디 말며 오ᄉ 들

오모ᄒ로ᄂ 라 가 모로매 맛ᄭᅩᆯ 모몰 조심

ᄒᆞᆯ디니라
○凡視를 上於面則敖ᄒᆞ고 下於帶則憂ᄒᆞ고 傾則姦ᄒᆞᄂᆡ라
믈읫 보몰ᄂᆞᆺ 츼오ᄅᆞ면 傲ᄒᆞ고
고기올면 姦邪ᄒᆞᄂᆡ라
○毋不敬ᄒᆞ야 儼若思ᄒᆞ며 安定辭ᄒᆞ면 安民哉뎌
敖不可長ᄒᆞ며 欲不可從ᄒᆞ며 志不可滿ᄒᆞ며 樂不

可極ᄋᆡ니
賢者ᄂᆞᆫ 狎而敬之ᄒᆞ며 畏而愛之ᄒᆞ며
愛而知其惡ᄒᆞ며 憎而知其善ᄒᆞ며 積而能散ᄒᆞ며
安安而能遷ᄒᆞᄂᆞ라 臨財ᄒᆞ야 母苟得ᄒᆞ며 臨難ᄒᆞ야
母苟免ᄒᆞ며 狠母求勝ᄒᆞ며 分母求多ᄒᆞ며 疑事를
母質ᄒᆞ야 直而勿有ᄒᆞ라ᄂᆡ
恭敬아니호ᄆᆞᆯ마라 싁싁ᄒᆞ야ᄉᆞ랑
ᄒᆞᄂᆞᆺᄒᆞ며 말ᄊᆞᄆᆞᆯ 安定히ᄒᆞ면 百
姓을 便安케ᄒᆞ리더 傲慢만

ᄋᆞ미 몯ᄒᆞ리며 私欲ᄋᆞᆯ 인어
루노ᄒᆞ하ᄒᆞ미 몯ᄒᆞ리며 ᄠᅳ들 어루 ᄀᆞᄃᆞᆨ
호미 몯ᄒᆞ리며 라온이룬 어루 ᄀᆞ장호미
몯ᄒᆞ리라 어딘 사ᄅᆞᆷ ᄌᆞ올아이 恭
敬ᄒᆞ며 저ᄒᆞᄃᆞᆺᄉᆞ며 ᄉᆞ랑ᄒᆞᄃᆞ
이를 알며 미 요ᄃᆞᆨ 어딘이룰 알며 사하
두ᄃᆡ 能히 ᄒᆞ트며 便安ᄒᆞᆯ 便
安히 너교ᄃᆡ 能ᄒᆞ히 옮ᄂᆞ니라 財寶

ᄅᆞᆯ 디러셔 구ᄐᆞ여 어두러 말며 어즈러
운이룰 디러셔 구ᄐᆞ여 免호려 말며 ᄃᆞ
토매 이그 요ᄆᆞᆯ 求티 말며 ᄂᆞᆫ 호매 가
죠ᄆᆞᆯ 求티 말며 疑心 ᄃᆞ왼이룰 마
기오디 마라 올ᄒᆞ야도 두ᄆᆞ룰 마ᄅᆞᆯ 디니라
少儀예 日 侍燕於君子則先飯而後已ᄒᆞ며
母放飯ᄒᆞ며 母流歠ᄒᆞ며 小飯而亟之ᄒᆞ며 數嚼아ᄒᆞ며
母爲口容ᄒᆞ라어니

少儀(쇼의)예 닐오디 君子(군ㅈ)ㅣ 뫼아 보며 뫼셔 밥머 글저기어든 몬져먹고 後(후)에 말며 바볼젓곳써먹디 말며 그지업시마시디말며 혀기머 거ᄲᅵ리 습시며 ᄌᆞ조시 버입 노릇ᄒᆞ디 마를디니라

○不窺密(불규밀)ᄒᆞ며 不旁狎(불방압)ᄒᆞ며 不道舊故(부도구고)ᄒᆞ며 不戲色(불희ᄉᆡᆨ)ᄒᆞ며 母拔來(무발래)ᄒᆞ며 母報往(무보왕)ᄒᆞ며 母瀆神(무독신)ᄒᆞ며 母循枉(무순왕)ᄒᆞ며 母測未至(무측미지)ᄒᆞ며 母訾衣服成器(무ᄌᆞ의복성기)ᄒᆞ며 母身質言語(무신질언어)

그 속ᄒᆞ이 뢰엿보디 말며 겨틧사ᄅᆞ미게 억ᄢᅦ한양 말며 녜아 논사ᄅᆞ미 일ᄅᆞ니 리디 말며 노릇드 왼顔色(안ᄉᆡᆨ) 말며 時急(시급)히 오디말며 時急(시급)히 가디 말며 思神(ᄉᆞ신)ᄋᆞᆯ 輕慢(경만)히 말며 그르혼이 로ᄌᆞᆺ디여말며 아니왯ᄂᆞᆫ이ᄅᆞᆯ혜아리 피말며ᄂᆞ 미옷과ᅵ읏ᄀᆞ로슬나ᄆᆞ라디말

며 제모ᄆᆞ로말ᄉᆞ믈마기 오디마롤디니라

○執虛(집허)ᄒᆞ디 如執盈(여집영)ᄒᆞ며 入虛(입허)ᄒᆞ디 如有人(여유인)이니라 뷘거슬자보디 ᄀᆞ독ᄒᆞᆫ것자봄곤히ᄒᆞ며 뷘ᄃᆡ드로ᄃᆡ 사ᄅᆞᆷ이 솜곤히 홀디니라

論語(론어)에 닐오디 君(군)이 賜食(ᄉᆞ식)이어든 必正席先嘗之(필정석선상지)ᄒᆞ시며 君(군)이 賜腥(ᄉᆞ성)이어든 必熟而薦之(필숙이천지)ᄒᆞ시며 賜生(ᄉᆞ생)이어든 必畜之(필휵지)ᄒᆞ시다

論語(론어)에 닐오디 님금이 바볼주어시

든 모로매 돗ᄀᆞᆯ正(정)히ᄒᆞ고 몬져 맛보시며 님금이 놀고기롤주어시든 모로매 겨薦(천)ᄒᆞ시며 님금이 산거슬주어시든 모로매 치더시다

○侍食於君(시식어군)에 君祭(군제)ᄒᆞ거시든 先飯(선반)ᄒᆞ시더다 님금ᄭᅴ뫼셔 밥머그실저긔 님금이 祭(제)ᄒᆞ거시든 몬져 좌ᄒᆞ터시다

曲禮(곡례)예 ᄀᆞᆯᄋᆞ샤ᄃᆡ 賜果於君前(ᄉᆞ과어군전)이어든 其有核者(기유핵자)란

懷其核이니

曲禮예 닐오디 果實을 님긔 알
픽셔 주어시든 그조슨 잇는거스란 그조
슬 푸몰디니라

御食於君호 君이 賜餘시든 器之漑者란
不寫고 其餘란 皆寫라니

○御食於君 君이 賜餘…
님긔 뫼셔 밥머글제 님금이 나몬거슬
주어시든 그르시 슬거스란 손디마오

그나몬거스란 다소돌디니라

禮記예 曰 君이 賜車馬시든 乘以拜賜며
衣服시든 服以拜賜며 君이 未有命시든 弗
敢即乘服也니

禮記예 닐오디 님금이 술위와 몰와
주어시든 타가 주샤몰 저슨오며
주어시든 바버 주샤몰 저슨오며 님금이 命이
잇디 아니커시든 잢간도 즉자히 탁 며 닙

디마롤디니라

樂記예 曰 君子는 姦聲亂色을 不留聰明호
며 淫樂慝禮를 不接心術호며 惰慢邪辟之氣를
不設於身體야 使耳目鼻口心知百體로
皆由順正야 以行其義라니

樂記예 닐오디 君子는 姦邪
호 소리와 어즈러운 비출 귀 누네 머믈
우디 아니며 淫亂호 音樂과

邪 慝호 禮 數를 모슨
매 브티디 아니며 게으르며 기우튼 그
운을 모매 두디 아니야 귀와 눈과 고콰
입과 모슴과 智慧와 온가짓 體로
히여 다 順호며 正호몰 브터뻐 그 義
롤 行호디니라

范魯公質이 戒從子詩 曰 戒爾 勿多言
니 多言은 衆의 忌라니 苟不愼樞機면 炎厄

이 從此始ᄒᆞᄂᆞ니 是非毀譽聞에 適足爲身累ㅣ라ᄂᆞ니라
范魯公質이 아ᄎᆞ돌 警戒ᄒᆞ야 닐오ᄃᆡ
詩예 닐오ᄃᆡ 네의 말하디 아니ᄒᆞ노니 말하면 한 사ᄅᆞᆷ의ᄭᅴ 警戒ᄒᆞ노니 말하미 眞實로 지도릿 조각을 삼가디 아니ᄒᆞ면 災害ㅣ라 위厄이 이브터 비롯ᄂᆞ니 외니 올ᄒᆞ니ᄒᆞ며 할아

며기리ᄂᆞᆫ ᄉᆞᆫ예 足죡히 모맷ᄠᆡ ᄃᆞ올만ᄒᆞᄂᆞ니라
女敎애 云ᄃᆞ호ᄃᆡ 女有四行ᄒᆞ니 一曰婦德이오 二曰
婦言이오 三曰婦容이오 四曰婦功이라 婦德은 不
必才明絕異也ㅣ오 婦言은 不必辯口利辭也ㅣ오
婦容은 不必顔色美麗也ㅣ오 婦功은 不必
工巧過人也ㅣ라 淸閑貞靜ᄒᆞ야 守節整齊ᄒᆞ며 行
已有恥ᄒᆞ며 動靜有法이 是謂婦德이라 擇辭而

說ᄒᆞ야 不道惡語ᄒᆞ며 時然後에 言ᄒᆞ야 不厭於人이
是謂婦言이라 盥浣塵穢ᄒᆞ야 服飾이 鮮潔ᄒᆞ며
沐浴以時ᄒᆞ야 身不垢辱이 是謂婦容이라 專心
紡績ᄒᆞ야 不好戲笑ᄒᆞ며 絜齊酒食ᄒᆞ야 以奉賓客
이 是謂婦功이라 此四者ᄂᆞᆫ 女人之大德而不
可乏者也ㅣ니 然이나 爲之甚易ᄒᆞ니 唯在存心耳
라 古人이 有言ᄒᆞ되 仁遠乎哉아 我欲仁이면 斯
仁이 至矣니라ᄒᆞ니 此之謂也ㅣ라
女敎애 닐오ᄃᆡ 겨지비네 힘ᄡᅥ기잇

ᄂᆞ니ᄒᆞ나ᄒᆞᆫ 겨지비 德득이오 둘흔 겨지
비 마리오 세흔 겨지 비 양ᄌᆞ오 네흔 겨지
비 功이라 겨지 비德득은 구틔여 ᄌᆡ조
와 聰明이긔 쟝달오 미 아니오 겨지
비마ᄅᆞᆫ 구틔여 이비 ᄀᆞᆯ히 나며 말ᄊᆞ미 놀
가오미 아니오 겨지 비양ᄌᆞᄂᆞᆫ 구틔여 顔
色ᄉᆡᆨ이 됴ᄒᆞ며 고오미 아니오 겨지 비
功공은 구틔여 工공巧교 호미 ᄉᆞᄅᆞᆷ의게

슬·시서옷과수·뮤·미조ᄒᆞ·며沐목浴욕·을
시·졀로ᄒᆞ·야모·몰·더·럽게아·니호·미이·닐
·온·겨지·비養양·지라질삼애ᄆᆞᄋᆞᆷ·몰專쳔ㅣ
힝ᄒᆞ·야노·롯과우수·믈즐·기·디아·니ᄒᆞ
머술와밥과·롤조ᄒᆞ·야손·오·이바·도·미
이·닐온·겨지·비功공이·라이·네·희·겨지·비
큰德득이·라엄·수·미·ᄆᆞᆫᄒᆞ·리·니그·러·나ᄒᆞ
요·미甚씸·히수·우·니·오·직ᄆᆞᄋᆞᆷ두·매이·실

너무·미아·니라조ᄒᆞ·며조뇩조뇩ᄒᆞ·며正
졍ᄒᆞ·며安한靜쎵ᄒᆞ·야節졍介갱·롤자·바
整졍齊쎵ᄒᆞ·며몸行ᄒᆡᆼᄒᆞ·요매붓그·러우
·믈두·며무·움과ᄀᆞ마·니이·쇼매法법이·쇼
미이·닐온·겨지·비德득이·라말·ᄉᆞ몰골·히
·야·닐어모딘마·롤니·ᄃᆞ아·니ᄒᆞ·며시·졀
·인後ᅘᅮ에ᄊᆞ·닐어사·ᄅᆞ미게아·쳠브·디아
·니호·미이·닐온·겨지·비마리·라더·러운거

肘듛矛뮤盾뮨者쟝ㅣ多당矣ᄋᆡ니·리 力行七年而後에成
自此로言行이一致라 表裏相應ᄒᆞ니遇事坦
然ᄒᆞ야常有餘裕ᄒᆞ더라
劉룧忠듕定졍公공이溫온公공을보ᅀᆞ
·와므·슴·몯다ᄒᆞ·야모·매行ᄒᆡᆼ·이·롤·몬조·온
·이·어·루모·미·몯ᄃᆞ·록行ᄒᆡᆼ홀宗종要ᅭᆼ
대公공이·니·라샤·디그誠쎵實씷·호·민·더
劉룧公공·이·몯조오·디行ᄒᆡᆼ홀·미·쉿·거

ᄯᆞ·ᄅᆞ·미·라·녯사·ᄅᆞ·미·닐·오·디仁신이·며
·내仁신·을코·져ᄒᆞ·면仁신이·니·를·리·라ᄒᆞ
·니·이·롤·니·ᄅᆞ·니·라
劉忠定公이見溫公ᄒᆞ야問盡心行已之要
可以終身行之者대혼公이日ᄃᆡᄒᆞ야其誠乎
劉公이問行之何先고이잇公이日ᄃᆡᄒᆞ야自不
妄語로始니라劉公이初甚易之ᄒᆞ더及退야ᄒᆞ
而自檃括日之兩行과與兄所言ᄒᆞ니自相製

슬믠져 ᄒᆞ리잇고 公공이 니르샤ᄃᆡ 거즛 말아니ᄒᆞ모로브터 비르솔디니라 劉류公공이 쳐ᅀᅥ믜 甚씸히 수이너기더니 믈러 날로 行ᄒᆡᆼᄒᆞ야 홀바와 다믓 믈잇닐온바러니 날로 行ᄒᆡᆼ홀바와다믓믈잇닐온바 ᄅᆞᆯ 括괄ᄒᆞ야 보니 ᄡᅳ스스로서르 製뎔 肘듕 矛 肩 ᄒᆞᄃᆡ하더니

劉류寬관이 비록 居거倉창卒죻이라도 일ᄌᆞᆨ 疾질言언遽거色ᄉᆡᆨ을 아니ᄒᆞ더라 夫부人ᅀᅵᆫ이 欲욕試싀寬관令령志지ᄒᆞ야 伺ᄉᆞ當당朝됴會회ᄒᆞ야 裝장嚴엄已이 ᄒᆞᆯᄉᆡ 使ᄉᆞ侍시婢비로 奉봉肉육羹ᄀᆡᆼᄒᆞ야 翻번汚오朝됴服뽁ᄒᆞ고 婢비

遽거收슈之지ᄒᆞ더니 寬관이 神신色ᄉᆡᆨ이 不블異잉ᄒᆞ야 乃ᄂᆡᆼ徐쎠言언曰왈 羹ᄀᆡᆼ爛란汝ᅀᅧ手슈乎호ᄇᆞ니아 其끵性셩度똥ᅵ 如ᅀᅧ此ᄎᆞ ᄒᆞ더라 劉류寬관이 비록 倉창卒죻애이셔도 ᄌᆞ간도말ᄉᆞ몰ᄲᆞ리ᄒᆞ며 비ᄎᆞᆺ비ᄎᆞᆯ急급遽거히 아니ᄒᆞ더니 夫부人ᅀᅵᆫ이 寬관 ᄋᆞ로히여곰 怒농ᄒᆞ게ᄒᆞᆯ 急급遽거히ᄒᆞ야 朝됴會회예當당ᄒᆞ야믈 試시驗험코져 ᄒᆞ야 마ᄎᆞᆷ 侍시婢비로고 ᄭᅵᆺ

孔콩子ᄌᆞᅵ 曰왈 言언忠듕信신ᄒᆞ고 行ᄒᆡᆼ篤독敬경ᄒᆞ면 雖쉬蠻만貊ᄆᆡᆨ之지邦방이라도 行ᄒᆡᆼ矣의어니와 言언不블忠듕信신ᄒᆞ고 行ᄒᆡᆼ不블篤독敬경ᄒᆞ면 雖쉬州쥬里리ᄂᆞ니 行ᄒᆡᆼ乎호哉ᄌᆡ아 婢비時씨 急급히거도더니 寬관이 神신色ᄉᆡᆨ이 다ᄅᆞ디아니ᄒᆞ야 安한徐쎠히 닐ᄋᆞ ᄃᆡᆨ羹ᄀᆡᆼ이 네소니 데어녀ᄒᆞ니 그性셩度똥ᅵ이곤더라

孔子ㅣ 니ᄅ샤ᄃ 말ᄉ미 忠
ᄃ외며 有信ᄒ히ᄒ고 ᄒᆡᆼ뎌글 도타이
ᄒ며 恭敬ᄒ면 비록 蠻貊 나라
ᄒ라도 돈니리어니
와 말ᄉᄆᆯ 忠信ᄒ히 아니ᄒ고 ᄒᆡᆼ뎌글
도타이ᄒ며 恭敬 아니ᄒ면 비록 그
올모ᄉ흘히ᄃᆞᆯ 돈니리여
論語에 曰ᄒ 孔子ㅣ 於鄉黨애 恂恂如也ᄒ야ᄒ

似不能言者ㅣ샤ᄃ
其在宗廟朝廷ᄒ샤ᄂᆞᆫ 便便
言ᄒ샤 唯謹爾다러시 朝애 與下大夫로 言ᄒ샤 侃侃
如也ᄒ며 與上大夫로 言ᄒ샤 誾誾
如也ㅣ다러
論語에 닐오ᄃ 孔子ㅣ 鄉黨
애 能히 말ᄉ몯ᄒᄂᆞᆫ ᄃᆞᆺᄒ더시다 宗
廟ㅣ며 朝廷에 겨샤ᄂᆞᆫ 便便

히 말ᄉᆷᄒ샤ᄃ 오직 삼가더시다 朝廷
에 下大夫ᄃ려 니ᄅ샤ᄃ 剛
直히ᄒ시며 上大夫ᄃ려 니ᄅ
샤ᄃ 和悅히ᄒ더시다
冠義예 曰ᄒ 凡人之所以爲人者ᄂᆞᆫ 禮義也
니 禮義之始ᄂᆞᆫ 在於正容體ᄒ며 齊顏色ᄒ며 順
辭令容體正ᄒ며 顏色齊ᄒ며 辭令順而
後애 禮義備라ᄒ리니 以正君臣ᄒ며 親父子ᄒ며 和

而後애 禮義立라ᄒ리니
冠義예 닐오ᄃ 믈읫 사ᄅ미 뻐 사ᄅ
ᄃ외옛ᄂᆞᆫ 바ᄂᆞᆫ 禮와 義왼니 禮義
ᄅ 始ᄂᆞᆫ 모몰 正히ᄒ며 ᄂᆞᆺ비ᄎᆞᆯ
ᄀ즈기ᄒ며 말ᄉᆷ順히ᄒ매 잇ᄂᆞ니 모
미 正히ᄒ며 ᄂᆞᆺ비치 ᄀ즉ᄒ며 말ᄉᆞ미順
ᄒ後에 ᄸ禮와 義왼ᄀ즈리라

대호 권[1] 21-1

憂之샤 使契爲司徒야 敎以人倫이시니 父子
ㅣ有親며 君臣이 有義며 夫婦ㅣ有別며 長
幼ㅣ有序며 朋友ㅣ有信이라이니
孟子ㅣ니샤 사미 道理
이시나 브르게먹고더운옷니버便
安히살오 쵸미업스면禽獸에갓가오릴시聖人이시르믈두샤
契셜을히여司徒를사마

대호 권[1] 20-2

님금과 臣下룰 正히며 아비와
아롤와룰 親히며 얼운과 아히와룰
和히 홀디니 님금과 臣下와룰 正
며 아비와 아와 親히며 얼운과 아
히왜 和 後에 에ᄉᆞ 禮와 義왜셔
리라
孟子ㅣ샤 人之有道也ㅣ나 飽食暖衣
逸居而無敎면 則近於禽獸ㅣ릴시 聖人이 有

대호 권[1] 22-1

濂溪周先生 由 허믈 드로ᄆᆞᆯ 깃거ᄒᆞ욤일
그 지업더니 이제 사미허믈 잇거든
ᄂᆞ미 規諫을 가져셔 病ᄒᆞ욤을 ᄭᅴ
여 출히 그 모미 주거도 아디 몯호미 니
니 슬프다

대호 권[1] 21-2

쵸ᄃᆡ 人倫을 ᄡᅥ ᄒᆞ게 ᄒᆞ시
니 아비와 아왜 親며 님금
과 臣下왜 義이시며 남진과 겨집
괘 글혀요미이시며 얼운과 아히왜 次
第이시며 버디 信이이쇼미니라
濂溪周先生이 샤 仲由ᄂᆞᆫ 喜聞過ᄒᆞᆫᄃᆡ 今
名이 無窮焉니 今人은 有過든 不喜人
規 如護疾而忌醫야 寧滅其身而無悟也

康節邵先生이 戒子孫曰호ᄃᆡ 上品之人은 不
敎而善ᄒᆞ고 中品之人은 敎而後善ᄒᆞ고 下品之
人은 敎亦不善ᄒᆞᄂᆞ니 不敎而善은 非聖而何오
敎而後善이 非賢而何ㅣ리오 敎亦不善이 非
愚而何오 是知善也者ᄂᆞᆫ 吉之謂也ㅣ오 不
善也者ᄂᆞᆫ 凶之謂也ㅣ라 吉也者ᄂᆞᆫ 目不觀
非禮之色ᄒᆞ며 耳不聽非禮之聲ᄒᆞ며 口不道非
禮之言ᄒᆞ며 足不踐非禮之地ᄒᆞ야 人非善
不交ᄒᆞ고 物非義ᄅ 不取ᄒᆞ며 親賢ᄒᆞ며 如就芝蘭

避惡ᄒᆞ며 如畏蛇蠍ᄒᆞᄂᆞ니 或曰不謂之吉人
이라ᄒᆞ고 則吾不信也ㅣ라ᄒᆞ리라 凶也者ᄂᆞᆫ 語言이 詭
譎ᄒᆞ고 動止陰險ᄒᆞ며 好刺飾非ᄒᆞ고 貪澆樂禍ᄒᆞ며 嫉
良善ᄒᆞ며 如鑱隙ᄒᆞ고 犯刑憲ᄒᆞ며 如飮食ᄒᆞ야ᄂᆞ니 或曰不
則隕身滅性ᄒᆞ고 大則覆宗絶嗣ᄒᆞᄂᆞ니 傳에 有之
謂之凶人도ᄒᆞ야 則吾不信也ㅣ라ᄒᆞ리라
曰吉人은 爲善ᄒᆞᄃᆡ 惟日不足ᄒᆞ든이어 凶人
은 爲不善ᄒᆞ亦惟日不足ᄒᆞ니라 汝等은 欲爲
吉人乎아 欲爲凶人乎아 欲爲

康강節졀邵쑈先션生ᄉᆡᆼ이 子ᄌᆞ孫손을 警경戒갱ᄒᆞ야 닐오ᄃᆡ 上썅品픔엣 사ᄅᆞᆷ은 ᄀᆞᄅ치디 아니ᄒᆞ야도 善쎤ᄒᆞ고 中듀品픔엣 사ᄅᆞᆷ은 ᄀᆞᄅ친 後ᅘᅮᇦ에 善쎤ᄒᆞ고 下ᅘᅡᇰ品픔엣 사ᄅᆞᆷ은 ᄀᆞᄅ쳐도 善쎤티 몯ᄒᆞᄂᆞ니 ᄀᆞᄅ치디 아니ᄒᆞ야도 善쎤호미 聖셩人ᅀᅵᆫ 아니며ᄀᆞᆯ 親친後ᅘᅮᇦ에 善쎤호미 賢ᅘᅧᆫ人ᅀᅵᆫ이 아니며ᄀᆞᆯ

쳐도 善쎤티 몯호미 어린 거시 아니라 엇더니리오 이럴ᄉᆡ 善쎤이라 혼 거슨 吉긿을 닐오미오 不붏善쎤이라 혼 거슨 凶ᅘᅮᇰ올ᄒᆞ니오 빈ᄃᆞᆯ아롤디로다 吉긿이라 혼 거슨 누네 非빙禮롕옛 빗츨 보디 아니ᄒᆞ며 귀예 非빙禮롕옛 소리를 듣디 아니ᄒᆞ며 이베 非빙禮롕옛 마롤 니ᄅᆞ디 아니ᄒᆞ며 바래 非빙禮롕옛 ᄯᅡ홀 ᄇᆞᆲ디 아니ᄒᆞ며 사

리·미善[쎤]·이아·니어·든사·괴디아·니ᄒ·고
物[·믈]·이義[·힁]아·니어·든取[·츙]티아·니ᄒ·며
賢[·쎤]ᄒ·닐親[·친]히ᄒ·오ᄃᆡ靈[·령]芝[·징]蘭[·란]草[·초]
애나ᄉ·람구티ᄒ·고모·디避[·삥]ᄒ·오ᄃᆡ
비얌쇼야기저흠구티ᄒ·ᄂ니或[·혹]·이ᄂᆞᆯ
나·ᄂᆞᆫ信[·신]티아·니ᄒ·오리·라凶[·훙]·이·라혼·거
오·ᄃᆡ吉[·긿]ᄒ·ᄉᆞ람·이·라ᄒ·디아·니ᄒ·야·도
순말ᄉ·미說[·꿇]誦[·ᅇᅭᇰ]ᄒ·고行[·ᅘᆡᇰ]止[·징]舉[·겅]

動[·뚱]·이그윽ᄒ·고險[·헌]ᄒ·며利[·링]·롤즐·기
·며왼·이롤수·미고貪[·탐]ᄒ·고濫[·람]亂[·란]ᄒ·
고災[·ᄌᆡ]禍[·ᅘᅪ]·롤즐·기며어·딘사ᄅᆞᆷ·믈·의·요
·ᄃᆡ寃[·ᅙᅯᆫ]讎[·쓩]·ᄀᆞ티ᄒ·고罪[·쬥]·롤犯[·뻠]ᄒ·ᄃᆡ
飲[·ᅙᆷ]食[·씩]·ᄀᆞ티ᄒ·야·져그·면모·ᄅᆞᆯ배·여性[·셔ᇰ]
·을업·게ᄒ·고크·면宗[·종]族[·쪽]·ᄋᆞᆯ업·더·리
·와다繼[·곙]嗣[·ᄊᆞ]·롤긋·게ᄒ·ᄂ니或[·혹]·이ᄂᆞᆯ
오·ᄃᆡ凶[·훙]ᄒ·ᄉᆞ람·이·라ᄒ·디아·니ᄒ·야·도

常
作
富
恒

나·ᄂᆞᆫ信[·신]티아·니ᄒ·오리·라傳[·뚼]·에잇·ᄂ니
·닐오·ᄃᆡ吉[·긿]ᄒ·ᄉᆞ람·믄善[·쎤]·을ᄒ·오ᄃᆡ날·올
不[·붕]足[·죡]·히너·겨ᄒ·거든凶[·훙]ᄒ·ᄉᆞ람·믄
不[·붕]善[·쎤]·을ᄒ·오ᄃᆡ날·올不[·붕]足[·죡]·히너
·겨ᄒ·ᄂ·다ᄒ·ᄂ니희돌ᄒ吉[·긿]ᄒ·ᄉᆞ람·미
·도외옷ᄒ·녀凶[·훙]ᄒ·ᄉᆞ람·미ᄃᆞ외옷·ᄒ·녀
張[·댱]思叔[·슉]·의座右銘·에曰[·ᄅᆞᆯ]凡[·뻠]語[·어]·룰必[·빙]忠信·며
凡[·뻠]行[·ᅘᆡᇰ]·을必[·빙]篤[·독]敬[·경]ᄒ·며飲食[·씩]·을必[·빙]愼[·씬]節[·ᄒ·며]字[·ᄶᆞ]畫[·ᅘᅩᆨ]·을

必[·빙]楷[·ᄒᆡ]正[·졍]ᄒ·며容[·ᅇᅭᇰ]貌[·모]·ᄅᆞᆯ必[·빙]端[·돤]莊[·장]ᄒ·며衣[·ᅙᅴ]冠[·관]·ᄋᆞᆯ必[·빙]肅[·슉]整[·ᄌ]
·며步[·뽕]履[·링]必[·빙]安[·한]詳[·썅]ᄒ·며居[·거]處[·쳥]必[·빙]正[·졍]靜[·쪙]ᄒ·며作[·작]事[·ᄊᆞ]
必[·빙]謀[·뭏]始[·시]ᄒ·며出[·츓]言[·언]·을必[·빙]顧[·공]行[·ᅘᆡᇰ]ᄒ·며常德[·득]·을必[·빙]固[·공]
持[·띵]ᄒ·며然[·ᅀᅯᆫ]諾[·낙]·ᄋᆞᆯ必[·빙]重[·뜌ᇰ]應[·ᅙᆼ]ᄒ·며見[·견]善[·쎤]·을己[·긩]出[·츓]·ᄀᆞ티ᄒ·며見[·견]
惡[·학]·ᄋᆞᆯ己[·긩]病[·ᄈᆡᇰ]·ᄀᆞ티ᄒ·며凡[·뻠]此[·ᄎᆞ]十[·씹]四[·ᄉᆞ]者[·쟝]·ᄅᆞᆯ我[·아]皆[·ᄀᆡ]未[·미]深[·심]省[·셩]ᄒ·노
書[·셔]此[·ᄎᆞ]當[·당]座[·쫭]隅[·웅]·야ᄒ·朝[·ᄃᆛ]夕[·쎡]·에視[·씽]爲[·윙]警[·경]ᄒ·라
張[·댱]思[·ᄉᆞ]叔[·슉]·의앉·ᄂᆞᆫ을ᄒ·녀귓銘[·며ᇰ]·에
·닐오·ᄃᆡ銘[·며ᇰ]ᄒ·ᄂᆞᆫ마ᅀᆞᆷ·애새·겨警[·경]戒[·갱]ᄒ·ᄂᆞᆫ·글·이·라ᄆᆞᅀᆞᆷ·믈·잇·디마·롤모·로·매

ᄒᆞ고 寂쪅靜졍히ᄒᆞ며 일지소믈 모로매
始싱作작 애 혜아려ᄒᆞ며 말ᄊᆞᆷ내요믈 모
로매 ᄒᆡᆼ뎍을 도라보아ᄒᆞ며 던던ᄒᆞᆫ 德득
올 모로매 구디자바ᄒᆞ며 그라오녀ᄒᆞ믈 모
로매 미거이맛ᄀᆞᆯ모ᄒᆞ며 善쎤을보고 내모
매셔나논 가ᄀᆞ티ᄒᆞ며 惡학을 보고 못맷
病ᄈᆞᆼᄀᆞ티 홀디니 믈읫이열네 가짓이룰
내다 기피차리디 몯ᄒᆞ야 써앗논모ᄒᆞ 當당

忠듕信신히ᄒᆞ며 믈읫 ᄒᆡᆼ뎍을 모로매 도
타오며 조심ᄒᆞ야ᄒᆞ며 飮ᅙᅳᆷ食씩ᄒᆞ믈 모
로매 삼가ᄆᆞ되 롤두어ᄒᆞ며 宇ᄌᆞㅅ그슬
모로매 고ᄅᆞ고 正졍히ᄒᆞ며 容용貌모ᇢᄅᆞᆯ
모로매 端돤 正졍ᄒᆞ고 싁싁히ᄒᆞ며 오시
며 곳가ᄅᆞᆯ 도로매 싁싁ᄒᆞ고 整졍齊쪠히
ᄒᆞ며 거름거ᄅᆞ며 볼쁴디요믈 모로매 正
녹ᄌᆞᄂᆞ기ᄒᆞ며 사논ᄯᅡ흴 모로매 正졍히

올 講강習씹ᄒᆞ되 ᄆᆞᅀᆞ믈 다ᄉᆞ리며 性셩
을 養양ᄒᆞ모로 根곤源원을 삼더니 즐겨
ᄒᆞᄆᆞᆯ 져기ᄒᆞ며 滋ᄌᆞ味미룰 열이ᄒᆞ며 샹
ᄅᆞᆫ 말ᄊᆞᆷ과 急급遽겅ᄒᆞᆫ 비치업스며 ᄉᆡᆼ
거르미업스며 게으른 양지업스며 믈읫
노ᄅᆞᆺ셋 우ᅀᅮᆷ과 더러우며 더아니ᄒᆞ며 世솅
졊간도 이ᄇᆡ내디아니ᄒᆞ며 世솅聞문간앳
利링와 어즈러운 빗난것과 소리와 ᄌᆡᄌᆞ

당케ᄒᆞ야아 ᄎᆞᆷ나조히보아 警경戒갱ᄒᆞ
노라
呂려正졍獻헌公공이 自少쇼로 講學ᄃᆡ 即즉以治心養性
로 爲위本본ᄒᆞ니 寡嗜慾ᄒᆞ며 薄滋味ᄒᆞ며 無疾言遽
色ᄉᆡᆨᄒᆞ며 無窘步ᄒᆞ며 無惰容ᄒᆞ며 凡嬉笑俚近之語
룰 未嘗出諸口ᄒᆞ며 於世利紛華聲伎遊宴
以至於博奕奇玩히 淡然無所好ᄒᆞ라ᄒᆞ더
呂령正졍獻헌公공이 저ᄆᆞ셔브터 學ᄒᆞᆨ

장 외오너겨ᄒᆞ더라

[내훈 권1]

伊川先生의 母侯夫人이 七八歲時예 誦古
詩曰되 女子ㅣ 不夜出이니 夜出秉明燭이라
自是로 日暮則不復出房閤이러니 旣長야
好文되 而不爲辭章며 見世之婦女ㅣ以文
章筆札로 傳於人者고 則深以爲非라더

와노뇨모로博奕奇玩애니르
리오 然히 즐기논배업더라

伊川現 先生이 어마님 侯夫
人이 나히 닐굽여들빈시졀에 넷그레
닐오디 겨지비 바민 나디아니ᄒᆞᄂᆞ니바
민날몔볼고燭 올자보라호모외오
일로브터나리졈글어든 외방이나디
아니ᄒᆞ더니 마ᄌᆞ라글월를즐겨호디
글치소몰아니ᄒᆞ며 그 시졀겨지비글지
ᄉᆞ와글수모로ᄂᆞ 미게보내ᄂᆞ 닐보고

李氏女戒예 曰되 貧者는 安其貧고 富者는
戒其富니 貧不自安者는 恥貧而廣求니
求旣不得면 怨由玆生야 室家ㅣ 相輕야 恩
易情薄라리 富而不戒면 則夸勝之心이生
니리 凌慢之容이旣彰면 和柔之色이安在
棄和柔之色고 作嬌小之容면 是爲輕薄
之婦人이니

李氏女戒예 닐오디 가난ᄒᆞᆫ
가난호몰 便安히너기고 가ᄉᆞ며ᄂᆞᆫ
便安히너기기디아니ᄒᆞ린가난올붓
그려비求ᄒᆞᄂᆞ니 求ᄒᆞ다가욷디
몯ᄒᆞ면怨이 이롤브터나夫妻서
리 므던히너겨恩이 밧고며情이 淡
薄ᄒᆞ리라 가ᄉᆞ며오 警戒아니

[내훈 권1 30-2]

ᄒᆞ면쟈랑ᄒᆞ며더온ᄆᆞ슨미ᄂᆞ리니므던
히너기논양지ᄒᆞ마나ᄐᆞ면溫ᄒᆞ며和ᄒᆞ
며부드러운顏ᄒᆞᆫ色이어ᄃᆡ이시료溫
和ᄒᆞ며부드러운顏ᄒᆞᆫ色을보리
고아ᄅᆞᆺ다온양죨지ᄉᆞ면이輕薄ᄒᆞᆫ
겨지비니라

柳玭이嘗著書ᄒᆞ야戒其子弟曰壞名灾己
辱先喪家ᄒᆞ며其失이尤大者ㅣ五ㅣ宜深

[내훈 권1 31-1]

誌之다어其一은自求安逸ᄒᆞ고靡甘澹泊ᄒᆞ야苟
利於己ᄃᆞᆯ어不恤人言ᄒᆞ라ᄂᆞ니其二ᄂᆞᆫ不知儒術
不悅古道ᄒᆞ야懵前經而不恥ᄒᆞ며論當世而
解頤ᄒᆞ야身旣寡知ᄒᆞ고惡人有學ᄒᆞ라ᄂᆞ니其三은
勝己者ᄅᆞᆯ厭之ᄒᆞ고佞己者ᄅᆞᆯ悅之ᄒᆞ며唯樂戲
談ᄒᆞ고莫思古道ᄒᆞ야聞人之善ᄒᆞ고嫉之ᄒᆞ며聞人
之惡ᄒᆞ야揚之ᄒᆞ야浸漬頗僻ᄒᆞ야銷刻德義ᄒᆞᄂᆞ니
簪裾ㅣ徒在ᄒᆞ면廝養과何殊ㅣ리오其四ᄂᆞᆫ崇
好優游ᄒᆞ며耽嗜麹蘖ᄒᆞ야以衒杯로爲高致ᄒᆞ고

[내훈 권1 32-1]

柳玭이아래글위ᄅᆞᆯ밍ᄀᆞ라그子弟
ᄅᆞᆯ警戒ᄒᆞ야닐오ᄃᆡ일후믈ᄒᆞ
야ᄇᆞ리며모ᄆᆞᆯ灾害ᄒᆞ며先人
을辱ᄒᆡ며지ᄇᆞᆯ배ᄂᆞᆫ그허믈이리ᄆᆞᆺ크니
다ᄉᆞᆺ시니기피記知ᄒᆞᆯ디어다그ᄒᆞ
나ᄒᆞ제便安ᄒᆞ호ᄆᆞᆯ求ᄒᆞ고澹泊
올히너기디아니ᄒᆞ야ᄀᆞ장便安ᄒᆞᆫ
ᄶᆞᆨ靜ᄒᆞ야니便便安ᄒᆞ음업슬사라져그나제모

[내훈 권1 31-2]

以勤事로爲俗流ᄒᆞᄂᆞ니習之易荒이라覺已難
悔라ᄂᆞ니其五ᄂᆞᆫ急於名宦ᄒᆞ야匿近權要ᄒᆞ야一資
半級을雖或得之도라衆怒群猜ᄒᆞ야鮮有存者ㅣ
라ᄂᆞ니余見名門右族ᄂᆞ도莫不由祖先의忠孝
勤儉ᄒᆞ야以成立之ᄒᆞ고莫不由子孫의頑率奢
傲ᄒᆞ야以覆墜之ᄒᆞᄂᆞ니成立之難은如升天ᄒᆞ고
覆墜之易ᄂᆞᆫ如燎毛ᄒᆞᄂᆞ니言之痛心ᄒᆞᄂᆞ니爾宜刻
骨라이니

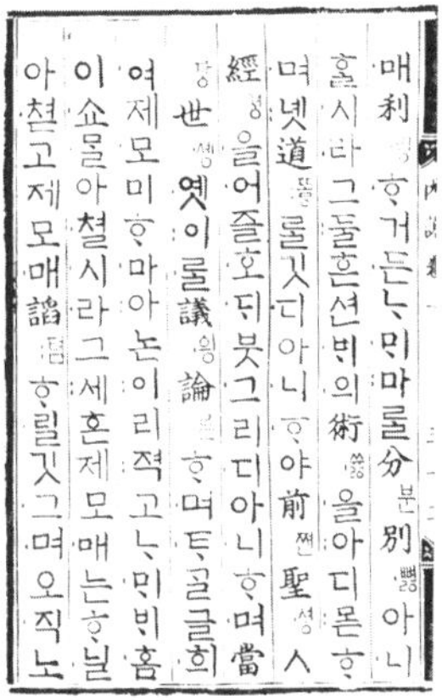

매利리ᄒᆞ거든ᄂᆞ미마ᄅᆞᆯ分분別별아니
ᄒᆞᆫ시라그ᄂᆞᆯ흔션ᄇᆡ의術술을아디몯ᄒᆞ
며녯道도ᄅᆞᆯ깃디아니ᄒᆞ야前젼聖셩人
經경을어즐호ᄃᆡ붓그리디아니ᄒᆞ며當
당世셰옛이ᄅᆞᆯ議의論논ᄒᆞ며ᄐᆞ골글희
여제모미ᄒᆞ마아논이리젹고ᄂᆞ미ᄇᆡ홈
이쇼몰아쳘시라그세혼제모매ᄂᆞᆫᄒᆞ닐
아쳠고제모매諂쳠ᄒᆞ릴깃그며오직노

ᄅᆞ샛말ᄒᆞ요ᄆᆞᆯ즐기고녯道도理리ᄉᆞ랑
호ᄆᆞᆯ아니ᄒᆞ야사ᄅᆞ미善션을듣고믜며
사ᄅᆞ미惡악올듣고베퍼기우러邪샹僻
벽ᄒᆞᆫ이레ᄌᆞ마저저德덕義의ᄅᆞᆯ노기며
사겨ᄇᆞ리ᄂᆞ니冠관服복이비록이신돌
종과ᄆᆞ스기다ᄅᆞ리오그네혼속졀업시
노뇨ᄆᆞᆯ즐기며수우를맛드러盞잔므로
ᄆᆞ로노픈이ᄅᆞᆯ삼고일브즈러니호ᄆᆞ로

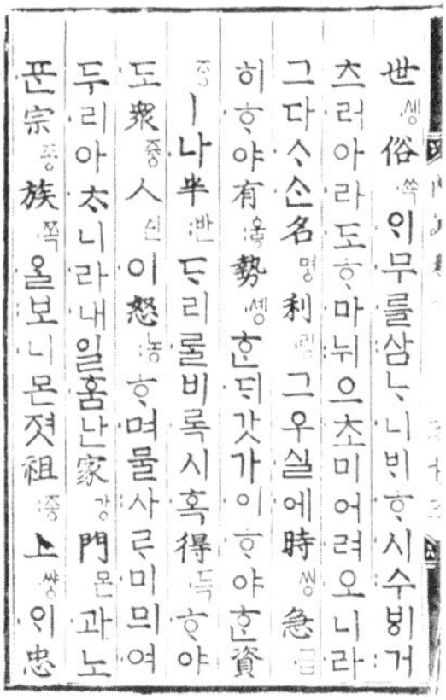

世셰俗쇽이무를삼ᄂᆞ니비ᄒᆞ시수뵈거
ᄎᆞ러아라도ᄒᆞ마뉘으ᄎᆞ미어려오니라
그다ᄉᆞ손名명利리그우실에時시急급
히ᄒᆞ야有유勢셰ᄒᆞᆫ뒤갓가이ᄒᆞ야ᄒᆞᆫ資
즁ㅣ나半반ᄃᆞ리ᄅᆞᆯ비록시혹得득ᄒᆞ야
도衆즁人인이怒노ᄒᆞ며물사ᄅᆞ미믜여
두리아ᄎᆞ니라내일홈난家가門문과노
픈宗종族족올보니몬져祖조上샹이忠

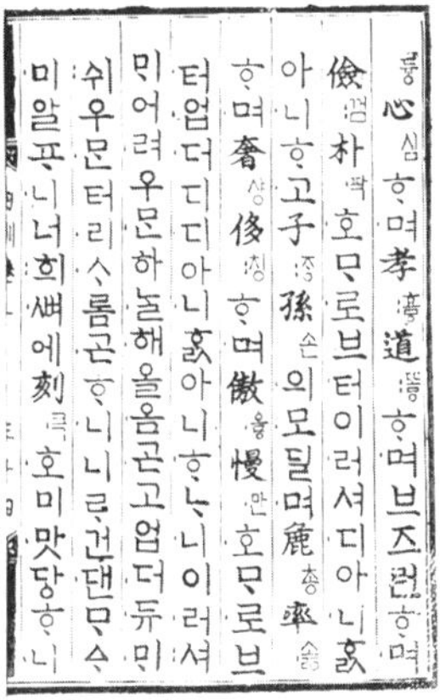

효心심ᄒᆞ며孝효道도ᄒᆞ며브즈런ᄒᆞ며
儉검朴박호ᄆᆞ로브터이러셔디아니ᄒᆞᆫ
아니ᄒᆞ고子ᄌᆞ孫손의모딜며麁추率솔
ᄒᆞ며奢샤侈치ᄒᆞ며傲오慢만호ᄆᆞ로브
터업더디디아니ᄒᆞᆫ아니ᄒᆞᄂᆞ니이러셔
미어려우믄하ᄂᆞᆯ해올옴곤고업더듀미
쉬우믄터리ᄉᆞ롬곤ᄒᆞ니니ᄅᆞ건댄ᄆᆞᄉᆞ
미알프니너희ᄲᅧ에刻극호미맛당ᄒᆞ니

라

漢昭烈이 將終ᄒ실 勅後主曰ᄒ샤ᄃᆡ 勿以惡
小而爲之ᄒ며 勿以善小而不爲ᄒ라
漢한昭쯍烈령이 쟝ᄎᆞ 업스실 제 後ᄒᆢᇦ主
롤 勅틱ᄒ야 니ᄅ샤ᄃᆡ 모ᄃᆞᆫ이리 젹다 ᄒᆞ모로
ᄒᆞ디 말며 됴ᄒᆞᆫ이리 젹다 ᄒᆞ모로
마디 말라
范忠宣公이 戒子弟야ᄒ 曰ᄃᆞᆫ 人雖至愚도ᅵ라

責人則明ᄒ고 雖有聰明도ᅵ라 恕己則昏ᄒᆞ니
爾曹ᄂᆞᆫ 但常以責人之心ᄋᆞ로 責己ᄒ고 恕己
心ᄋᆞ로 恕人ᄒ면 不患不到聖賢地位也ᄒ리라
范뻠忠ᄃᆢᇰ宣쉰公공이 이子ᄌᆢ弟ᄄᆢᆼ롤 警경
戒갱ᄒ야 닐오ᄃᆡ 사ᄅᆞ미 비록 至징極끅
어리여도 ᄂᆞᆷ외다 ᄒᆞ모란 볼기ᄒ고 비록
聰총明명ᄒ야도 제ᄆᆞᆷ져 보ᄆᆞ란 어즐ᄒ
ᄂᆞ니 너희 무른 오직 ᄉᆡᇰ녜ᄂᆞᆷ외다ᄒᆞᆫᄆᆞ

三十五

스므로 제몸을 외다 ᄒᆞ고 제몸 졉ᄂᆞᆫᄆᆞ
ᄆᆞ로ᄂᆞ 몰져 브면 聖셩賢현人地ᄯᅵᇰ位윙
예 니ᄅ디 몯ᄒᆞᆯ갓 分분別ᄲᅧᆯ이 업스리라
孔戣이 於爲義예 若嗜慾ᄒ야 不顧前後ᄒ더
利與祿에ᄂᆞᆫ 則畏避退怯ᄒ디 如懦夫然ᄒ라
孔콩戣낌이 義ᄋᆢᆼ홀 요매 즐기논 일ᄂᆞᆫ
ᄒ야 앒뒤 홀도라보디 아니ᄒ고 利링와
爵쟉祿록ᄋᆡ란 저허 避삥ᄒ야 믈러두

디 사ᄋᆞ나온 사ᄅᆞᆷ곤더라

馬援이 兄子嚴敦이 並喜譏議ᄒ야 而通輕
客너ᄃᆞ 援이 在交趾ᄒ야 還書誡之曰ᄒᆢ 吾
汝曹ᅵ 聞人過失ᄒ도 如聞父母之名ᄒ야 耳可
得聞덩이언 口不可得言也ᄒ라ᄂᆞ 好議論人
長短ᄒ며 妄是非正法이 此ᅵ 吾兩大惡也ᄒ니
寧死ᄃᆞᆼᅵ언 不願聞子孫의 有此行也ᄒ라ᄂᆞ 龍
伯高ᄂᆞᆫ 敦厚周愼야ᄒ 口無擇言ᄒ며 謙約節儉

廉公有威ᄒᆞ니 吾ㅣ 愛之重之ᄒᆞ야 願汝曹ㅣ 效之ᄒᆞ라 杜季良은 豪俠好義ᄒᆞ야 憂人之憂ᄒᆞ며 樂人之樂ᄒᆞ야 淸濁애 無所失ᄒᆞ야 父喪애 致客ᄒᆞ야 數郡이 畢至ᄒᆞ니 吾ㅣ 愛之重之ᄒᆞ란마ᄅᆞᆫ 不願汝曹 效也ᄒᆞ노라 效伯高不得이라도 猶爲謹敕之士ㅣ니 所謂刻鵠不成이라도 尚類鶩者也ㅣ라 效季良不得ᄒᆞ면 陷爲天下 輕薄子ㅣ니 所謂畫虎不成이면 反類狗者也ㅣ니라

馬援이 兄의 아ᄃᆞᆯ 嚴과 敦과 다 譏弄ᄒᆞ야 議論 올 즐겨 輕薄ᄒᆞ야 말ᄌᆞᆯᄒᆞᄂᆞᆫ 손 올 사괴더니 援이 交趾예 이셔 글월 ᄃᆞ라 보내야 警戒ᄒᆞ야 닐오ᄃᆡ 나ᄂᆞᆫ 너희 무리 사ᄅᆞᆷᄋᆡ 허므를 드로ᄃᆡ 父母ㅅ 일훔 드룸 ᄀᆞᆮᄒᆞ야 귀예 어루 시러 드르려니언뎡 이베 어루 시러 니ᄅᆞ디 몯과뎌 ᄒᆞ노라 ᄉᆞ랑ᄒᆞ미

어딜며 사오나오ᄆᆞᆯ 즐겨 議論ᄒᆞ며 妄量ᄋᆞ로 正法을 외니 올ᄒᆞ니 호미 이 내 ᄀᆞ장 아쳐ᄅᆞᄂᆞᆫ 배니 출히 주글 ᄲᅮ니언뎡 子孫의 이런 ᄒᆡᆼ뎍 잇다 드로ᄆᆞᆯ 願티 아니ᄒᆞ노라 龍伯高ㅣ 눈도 타오며 曲盡ᄒᆞ며 조심ᄒᆞ야 이베 ᄀᆞᆯ히욜 마리 업스며 謙讓ᄒᆞ며 略ᄒᆞ며 ᄆᆞᄃᆡ이시며 儉朴ᄒᆞ며

淸廉ᄒᆞ며 公反ᄒᆞ며 威嚴이 잇ᄂᆞ니 내 ᄃᆞ수며 重히 너겨 너희 무리 본바도ᄆᆞᆯ 願ᄒᆞ노라 杜季良은 豪華ᄅᆞ외오 말ᄌᆞᆯᄒᆞ고 義ᄅᆞᆯ 맛드러 사ᄅᆞᆷ이 시름ᄒᆞ며 사ᄅᆞᆷ이 즐교ᄆᆞᆯ 즐겨 ᄆᆞᆯ기며 흐리요매 일훔 배 업서 아비 거상애 소니 오ᄃᆡ 두ᅀᅥ 고올히 다 니ᄅᆞ니 내 ᄃᆞ수며 重히 너기ᄂᆞᆫ 너희

孝親章第二

父王之爲世子 朝於王季 日三
雞初鳴而衣服 至於寢門外
問內竪之 御者 曰安否 何如 內竪
曰安 文王 乃喜 及日中 又
至 亦如之 及莫 又至 亦如之
其有不安節 則內竪 以告文王
文王 色憂 行不能正履 王季復
膳然後 亦復初 食上 必在視寒暖

무리 본바 도믈 願호노라 伯
高롤 본받다가 得디몯호야도 히
려 조심호ᄂᆞᆫ 士 ᄃᆞ외리니 밧거
유롤 사기다가 이디몯호야도 오
히려 됴ᄒᆞᆫ아ᄒᆡ ᄃᆞ외리라 季良ᄋᆞᆯ 본받다가 得
디몯호면 ᄠᅥ디여 天下애 輕薄
ᄒᆞᆫ아ᄒᆡ ᄃᆞ외리니 닐온 밧범을 그림
가일우디몯호면 도ᄅᆞ혀 가히 넉다호미라

之節이러시니 食下ᄒᆞ야시ᄃᆞᆫ 命膳ᄒᆞ야 寧曰
末有原이라ᄒᆞ고 應曰 諾이라 然後에 退ᄒᆞ더시니라
文王이 世子 ᄃᆞ외야 겨실제 王
季ᄭᅴ 朝ᄒᆞ샤ᄃᆡ 날마다 세번 ᄒᆞ더시니 寢
室ㅅ門 밧긔 니르르샤 內竪ᄃᆞ려
무르르샤ᄃᆡ 다시

오ᄂᆞᆯ 安否 ᄋᆞᆺ더ᄒᆞ시ᄂᆞᆫ뇨 內竪
ㅣ 닐오ᄃᆡ 便安ᄒᆞ시이다커든 文
王이 깃거ᄒᆞ더시다 나ᄌᆞ미처 ᄯᅩ
니르르샤 ᄯᅩ이ᄀᆞᆮ히ᄒᆞ시며 나조히처 ᄯᅩ
니르르샤 ᄯᅩ이ᄀᆞᆮ히ᄒᆞ더시다 便安
티아니ᄒᆞ신 무디잇거시든 內竪
ㅣ뻐 文王ᄭᅴ 告ᄒᆞ야ᄃᆞᆫ 文王
이 ᄂᆞᆺ빗ᄂᆞᆯ 시름ᄒᆞ샤 녀샤ᄃᆡ 能히
正히 履ᄒᆞ디 몯ᄒᆞ더시니 顔ᄒᆞᆫ色ᄋᆞᆯ 시름ᄒᆞ샤 能히

○文王이 有疾시든 武王이 不說冠帶而養
시더 文王이 一飯이시든 亦一飯며시
더 再飯이시든 亦再飯이시다더
文王이 病이 잇거시든 武王
이 곳갈띄를 밧디아니샤 養시
더시니 文王이 번반좌야시든
번반좌시며 文王이 두번반좌
야시든 또두번반좌터시다

正히 드듸요몰몰더시니 王季
一水剌롤 녜그티신 後에
처엄그티더시다 水剌
로매시그며 더운 무 되롤 솔펴보시며 水
剌믈 리거시든 샨바롤 무르시
고 섭니롤 命야 닐오디 다시말라
對答야 닐오디 그리리이다 그
리 後에 물러오더시다

孔子ㅣ曰샤 武王周公은 其達孝矣乎
夫孝者는 善繼人之志며 善述人之事者
也ㅣ니 踐其位며 行其禮며 奏其樂며 敬其
所尊며 愛其所親며 事死如事生며 事亡
如事存니 孝之至也ㅣ라
孔子ㅣ니르샤 武王周公
은 그수 모츤 孝道ㅣ신더 孝道
ㅣ라 혼거슨 사람의 뜻들이 대니며

사람의 이롤 이대 야요미니라 그位롤
볼오며 그禮롤 行며 그音樂
을 奏며 그 고마시던 바롤 恭敬
며 그 조올아이시던 바롤 恭
주그닐 셥교디 사니 셥굠디시며
닐셥교디 잇니 셥굠디시니 孝
道의 至極샤미라
孟子ㅣ曰샤 曾子ㅣ養曾晳샤 必有酒

肉시ᄒᆞᄃᆡ 將徹홀ᄉᆡ 必請所與ᄒᆞ며 問有餘ᄒᆞ시ᄃᆡ 必
曰ᄒᆞ샤ᄃᆡ 有ᄒᆞᄃᆡ시라ᄒᆞᄃᆞ다 曾晳이 死커늘 曾
子ᄒᆞᄃᆡ 必有酒肉이러니 將徹홀ᄉᆡ 不請所與ᄒᆞ며 問
有餘ᄒᆞ시든 曰ᄒᆞᄃᆡ 亡矣라ᄒᆞ더니 將以復進也ㅣ라 此
ᄂᆞᆫ 所謂養口體者也ㅣ니 若曾子則可謂養志
也ㅣ니 事親이 若曾子者ᄂᆞᆫ 可也ㅣ니라
孟子ㅣ니ᄅᆞ샤ᄃᆡ 曾子ㅣ曾
晳을 養ᄒᆞ샤ᄃᆡ 모로매술고기롤잇

게ᄒᆞ더시니쟝太믈저ᄀᆡ그모로매주ᄉᆞᆯ바
롤請ᄒᆞ며有餘롤믄거시든모로
매솔오ᄃᆡ잇ᄂᆞ니다ᄒᆞ더시다曾晳
이죽거늘曾子ㅣ元이曾子롤養
ᄒᆞᄃᆡ모로매술고기롤잇게ᄒᆞ더니쟝太
믈저ᄀᆡ그줄바롤請ᄒᆞ야아니ᄒᆞ며有
餘롤믄거시든솔오ᄃᆡ업스이다ᄒᆞ니
쟝太뼈다시나소례니라이ᄂᆞ닐온밧입

과몸과롤 養ᄒᆞ미니 曾子ㅣ곤ᄒᆞᆫ
어루ᄣᅳᆮ들 養ᄒᆞᄂᆞ다닐올디니어버ᅀᅵ
셤교미 曾子ㅣ곤ᄒᆞᆫ可ᄒᆞ니라
曾子ㅣ曰ᄒᆞ샤ᄃᆡ 孝子之養老也ᄂᆞᆫ 樂其心ᄒᆞ며
不違其志ᄒᆞ며 樂其耳目ᄒᆞ며 安其寢處ᄒᆞ며 以其
飲食으로 忠養之ᄒᆞ니 是故로 父母之所愛ᄅᆞᆯ 亦
愛之ᄒᆞ며 父母之所敬ᄋᆞᆯ 亦敬之ᄒᆞ니 至於犬馬
도ᄒᆞ야 盡然ᄒᆞ니이어 而況於人乎ㅣᄯᆞ녀

曾子ㅣ니ᄅᆞ샤ᄃᆡ孝道ᄒᆞᆯ子ㅣ
息의늘그시니養ᄒᆞ모ᄆᆞᆫ그ᄆᆞᅀᆞᄆᆞᆯ즐
기시게ᄒᆞ며그ᄠᅳᆮ들그릇디아니케ᄒᆞ며
그귀와눈과롤즐거우시게ᄒᆞ며그자시
며겨샤ᄆᆞᆯ便安ᄒᆞ시게ᄒᆞ며그飲
食으로써忠厚히養ᄒᆞᆯ디니이
런젼太로父母ㅣᄉᆞ랑ᄒᆞ시ᄂᆞᆫ바롤
ᄯᅩᄉᆞ랑ᄒᆞ며父母ㅣ恭敬ᄒᆞ시

내훈 권[1] 44-2

눈 바ᄅᆞᆯ쏘 恭·호·디니가·ᄒᆞᄆᆞ·리게
니르·러도 다 그·리·홀·디어·니 ᄒᆞᄆᆞ·며 사ᄅᆞ
·미쏘·녀
孔子ㅣ 曰·ᄒᆞ·샤ᄃᆡ 父母ㅣ 生之·니ᄒᆞ·시 續莫大焉
·며 君親이 臨之·니ᄒᆞ·시 厚莫重焉·이라ᄒᆞ·니 是故로
不愛其親·고ᄒᆞ·야 而愛他人者·ᄅᆯ 謂之悖德·이며 不
敬其親·고ᄒᆞ 而敬他人者·ᄅᆯ 謂之悖禮·라ᄒᆞ·니
孔子ㅣ·니ᄅᆞ·샤·ᄃᆡ 父母ㅣ·나ᄒᆞ

내훈 권[1] 45-1

·시니ᄂᆞ·샤미 이만·크니 업스·며 君親
이 디ᄅᆞ시니 두터오미 이에서 重·호
니 업스니라 이런전ᄎᆞ로 그 어버ᅀᅵ를 돗
디 아니코 다른 사ᄅᆞᆷ 돗ᄉᆞ·릴 닐오·디 거슬
ᄠᅳᆫ 德이라 ᄒᆞ·며 그 어버ᅀᅵ를 恭敬
아니코 다른 사ᄅᆞᆷ을 恭敬 ᄒᆞ·릴 닐오·디
거슬ᄠᅳᆫ 禮·라 ᄒᆞ·ᄂᆞ니라
○孝子之事親은 居則致其敬ᄒᆞ·며 養則致其

내훈 권[1] 45-2

樂·며 病則致其憂·며 喪則致其哀·며 祭則致
其嚴·이니 五者ㅣ 備矣然後·ᅀᅡ에 能事親·이라
親者·ᄂᆞᆫ 居上不驕·며 爲下不亂·며 在醜不爭
·이니 居上而驕則亡·고 爲下而亂則刑·고 在醜
而爭則兵·ᄒᆞᄂᆞ·니 此三者·ᄅᆯ 不除·면 雖日用三
牲之養·도ᄒᆞ·야 猶爲不孝也ㅣ·라·니
孝道ᄒᆞ 子息·의 어버ᅀᅵ 셤교ᄃᆡ
居·ᄒᆞ·실 저그란 恭敬·을ᄀ·장ᄒᆞ·며

내훈 권[1] 46-1

養·호ᄃᆡ 즐거우ᅀᅡ 몰ᄀ·장ᄒᆞ·며
病·ᄒᆞ신저 그란 시ᄅᆞ믈ᄀ·장ᄒᆞ·며 祭
·호모란 슬호믈ᄀ·장ᄒᆞ·며 祭
·호모란 庄ᄒᆞ·디 다ᄉᆞ·이리ᄀ장 後
·에ᅀᅡ 能히 어버ᅀᅵ를 셤기ᄂᆞ·니라 어버
ᅀᅵ셤길사ᄅᆞᆷ 우희사·라도 驕慢·티
말며 아래 ᄃᆞ외야 도어ᄌᆞ럽디 말며 모ᄃᆞᆫ
ᄃᆡ 이셔도 ᄃᆞ토디 마롤·디니 우희사·라셔

驕慢ᄒᆞ면敗亡ᄒᆞ고아래ᄃᆞ외
야셔어즈러오면刑罰ᄒᆞ고도ᄃᆡ
이셔도토면놀잠개로ᄒᆞᄂᆞ니이셰호ᄃᆡ
아니ᄒᆞ면비록날로三牲奉養
ᄋᆞᆯᄡᅥ도（三牲은쇼와羊과돋괘라）오히려不
孝ㅣ니라
女敎애云호ᄃᆡ舅姑ㅣ娶婦ᄂᆞᆫ在能孝之니苟
不能孝ᄒᆞ면娶汝何爲오리爲之婦者ㅣ夙夜祗

畏ᄒᆞ야惟恐一毫ㅣ나稍違其意라니舅姑之尊이
其高ㅣ猶天이니必敬必恭ᄒᆞ야毋倚已賢오이
有答警도라悅豫而受라ᄒᆞ니此實我愛니言敢出
口아彼東隣婦에曾不施之오必於我親어
乃爾敎之니出言自解면ᄒᆞᆫ即同悖逆이라어但當
曲從ᄒᆞ야孝敬을益力이라ᄂᆞ니或有指使ᄃᆞᆫ어聞
命即行ᄒᆞ니에雖甚勞勤이나豈敢自寧오이安則
致養ᄒᆞ야唯恐其餒고ᄒᆞᆫ病則致愛ᄒᆞ야衣不解帶
라ᄒᆞ라後人이則傚ᄒᆞ야亦如汝ᄒᆞ리니身敎而從

ᄂᆞ니愼之戒之다
女敎애云호ᄃᆡ닐오ᄃᆡ舅姑ㅣ며ᄂᆞ리
어두믄能히孝道ᄒᆞ매잇ᄂᆞ니眞
實로能히孝道아니ᄒᆞ면너
ᄅᆞᆯ어더므슴ᄒᆞ료며ᄂᆞ리외리일져므
리恭敬ᄒᆞ며저허오직ᄒᆞᆫ터럭매나
져기그ᄲᅵ데어릴가저홀디니라舅姑
의尊호미그노ᄑᆞ미하ᄂᆞᆯ곤ᄒᆞ니모

로매恭敬ᄒᆞ며모로매溫恭ᄒᆞ로
야제몸어디론가맏디말오ᄒᆞ다가ᄐᆡ며
구지저도깃거바ᄃᆞ라이眞實로날
ᄉᆞ랑호미니말ᄉᆞ몔잢간이나이ᄲᅵ내야
리여뎌東녁므ᅀᅳᆯ며ᄂᆞ리게일쪅펴디
아니ᄒᆞ고모로매내親ᄒᆞᆫ게이러
시ᄀᆞᆯ치ᄂᆞ니마를내야ᄑᆞ로ᄒᆞ면곤
거슬뿜과곤혼디라오직받ᄂᆞ기곡진히

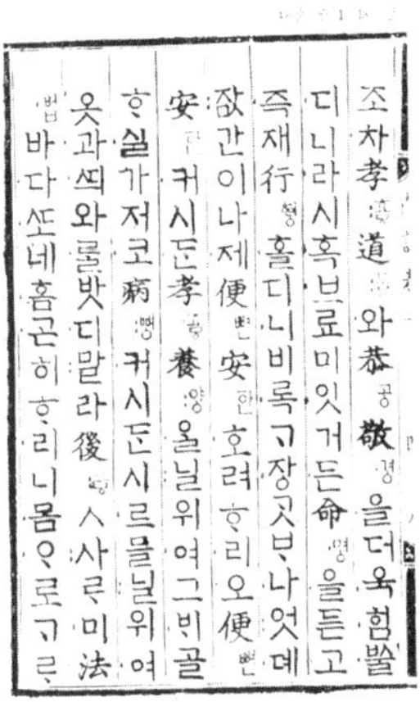

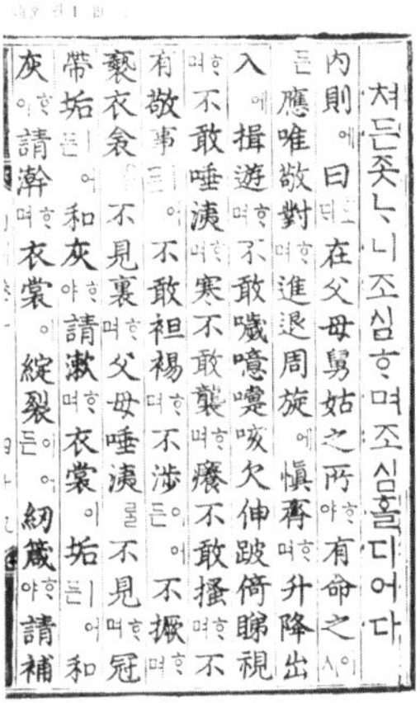

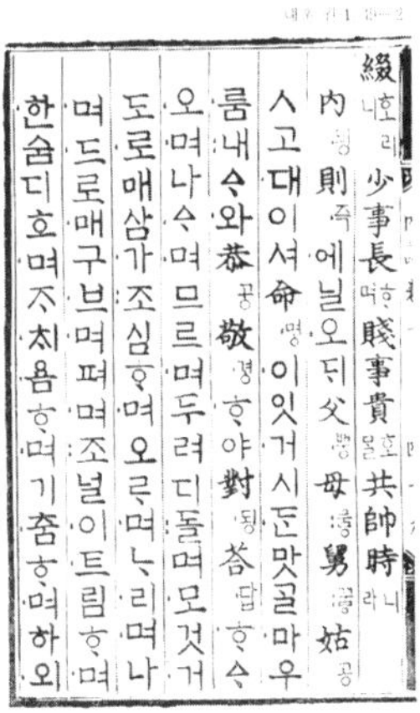

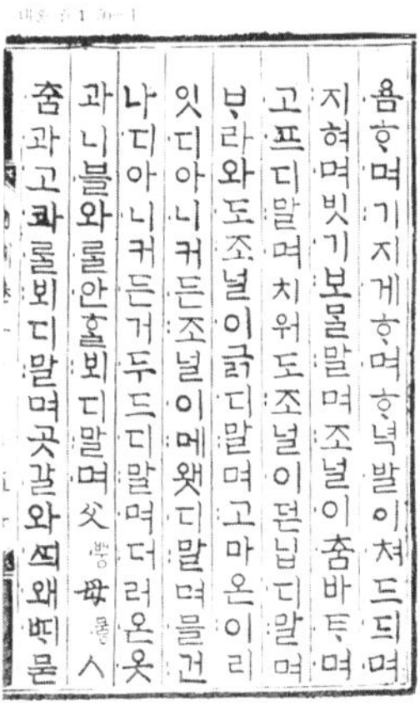

[윗面 오른쪽 판]

조ᄎᆞ孝道와恭敬을더욱힘ᄡᅳᆯ
디니라시혹브료미잇거든命을듣고
즉재行ᄒᆞᆯ디니비록ᄀ장곳ᄇᆞ나엇데
졉간이나제便安ᄒᆞ려ᄒᆞ리오便
安ᄒᆞ실가져코病커시든孝養올닐위여그비골
옷과씌와ᄅᆞᆯ밧디말라後ㅅ사ᄅᆞ미法
바다쓰네홈곤히ᄒᆞ리니몸으로구ᄅᆞ

[윗面 왼쪽 판]

쳐든ᄌᆞᆺᄂᆞ니조심ᄒᆞ며조심ᄒᆞᆯ디어다
內則에曰在父母舅姑之所야有命之人이
應唯敬對進退周旋愼齊升降出
入揖遊不敢噦噫嚏咳欠伸跛倚睥視
不敢唾洟寒不敢襲癢不敢搔不撽不
有敬事不敢袒裼不涉不
褻衣衾不見裏父母唾洟則不見冠
帶垢請漱和灰請
灰請澣衣裳綻裂紉箴請補

[아랫面 오른쪽 판]

綴ᄒᆞ리少事長賤事貴共師時니
內則즉에닐오디父母舅姑
ㅅ고대이셔命이잇거시든맛골마우
룸내슈와恭敬ᄒᆞ야對答ᄒᆞ슈
오며나슈며므르며두려디돌며모것거
도로매삼가조심ᄒᆞ며오ᄅᆞ며ᄂᆞ리며
며드로매구브며펴며조널이트림ᄒᆞ며
한숨디ᄒᆞ며ᄎᆞ치욤ᄒᆞ며기춤ᄒᆞ며하외

[아랫面 왼쪽 판]

욤ᄒᆞ며기지게ᄒᆞ며ᄒᆞ녁발이쳐드디며
지혀며빗기보몰말며조널이춤바트며
고ᄑᆡ디말며치워도조널이떧닙디말며
브라와도조널이긁디말며고마온이리
잇디아니커든조널이메왯디말며믈건
나디아니커든두드디말며더러온옷
과니블와ᄅᆞ안헤뵈디말며父母ㅅ와씌
춤과고좌ᄅᆞᆯ뵈디말며곳갈와씌왯믄

거든짓믈골아시소ᄆᆞᆯ請ᄒᆞ며옷과치
마왜ᄠᅥ믄거든짓믈골아쏜로ᄆᆞᆯ請ᄒ
며옷과치마왜ᄣᅡ디거든바ᄂᆞᆯ애실소아
깁누뷔ᄆᆞᆯ請홀디니져믜니얼운셤기
며ᄂᆞᆯ아오니貴ᄒ니셤교믈다이롤조
홀디니라
○子婦ㅣ孝者敬者ᄂᆞᆫ父母舅姑之命을
逆勿急ㅣ니若飮食之든어ᄉᆡ雖不耆而必嘗而

待ᄒ며加之衣服시든雖不欲ᄂᆞ必服而待ᄒ며
加之事의人代之已든어ᄉᆡ雖不欲ᄂᆞ이姑與之
고而姑使之而後아에復之라ᄒ리
아ᄃᆞᆯ와며ᄂᆞ리왜孝道ᄒ리와恭
敬ᄒ리ᄂᆞᆫ父母舅姑人命
을거스디말며게으르디마롤디니ᄒ다
가飮食을머그라커시든비록즐기
디아니ᄒ나모로매맛보아기ᄃᆞ리며오

솔주거시든비록닙곳디아니ᄒ나모로
매니버기드리며이롤시기고사ᄅᆞᆷ으로
나ᄅᆞᆯ골어시든비록코져아니ᄒ나아직
주고쏘브리後에싸다시ᄒ리라
曲禮예닐오ᄃᆡ父母ㅣ有疾시든冠者ㅣ不櫛
며行不翔ᄒ며言不惰ᄒ며琴瑟을不御ᄒ며食肉
을不至變味ᄒ며不至變貌ᄒ며笑不至
矧ᄒ며怒不至詈ᄒ니疾止든復故ㅣ니

曲禮예닐오ᄃᆡ父母ㅣ病이
잇거시든冠ᄒ니머리빗디아니ᄒ며
녀디봄뇌디아니ᄒ며말ᄉᆞ믈게을이아
니ᄒ며고비화롤노디아니ᄒ며고기ᄅᆞᆯ
머고맛가시요매니ᄅᆞ디말며술머고
믈양ᄌᆞ가시요매니ᄅᆞ디말며우ᅀᅮᆷ믈닛
믜요매니ᄅᆞ디말며怒ᄒ모ᄅᆞᆯ구지주매
니ᄅᆞ디마롤디니病이됴커시든녜예

도·라갈·디니·라
司馬溫公·이 曰··호·디 父母舅姑ㅣ 有疾··거시·든 子
婦ㅣ 無故ㅣ·어·든 不離側··며 親調嘗藥餌而供
之·고·ᄒᆞ·며 子婦ㅣ 色不滿容··며 不戲笑··며 不宴遊
··며 舍置餘事·ᄒᆞ·고 專以迎醫檢方合藥·오·로 爲務
··니 疾已·든 復初ㅣ·니·라
司馬溫公[온]·이 닐·오·디 父[뿡]母[뭏]
·와舅[꿀]姑[공]ㅣ 病[뼝]·이잇·거시·든 아·ᄃᆞᆯ·와

며·느리·와緣故[원]ㅣ 업·거·든 ·겨·틔·나·디
·말·며親[친]히藥[약]·을 ·맛·보·아 받·ᄌᆞᆸ·고
아·ᄃᆞᆯ·와며·느·리·왜 ㅅ·비슬·히 말·며 노·릇
··야우·디 말·며 이바·디··ᄒᆞ·야 노·디 말·며 녀
느·이·롤브·리·고 젼·혀 醫[의]貟[원]請[청]··ᄒᆞ·야
方[방]文[문]相[상]考[고]··ᄒᆞ·며 藥[약]·지·소·ᄆᆞ·로
힘·ᄡᅮᆯ·디·니 病[뼝]·이·됴·커·든 처·엄·ᄀᆞ·티홀·디
·니·라

伯俞ㅣ有過ㅣ·어其母ㅣ笞之··야泣··니·더 其
母ㅣ曰··호·디他日·에笞··야子ㅣ未嘗泣··니·더
今泣·은何也·오對曰··호·디俞ㅣ得罪··야笞常痛
··니·더今·에母之力·이不能使痛··시·니·써是以泣
·호·이·다 故·로曰··호·디父母ㅣ怒之·어·시·든不作於意
·며不見於色··야深受其罪··야使可哀憐·이 上
也ㅣ父母ㅣ怒之·어·시·든不作於意·며不見於
色·이其次也·라父母ㅣ怒之·어·시·든作於意·며
見於色·이下也·라

伯俞[용]ㅣ ·허·믈·을잇·거·늘그·어·미·틴·대·우
·더·니그·어·미·닐·오·디·뎌·다·룬·나·래·텨·든아·ᄃᆞ
·리잢·간·도우·디아·니·터·니이·제·우·루·믄·엇
·뎨·오對[뒹]答[답]··호·디俞[용]ㅣ罪[쬥]·롤·어·더
·든·티·샤·미·샹·녜·알·ᄑᆞ·더·니이·제어·마·닚·히
미能[능]·히알·ᄑᆞ·게·몯··실·ᄉᆡ·이·런·ᄃᆞ·로
·노·이·다·이·런·젼·ᄎᆞ·로·닐·오·디父[뿡]母[뭏]ㅣ
怒[농]··ᄒᆞ·거·시·든·ᄠᅳ·데·짓·디·아·니··며顔[안]

不衰호리라 子눈 愛一人焉이어 父母ᄃᆞ 愛一人焉
執事를 母敢視父母兩愛야 由衣服飮食과 由
不衰호리라
內則에 父母ㅣ 종이어 나ᄒᆞ다가 믈와 孫
나ᄒᆞ다가 믈과 息이어나 믈과 子
一업스샤도 모미업ᄃᆞ록 恭敬ᄒᆞ야

色소 애나토디아니ᄒᆞ야 기피 그 罪를
受ᄋᆞᆯᄒᆞ야 어루 어엿브게 ᄒᆞ며 ᄆᆞ데 짓디아
父母 怒ᄒᆞ거시든 브데 짓디아
니ᄒᆞ며 顔色애 애나토디아니ᄒᆞ며
그니라 父母ㅣ 怒ᄒᆞ거시든 ᄆᆞᆸ
지ᄉᆞ며 顔色애 애나토 ᄆᆞ下ㅣ라
內則에 曰ᄃᆡ 父母ㅣ 有婢子若庶子庶孫을
甚愛之ᄃᆡ 雖父母ㅣ 没도ᄒᆞ샤 没身敬之야

衰 티마로리라아 ᄃᆞ리두고 마롤 父
母ᄂᆞᆫ ᄒᆞ 사ᄅᆞᆷ ᄉᆞ랑ᄒᆞ시고아 ᄃᆞ룬ᄒᆞ
사ᄅᆞᆷ ᄉᆞ랑귀든 衣服 飮食씩 브
터며 일잡 주ᅀᅮᆷ 브터 ᄒᆞ몰 父 母ㅣ ᄉᆞ
랑ᄒᆞ시ᄂᆞᆫ 바롤 ᄀᆞᆺ간도 와 마라비록 父
母ㅣ 업스샤도 衰 티마로리라
○子ㅣ 甚宜其妻도라 父母ㅣ 不說이어든 是 善事
子ㅣ 不宜其妻도라 父母ㅣ 曰되ᄒᆞ샤 出고

我시든라커 子ㅣ 行夫婦之禮焉야 没身不衰
라호리
아ᄃᆞ리 그겨지블 甚히 맛당히너겨도
父母ㅣ 깃디아니커시든 내티고 아
ᄃᆞ리 그겨지블 맛당히아니너겨도 父
母ㅣ니ᄅᆞ샤ᄃᆡ이아나롤이대셤기ᄂᆞ
다ᄒᆞ거시든 아ᄃᆞ리 夫婦禮를 行
ᄒᆞ야 모미업ᄃᆞ록 衰 티마로리라

가장 오래된 판본을 재현한 네 쪽의 목판본 사진.

내훈 권[1] 56-1 (우상)

판심: 不當不 / 敢苟作

○舅ㅣ沒則姑ㅣ老니 家婦ㅣ所祭祀賓
客每事를 必請於姑고 介婦ᄂᆞᆫ 請於家婦ᄂᆞ니
舅姑ㅣ使家婦ㅣ어든 毋怠며 不友無禮於
介婦라 舅姑ㅣ若使介婦ㅣ어든 毋敢敵耦
於家婦야 不敢並行며 不敢並命며 不敢並
坐라니 凡婦ㅣ不命適私室이어든 不敢退니라
婦ㅣ將有事ᄃᆞ든이어 大小를 必請於舅姑
시아비업스면시어미늙ᄂᆞ니…몬ᄆᆞ리

내훈 권[1] 57-1 (좌상)

祭祀와 손待接을 틀읻뎨홈모
로매식어 잇긔請ᄒᆞ고 버근며ᄂᆞ리ᄂᆞᆫ
몬며ᄂᆞ리게請홀디니라…식아비식어
미몬며ᄂᆞ리ᄅᆞᆯ브리거시ᄃᆞᆫ게으르디말
며젓간도버근며ᄂᆞ리게無禮히마
ᄅᆞ디니라舅姑ㅣᄒᆞ다가버근며ᄂᆞ리
리ᄅᆞᆯ브리거시ᄃᆞᆫ몬며ᄂᆞ리게젓간도마
ᄌᆞ럼디마라졋간도ᄭᅴ와녀디말며졋간

내훈 권[1] 57-2 (우하)

도ᄭᅵ와命ᄒᆞ디 말며졋간도ᄭᅵ와앉디
마ᄅᆞ디니라믈읫ᄂᆞ리아ᄅᆡ지비命
ᄒᆞ야가라ᄒᆞ디아니커시ᄃᆞᆫ졋간도믈러
오디마ᄅᆞ디니라며ᄂᆞ리쟝ᄎᆞᆺ이리잇
ᄯᅳᆫ굴근이리며혀근이ᄅᆞᆯ모로매舅姑
ᄭᅴ請홀디니라
○父母ㅣ雖沒나 將爲善애 思貽父母
名야 必果며 將爲不善애 思貽父母羞辱
ᄒᆞ야

내훈 권[1] 58-1 (좌하)

必不果ㅣ니
父母ㅣ비록업스시나쟝ᄎᆞᆺ善을
홀뎌긔父母ᄅᆞᆯᄭᅴ됴ᄒᆞᆫ일홈긷틔몰ᄉ
랑ᄒᆞ야모로매果ㅣ斷히ᄒᆞ며쟝ᄎᆞᆺ不
善을홀뎌긔父母ᄅᆞᆯᄭᅴ붓그러우
며辱도왼일긷틸가ᄉ랑ᄒᆞ야모로매
果ㅣ斷히마ᄅᆞ디니라
伊川先生이曰…人이無父母ᄃᆞ든어 生日

에 當倍悲痛이니 更安忍置酒張樂ᄒᆞ야 以爲樂
이리오 若具慶者ᄂᆞᆫ 可矣니라
伊잉川쳔先션生ᄉᆡᇰ이 니ᄅᆞ샤ᄃᆡ 사ᄅᆞ미
父뿡母뭏ㅣ 업거든 난나래 반ᄃᆞ기 倍뻥
히 슬허홀디니 가시야 엇디 술버리고 音
음樂악ᄒᆞ야 ᄡᅥ 즐교ᄆᆞᆯ ᄒᆞ려오 ᄒᆞ다가 吉
길慶경 ᄀᆞᄌᆞ니 可캉ᄒᆞ니라
禮記예 曰ᄒᆞ되 事親ᄒᆞ되 有隱而無犯ᄒᆞ며 左右就

養ᄒᆞ되 無方ᄒᆞ며 服勤至死ᄒᆞ며 致喪三年이니라 事
君ᄒᆞ되 有犯而無隱ᄒᆞ며 左右就養ᄒᆞ되 有方ᄒᆞ며 服
勤至死ᄒᆞ며 方喪三年이니라 事師ᄒᆞ되 無犯無隱
ᄒᆞ며 左右就養ᄒᆞ되 無方ᄒᆞ며 服勤至死ᄒᆞ며 心喪三
年이니라
禮롕記긩 예닐오ᄃᆡ 어버ᅀᅵᄅᆞᆯ 셤교ᄃᆡ 隱
흔호미 잇고 犯뻠호미 업스며 隱흔은 그ᅀᅳ기 諫간
홀시오 犯뻠은 ᄀᆞ장 諫간홀시라 左장右웅로 나ᅀᅡ가 養

양호ᄃᆡ 一힗定뗭ᄒᆞᆫ 고디 업스며 이ᄅᆞᆯ 브
ᄌᆞ러니ᄒᆞ야 주고매 니르리ᄒᆞ며 ᄀᆞ장 ᄒᆞᆯ
거상을 三삼年년을 홀디니라 님금을 셤
교ᄃᆡ 犯뻠이 잇고 隱흔이 업스며 左장右
웅로 나ᅀᅡ가 養양호ᄃᆡ 一힗定뗭ᄒᆞᆫ 고ᄃᆡ
두며 일호ᄆᆞᆯ 브ᄌᆞ러니ᄒᆞ야 주고매 니르
리ᄒᆞ며 ᄀᆞ티 홀 거상을 三삼年년을 홀디
니라 스승을 셤교ᄃᆡ 犯뻠도 업스며 隱흔

도 업스며 左장右웅로 나ᅀᅡ가 養양호ᄃᆡ
一힗定뗭ᄒᆞᆫ 고디 업스며 일호ᄆᆞᆯ 브ᄌᆞ러
니ᄒᆞ야 주고매 니르리ᄒᆞ며 ᄆᆞᅀᆞᆷ 맷 거상
을 三삼年년을 홀디니라
司馬溫公이 曰ᄒᆞ샤ᄃᆡ 父母之喪애 中門外예
擇樸陋之室ᄒᆞ야 爲丈夫喪次ᄒᆞ고 斬衰ᄒᆞ며 寢苫
枕塊ᄒᆞ며 不脫絰帶ᄒᆞ며 不與人坐焉이니라 婦
人은 次於中門之內別室ᄒᆞ고 撤去帷帳衾褥

내훈 권[1] 60-2

華麗之物이니라 男子ㅣ 無故ㅣ어든 不入中門
ᄒᆞ며 婦人이 不得輒至男子喪次ㅣ니라 晉人陳
壽ㅣ 遭父喪ᄒᆞ야 有疾이어늘 使婢丸藥ᄒᆞ더니 客
이 往見之ᄒᆞ고 鄕黨이 以爲貶議ᄒᆞ니 坐是沈滯
ᄒᆞ야 坎坷終身ᄒᆞ니 嫌疑之際예 不可不愼이니라
司馬溫公이 니ᄅᆞ샤ᄃᆡ 父母
人 거상애 中門 밧긔 儉朴ᄒᆞᆫ
더러운 지블 ᄀᆞ리ᄒᆞ야 男人ᄂᆞᆫ 이 거상ᄒᆞᆯ

내훈 권[1] 61-1

ᄯᅡ ᄒᆞᆯ 밍ᄀᆞ로 斬衰ᄒᆞ며 (斬衰는 기슭 아니ᄒᆞᆫ
오시라) 거적에 자며 ᄂᆞᆷ무적 베며 經帶
를 밧디 아니ᄒᆞ며 (經은 삼으로 ᄆᆡᆼᄀᆞ라 머리예 허리예 ᄯᅴᄂᆞ니
라) 사ᄅᆞᆷ과 다ᄆᆞᆺ 앉디 마롤디니라 婦人
은 中門 앉 別室에 잇고 帳
이며 니블 쇼ᄒᆞ 빗난 거슬 거더 아ᅀᆞᆯ디니
라 男人이 緣故ㅣ 업거든 中
門의 드디 아니ᄒᆞ며 婦人이 男

내훈 권1 61-2

子ㅣ 거상ᄒᆞᄂᆞᆫ ᄯᅢ 해 곧 니르디 마롤디
니라 晉人 陳壽ㅣ 아비 거상을 맛
나 病이 잇거늘 겨집 종을 ᄒᆞ야 藥을
부븨더니 소니 가 보고 鄕黨이 ᄲᅥ
외다 ᄒᆞᆫ 議論을 ᄒᆞ니라 이 다ᄉᆞ로 沉
滯ᄒᆞ야 걸여셔 모ᄆᆞᆯ ᄆᆞᆺᄃᆞ니 嫌疑
ᄅᆞ왼 ᄉᆞ시옌 어루 삼가디 아니ᄒᆞ리몬
ᄒᆞ리라

내훈 권[1] 62-1

○古者애 父母之喪애 旣殯ᄒᆞ고 食粥ᄒᆞ며 齊衰
옌 疏食水飮ᄒᆞ고 不食菜果ᄒᆞ며 父母之喪애 旣
虞卒哭ᄒᆞ고 疏食水飮ᄒᆞ고 不食菜果ᄒᆞ며 期而小
祥ᄒᆞ고 食菜果ᄒᆞ며 又期而大祥ᄒᆞ고 食醯醬ᄒᆞ며 中
月而禫ᄒᆞ고 禫而飮醴酒ᄒᆞ니 始飮酒者ㅣ 先
飮醴酒ᄒᆞ고 始食肉者ㅣ 先食乾肉ᄒᆞ니 古人
이 居喪애 無敢公然食肉飮酒者ㅣ라ᄒᆞ더니 漢昌
邑王이 奔昭帝之喪ᄒᆞᆯ 居道上ᄒᆞ야 不素食ᄒᆞ더
니 霍光이 數其罪而廢之ᄒᆞ니라 晉阮籍이 負

才放誕ᄒᆞ야 居喪無禮ᄒᆞ거늘 何曾이 面質籍於文帝坐ᄒᆞ야 曰卿은 敗俗之人이니 不可長也ㅣ라 因言於帝ᄒᆞ야 曰公이 方以孝로 治天下ᄒᆞ거든 而聽阮籍의 以重哀로 飮酒食肉於公坐ᄒᆞᄂᆞ니 宜擯四裔ᄒᆞ야 無令汙染華夏이니ᅌᅵ다 宋盧陵王義眞이 居武帝憂ᄒᆞ야 使左右로 買魚肉珍羞ᄒᆞ야 於齋內예 別立廚帳ᄒᆞ니러 會長史劉湛이 入거ᄂᆞᆯ 因命臎酒ᄒᆞ고 炙車螯대 湛이 正色曰 公이 當今에 不宜有此設이ᄒᆞ다니 義眞

曰旦이 甚寒ᄒᆞ니 長史는 事同一家ㅣ니 故로 不爲異라 酒至ᄒᆞᆫ대 湛이 起曰 旣不能以禮自處ᄒᆞ고 又不能以禮處人이라 ᄒᆞ고 遂出이러라 煬帝爲太子ᄒᆞ야 居文獻皇后喪에 每朝애 令進二溢米ᄒᆞ야 而私令外取肥肉脯鮓ᄒᆞ야 置竹筒中ᄒᆞ고 以蠟閉口ᄒᆞ고 衣衱裹而納之ᄒᆞ더라 湖南楚王馬希聲이 葬其父武穆王之日에 猶食雞臛ᄒᆞ니러 其官屬潘起譏之曰 昔阮籍이 居喪ᄒᆞ야 食蒸豚ᄒᆞ니러 何代

無賢이리오 ᄒᆞ니 然則五代之時에 居喪食肉者를 人이 猶以爲異事니 是流俗之弊其來甚近也니라 今之士大夫ㅣ 居喪에 食肉飮酒ㅣ 無異平日며 又相從宴集ᄒᆞ야 靦然無愧니 人亦恬不爲怪ᄒᆞ야 禮俗之壞ᄅᆞᆯ 習以爲常ᄒᆞ야 悲夫ㅣ라 乃至鄙野之人이 或初喪未斂애 親賓이 則齎酒饌ᄒᆞ야 往勞之대 主人이 亦自備酒饌ᄒᆞ야 相與飮啜ᄒᆞ야 醉飽連日며 及葬ᄒᆞ야 亦如之니 甚者는 初喪애 作樂

ᄒᆞ야 以娛尸며 及殯葬則以樂으로 導輀車ᄒᆞ고 而號泣隨之며 亦有乘喪ᄒᆞ야 即嫁娶者ᄒᆞ니라 習俗之難變이 愚夫之難曉ㅣ 乃至此乎아 凡居父母之喪者는 大祥之前에 皆未可飮酒食肉니 若有疾ᄒᆞ야 暫須食飮이라도 疾止어든 亦當復初ㅣ니라 必若素食을 不能下咽ᄒᆞ야 久而羸憊ᄒᆞ야 恐成疾者ᄂᆞᆫ 可以肉汁及脯醢어나 或肉少許로 助其滋味언뎡 不可恣食珍羞盛饌ᄒᆞ며 及與人燕樂이니 是則雖被衰麻나 其實

가장 오래된 판본 277 (caption)

내훈 권1 65-2

온 不行喪也ㅣ니 唯五十以上애 血氣既衰아 必資酒肉ㅎ야 扶養者는 則不必然爾라니 其居喪애 聽樂及嫁娶者는 國有正法써 此애 不復論호노라

녜 父뿡母뭉ㅅ 거상앤 ㅎ마 殯빙ㅎ고 粥쥭 머그며 齊衰연 블근밥 먹고 믈 마시고 茶쳥疏송와 果광實씷와롤 먹디 아니ㅎ며 父

내훈 권1 65-1

母뭉ㅣㅅ 거상앤 ㅎ마 虞웅卒졷哭콕祭졩ㅎ고 블근밥 머그며 믈 마시고 茶쳥疏송와 果광實씷와롤 먹디 아니ㅎ며 돌새 小숗祥썅ㅎ고 茶쳥疏송와 果實와롤 머그며 선돌새 大땡祥썅ㅎ고 醋총와 醬쟝과롤 머그며 둘 걸어 니祭졩ㅎ고 禫땀祭졩코든 수를 먹더니 쳐섬 술 머그리 몬져 ㄷ슨 수를 먹고 쳐섬 고기

내훈 권1 65-2

머그리 몬져 믄 고기를 먹더니 녯 사미 거상애 졈간도 公공然션히 고기 머그며 술 머그리 업더라 漢한ㅅ 昌챵邑 王이 昭쯍帝뎽ㅅ 거상을 가니 블 제 길헤 이셔 소밥을 아니 먹더니 霍확光광이 그 罪쬉로 혜여 慶ㅎ니라 晉진ㅅ 阮원籍쩍이 지조 믿고 둟새워 거상 호미 禮령 업거뇌 何행曾증이 文문帝뎽ㅅ 坐쫭애 셔

내훈 권1 65-1

阮원籍쩍이 이롤 面면當당ㅎ야 구지저늘 오딕 그디는 風봉俗쑉을 ㅎ야 브리는 사리미라 어루 길어 두미 몬ㅎ리라ㅎ고 因힌ㅎ야 帝뎽 씌 솔와늘 오딕 公공이 보야ㅎ로 孝道도로 天텬下행롤 다ㅅ리샤디 阮원籍쩍의 큰 거상으로 公공坐쫭애 셔 술 머그고 기 머고믈 許형ㅎ시ㄴ니 四齋예 내 조…

내훈 권[1] 66-2

홀 內ᄂᆡᆼ예 먼 쌔 ᄒᆞ니ᄅᆞ 나라

히여 華ᅘᅪᇰ夏ᅘᅡᅟ로더러요

미 업게 ᄒᆞ샤 맛당 ᄒᆞ니이다 華ᅘᅪᇰ中듀ᇰ夏ᅘᅡᅟ

이武뭉帝뎽ㅅ시르메이셔 左장右ᇢ엣

사ᄅᆞ몰 히여 뫼ᇰ고 기며 믄 貴귕 ᄒᆞ

차바ᄂᆞᆯ사 아壽쓩室ᅟ 안해 各각別뼐히 마초

廚뜨帳댜ᇰ을 세옛더니 ... 이 들어 뇌困킨 ᄒᆞ

아長댜ᇰ史ᄉᆞ 劉ᄅᆕ湛담 이 들어 뇌困

내훈 권[1] 67-1

야命몡 ᄒᆞ디 술더 이고 生ᄉᆡᆼ 蛤갑 구어오

라 혼大땀湛담 이 正져ᇰ色ᄉᆡᆨ ᄒᆞ야 닐오ᄃᆡ 公

이 이 제록當다ᇰ ᄒᆞ야 이셔 이런 法법律률

닐오ᄃᆡ아 太탕미ᄯᅳᆫ썸 ᄒᆞ치우니 長댜ᇰ史ᄉᆞ

이쇼미 맛당 티 몯 ᄒᆞ이다 義읭眞진이

눈이 리 혼 집고 튼 니 달이너 기디 아니캣

고 보라 노라 수리니 르거 뇌湛담 이니러

닐오ᄃᆡ ᄒᆞ마 能느ᇰ히 禮롕로 뻐 스ᄉᆞ로 處

내훈 권[1] 67-2

斷돤 ᄒᆞ티 몯 ᄒᆞ고 ᄯᅩ 能느ᇰ히 禮롕로 뻐ᄂᆞ

몰處쳐ᇰ 티 몯 ᄒᆞ 矢 다 隋쓍煬야ᇰ帝뎽 太탕

子ᄌᆞ ᄃᆞ외야 실제 文문戱헝皇ᅘᅪᇰ后ᅘᅮᇢ人ᅀᅵᆫ

거상 니버서 每ᄆᆡᆼ日ᅀᅵᇙ 아 太탕미 두 좀 ᄡᆞᆯ롤

바티게 ᄒᆞ고 아롬도 이 밧 글히여 술진고

기와 보육과 젓과롤 가져 다가 대롱 새오

ᄃᆡ녀코 믈로 이 晉진ᄆᆞ고 옷 보ᄒᆞ로 ᄤᅵ려

드리 더라 湖ᅘᅩᆼ南남 楚초ᇰ王와ᇰ馬마希희

내훈 권[1] 68-1

聲셔ᇰ이 그 아바 님 武뭉王와ᇰ 葬자ᇰ ᄒᆞ

나래 오히려 돗 湯타ᇰ 을 먹더니 그 官관 屬쑉

籍쪅이 거상 ᄒᆞ야 이셔 뻐 도톨 먹더니 어

니 代따ᇰ예 賢현 人ᅀᅵᆫ이 업거뇨 ᄒᆞ니 그러

면 五오ᇰ代때ᇰㅅ 시졀에 唐따ᇰ 晉진 漢한 梁랴ᇰ 周쥬ᇢ

나래 오히려 돗 湯타ᇰ 을 먹더니 그 官관 屬쑉

거상 ᄒᆞ야셔 고 기 머 그리롤 사ᄅᆞ미

오히려 다ᄅᆞᆫ 일 만 너 기니 ᄒᆞ로 온 風보ᇰ俗쑉

상애 飲(ᅙᅴᆷ)殯(빈) 티 몯ᄒᆞ야셔도 아ᄉᆞ맷소
니 술와 차바ᄂᆞᆯ 가져다가 慰(윙)勞(롱)ᄒᆞ거
든 主(즁)人(ᅀᅵᆫ)이 ᄹᅩ졔 술 차 반 准(쥰)備(삥)ᄒᆞ
야셔 르 다 ᄆᆞ셔 醉(ᄍᆑ)ᄒᆞ야 비블 오ᄆᆞᆯ 낧
우ᄒᆞ며 葬(장) ᄒᆞ졔미 처도 ᄹᅩ이리 ᄒᆞ매 니
르ᄂᆞ니라 甚(씸) 한 사ᄅᆞ 문 첫거상애 音(ᅙᅳᆷ)
樂(악) ᄒᆞ야 ᄡᅥ 주 거ᄅᆞᆯ 즐기게 ᄒᆞ며 殯(빈) 葬
장 ᄒᆞ졔미 처ᄂᆞᆫ 音(ᅙᅳᆷ) 樂(악) 으로 輀(ᅀᅵᆼ)車(겅)

의 弊(뼝) 그 오미 甚(씸) 히 갓 ᄀᆞᆷ도 다 이 젯
士(ᄽᆞ) 大(땡) 夫(붕)ㅣ 거상 ᄒᆞ야셔 고기 머그
며 술 머 고 미 샹 녯 나 래 셔 달 오 미 업 스 며
ᄹᅳ 서 르 조 차 가 이 바 디 會(뼁) 集(찝) ᄒᆞ 며 녑
쎠 이 붓 그 림 업 거 든 ᄂᆞᆷ 도 ᄹᅩ 아 ᄆᆞ 라 토 아
니 ᄒᆞ 야 달 이 너 기 디 아 니 ᄒᆞ 야 禮(롕) 녯 風
봉 俗(쑉) 의 허 로 몰 니 겨 샹 녜 리 이 너 기ᄂᆞ
니 슬 프 다 더 러 운 민 햇 사 ᄅᆞ 미 시 혹 첫 거

롤 輀(ᅀᅵᆼ)車(겅) 우 라ᄂᆞᆫ 引(힌)導(똥)ᄒᆞ고 우 러 미 조
ᄎᆞ며 ᄹᅩ 거 상 올 ᄒᆞ야셔 곧 嫁(강)娶(츙)ᄒᆞ리
잇ᄂᆞ니 슬 프 다 니 근 風(봉) 俗(쑉) 의 고 툐미
어 려 움 과 어 린 사 ᄅᆞ 미 알 외 욤 어 려 우 미
이 러 ᄒᆞ 매 니 ᄅᆞᆯ 셔 믈 잇 父(뿡) 母(뭉) ᄉ 거 상
ᄒᆞ 린 大(땡) 祥(썅) 前(쪈) 에 다 어 루 고 가 病(뼝) 이 이
며 술 머 고 미 몯 ᄒᆞ 리 니 ᄒᆞ 다 가 病(뼝) 골 다 라
셔 잇 간 모 로 매 고 기 머 그 며 술 머 골 다 라

論론 아니ᄒᆞ노라

顔丁이 善居喪ᄒᆞ니ᄒᆞ더 始死애 皇皇焉如有求
而弗得ᄒᆞ며 旣殯ᄒᆞ야 望望焉如有從而弗及
ᄒᆞ며 旣葬ᄒᆞ야 慨然如不及其反而息ᄒᆞ더

顔안丁뎡이 거상을 이대ᄒᆞ더니 처엄주
고매 皇皇황ᄒᆞ야
어두뒤 몯 원ᄂᆞᆫ 듯ᄒᆞ며 ᄒᆞ마 殯빈ᄒᆞ야ᄂᆞᆫ
望망望망ᄒᆞ야 보ᄃᆞ 몯ᄒᆞᄂᆞᆫ 양제 도라 조ᄂᆞᆫ

아니ᄒᆞ니 이ᄂᆞᆫ 비록 거상오 솔니브나 그
實실은 거상을 ᄒᆞ디 아니칸디니라 오직
以ᄡᆞ上썅애 血혈氣킝ᄒᆞᄆᆞ 衰쇠ᄒᆞ야
모로매 술고기를 賁賴뢰래ᄒᆞ야 더위자
바 養양ᄒᆞ린 모로매 그리 홀디 아니니라
그 거상ᄒᆞ야셔 音樂악을 드르며 嫁강娶취
ᄒᆞ린ᄒᆞ야
라 해 正뎡ᄒᆞᆫ 法법이 이실ᄉᆡ 이에 다시 議

차가디 몯 밋ᄂᆞᆫ 듯ᄒᆞ며 ᄒᆞ마 葬장ᄒᆞ야ᄂᆞᆫ
慨然개션ᄒᆞ야ᄂᆞᆫ
몯 밋ᄂᆞᆫ 듯ᄒᆞ야 기드리더라 그 도라 오몰

海虞令何子平이 母喪애 去官ᄒᆞ야 哀毀踰禮
每哭踊애 頓絶方蘇ᄒᆞ더 屬大明末애 東
土ㅣ 饑荒ᄒᆞ고 繼以師旅려ᄒᆞ야 八年을 不得營葬
晝夜애 號哭ᄒᆞ되 常如袒括之日ᄒᆞ야 冬不衣
絮셔ᄒᆞ고 夏不就淸涼ᄒᆞ며 一日以米數合으로 爲粥

不進鹽菜ᄒᆞ더
兄子伯興이 欲爲葺理ᄒᆞ더 兩居屋이 敗야ᄒᆞ 不蔽風日
肯日 我ᄂᆞᆫ 情事ᄅᆞᆯ 未申이라 子平이 不
屋何宜覆오 이리 蔡興宗이 天地一罪人耳
甚加矜賞ᄒᆞ야 爲營塚壙ᄒᆞ니 蔡興宗이 爲會稽太守ㅣ
海虞우令령 何하子平평이 어미거
상애 그 우시롤 고 슬허호ᄆᆞᆯ 禮례예
너모ᄒᆞ야 ᄆᆞᆷ봄 ㄴ야 우로매 다 주것다

[73-1]

디 아니 야 더라 사 눈지 비 아 디여 브룸

과 히로 디 오 몯 거 늘 兄(형)의 아 伯(백)興(흥)이 爲(위) 야 修(슈)理(리)코져

더니 子(증)平(평)이 즐기 디 아니 야 닐오

디나 는 뎃 이로 퍼디 몯 얏 눈 디라 天

地(디) 예 有(유) 罪(죄) 사 믜어 니 지

블엇 더니 요 미 맛 당 리오 蔡(채)興(흥)宗(종)

이 會(회)稽(계)太(태)守(슈) ㅣ 드외야 甚(심)

[73-2]

히 더옥 어엿비너기며 과 야 爲(위) 야

무더 믈 일우니라

昏禮章第三

昏義(의)예 曰(왈) 昏禮者는 將合二姓之好 야 上

以事宗廟 고 而下以繼後世也 니 故로 君子

ㅣ 重之 니 是以로 昏禮예 納采와 問名

과 納吉과 納徵과 請期를 皆主人이 筵几於廟

고 而拜迎於門外 야 入 야 揖讓而升 야 聽命

[71-1]

於廟 니 所以敬愼重正昏禮也ㅣ라

昏義(의)예 닐오 昏姻(인)禮(례)

太(태)斗(두)姓(셩)의 묘 로 미 화우 호 론 宗(종)

廟(묘)를 셤기 고 아래 론 後(후)世(셰)를

니 그 럴 시 君子(증) ㅣ 重(듕)히 너 기 니

이런 로 昏姻(인)禮(례) 예 納(납)采(채)와

納(납)吉(길)과 納(납)徵(딩)과 請(쳥)問(문)名(명)과

納(납)吉(길)과

〔74-2〕

복드릴시라 納납徵딩과 約갹드러ᅀᆞ올혼은 幣폥帛ᄇᆡᆨ보 드러ᅀᆞ올혼은 姻힌시 請청期끵호ᄆᆞᆯ 나ᄅᆞᆯ 請청호ᄂᆞᆫ 昏혼姻힌 청혼시람라 主즁人신이 廟뵹애 닷ᄉᆡ며 几긩노 코廟뵹ᄂᆞᆫ 堂땅이라 門몬밧긔 절호야 마자드러 指指호야 辭씽讓샹호야 올아 廟뵹애 命명을 듣ᄂᆞ니 命명은 사회 昏혼姻힌 禮롕룰 恭공敬경호며 삼가며 重듕히호며 正졍히 호미라

〔75-1〕

○敬愼重正而后애 親之니 禮之大體니 而兩以成男女之別야 而立夫婦之義也라 男女ㅣ有別而后애 夫婦ㅣ有義고 夫婦ㅣ有義而后애 父子ㅣ有親고 父子ㅣ有親而后애 君臣이 有正니 故로 曰호 昏禮者 禮之本也ㅣ 恭공敬경호며 삼가며 重듕히호며 正졍 히 호後ᇴ에ᅀᅡ 親친호ᄂᆞ니 禮롕의 大땡體톙

〔75-2〕

니 남진겨집 골히요ᄆᆞᆯ 일워 夫봉婦뿡의 義ᅙᅱᆼ롤 셰요미라 남진과 겨집괘 골히요미 이신後ᅘᅮᇢ에ᅀᅡ 夫봉婦뿡ㅣ 義ᅙᅱᆼ 잇고 夫봉婦뿡ㅣ 義ᅙᅱᆼ이신後ᅘᅮᇢ에ᅀᅡ 아비와 아들왜 親친호요미 잇고 아비와 아들왜 親친호요미 이신後ᅘᅮᇢ에ᅀᅡ 님금과 臣왜 正졍히 호요미 잇ᄂᆞ니 그런ᄃᆞ로 닐오듸 昏혼姻힌禮롕ᄂᆞᆫ 禮롕의 根ᄀᆞᆫ

〔76-1〕

源원이라 禮롕記긩예 曰ᄋᆞᆯ호 夫昏禮ᄂᆞᆫ 萬世之始也니 取於異姓은 兩以附遠厚別也ㅣ니 幣必誠며 辭無不腆야 告之以直信니 信은 事人也며 信은 婦德也라ㅣ니 一與之齊면 終身不改니 故로 夫死도야 不嫁니라 男子ㅣ親迎야 男先於女ᄂᆞᆫ 剛柔之義也니 天先乎地며 君先乎臣이 其義一也라ㅣ 執摯야 以相見은 敬

章別也ㅣ라니 男女ㅣ 有別然後에 父子ㅣ親
며 父子ㅣ 親然後에 義生며 義生然後에 禮
作며 禮作然後에 萬物이 安니ᄂ 無別無義
는 禽獸之道也ㅣ라
禮記예 닐오ᄃ 昏姻인 禮ᄒ논
눈萬世의 비르소미니 다ᄅᆫ 姓에
取요문 머리호몰 브게ᄒ며 골히
요몰두터이ᄒ 논배니라 로매

精誠도이ᄒ며 말ᄉᆞ몰두터이아니
ᄒᆞ업시ᄒ야 告ᄒ디 直ᄯᅡ과 信과로
ᄡᅥ호ᄂ니 信은 사ᄅᆞ몰 셤기며 信은
겨지ᄇᆡ 德이니라 ᄒᆞ번다ᄆᆞᆺ고 조기ᄒ
면모미못ᄃᆞ록가 ᄉᆞ디아니ᄒ ᄂ니이런
ᄃᆞ로남지니 주거도 읻디아니ᄒ ᄂ니라
男子ㅣ 親히 마자 남지니겨지ᄇᆡ
게ᄃᆞ져 ᄒᆞᆷ믄 剛과 柔왓ᄲᅵ디니 하ᄂᆯ

히ᄡᅡ호ᄆ롯 몬져ᄒ ᄆᆞ며 님금이 臣下롯
몬져ᄒᄆ 비ᄃᆞ가지라 ᄇᆞ와 자바 下ᄒᆞ라
親ᄒ며 아비와 아ᄃᆞᆯ왜 親ᄒ며 敬ᄒ야
골히요미 이신後에ᄉᆞ아 아비와 아ᄃᆞᆯ왜
有別ᄒᆞᆯ後에ᄉᆞ아 義ᄒ며 난後에ᄉᆞ아 禮ᄒᆞ며
ᄉᆞ義외ᄒᆞ며 난後에ᄉᆞ아 萬物이 便
며 禮ᄒᄃ 왼後에에ᄉᆞ아 萬物이 便

安ᄒ ᄂ니 골히욤업스며 義업소ᄆᆞᆫ
禽獸의 道ㅣ라
王吉이 上疏曰 夫婦ᄂ 人倫大綱니이 夭壽
之萌也ㅣ라 世俗이 嫁娶太蚤야 未知爲人父
母之道而有子ᄒ ᄂ니ᄂ 是以로 教化ㅣ 不明而
民多夭ㅣ라ᄒ니
王吉은 이글위ᄅᆞᆯ 進ᄒ야 上ᄒ수와닐
오ᄃ 夫婦人은 倫의큰 綱領ᄋᆞ며

령·이니 短·뎐 命·명ᄒᆞ·며 長·댱 壽·ᄯᅲ홀 萌·ᄆᆡᇰ
荄·ᄒᆡᇰ·ㅣ·라 世·솅 俗·쑉·이 嫁·가 娶·ᄎᆔ·호·ᄆᆞᆯ :해
일·ᄒᆞ·야 사·ᄅᆞ·미 父·뿡 母·모ᇢ·ᄃᆞ 외·욜 道·도ᇢ·ᄅᆞᆯ
아·디 몯·ᄒᆞ·야 子·ᄌᆞᆼ 息·식·이 잇·ᄂᆞ·니·이런
·ᄃᆞ·로 教·교ᇢ 化·황·ㅣ 복·디 몯·ᄒᆞ·며 百·ᄇᆡᆨ 姓·셩
·이 해·일 죽·ᄂᆞ·니·이·다
文·문 中·듀ᇰ 子·ᄌᆞᆼ·ㅣ 曰·ᅌᅯᇙ·호 婚·혼 娶·ᄎᆔ 而 論·론 財·ᄌᆡ·ᄂᆞᆫ 夷 虜·로 之 道·도ᇢ 也
·니 君·군 子·ᄌᆞᆼ·ㅣ 不·ᄫᅮᇙ 入·ᅀᅵᆸ 其 鄕·햐ᇰ·ᄒᆞ·ᄂᆞ·니·라 古·고 者·쟝·애 男·남 女·녕 之 族

이 各·각 擇·ᄐᆡᆨ 德·득 焉·이언 不·ᄫᅮᇙ 以 財·ᄌᆡ·로 爲·윙 禮·롕·니·ᄒᆞ·더·라
文·문 中·듀ᇰ 子·ᄌᆞᆼ·ㅣ 닐·오·ᄃᆡ 婚·혼 娶·ᄎᆔ·호·ᄃᆡ 제
천량 議·읭 論·론 호·ᄆᆞᆫ 되다대의 道·도ᇢ·ㅣ·니
君·군 子·ᄌᆞᆼ·ㅣ 그·고 올·히 드·디 아·니·ᄒᆞ·ᄂᆞ·니
·라 녀남진겨지·비 아ᅀᆞ·미 各·각 各·각 德·득
·을 ᄭᅮ·미·니 언·뎡 천량·으·로·ᄡᅥ 禮·롕·롤 삼
·디 아·니·ᄒᆞ·더·니·라
○ 早·조ᇢ 婚·혼 少·쇼ᇢ 聘·빙·은 教·교ᇢ 人 以 偷·오 妾·쳡 勝·시ᇰ 無·무 數·수·ᄂᆞᆫ 教

人 以 亂·롼·니이 且 貴·귕 賤·쪈·이 有 等·등·니·ᄒᆞ 一 夫 一 婦·ᄂᆞᆫ 庶
人 之 職 也·ㅣ·라
일 婚·혼 姻·힌·ᄒᆞ·며 져머·셔 媒·ᄆᆡᆼ 聘·빙·호·ᄆᆞᆫ
사·ᄅᆞ·미그라 ᄎᆈ·디 輕·켱 薄·ᄇᆡᆨ·ᄒᆞ
·이·롤·ᄡᅥ·ᄒᆞ·논·디·오·고 마·롤 數·수 업·시 호·ᄆᆞᆯ
·니·ᄯᅩ 貴·귕·ᄒᆞ·니 와 賤·쪈·ᄒᆞ·니 왜 差·창 等·등
·니·ᄡᅩ 貴·귕·ᄒᆞ·니 와 賤·쪈·ᄒᆞ·니·왜 差·창 等·등
·이잇·ᄂᆞ·니·ᄒᆞᆫ남진겨지·ᄒᆞ·겨지·ᄇᆞᆫ 庶·셩 人·신·의

셕시·라
司 馬 溫 公·이 曰·ᅌᅯᇙ·호 凡 議 婚 姻·ᄒᆞ·호 當 先 察 其 壻
與 婦 之 性 行·과 及 家 法·호 何 如·고 勿 苟 慕 其
富 貴·라니 壻·ㅣ 苟 賢 矣·면 今 雖 貧 賤·호 安 知 異
時·에 不 富 貴 乎·오 苟 爲 不 肖·면 今 雖 富 盛
安 知 異 時·에 不 貧 賤 乎·오 婦 者·ᄂᆞᆫ 家 之
所 由 盛 衰 也·ㅣ·니 苟 慕 一 時 之 富 貴 而 娶 之·면·ᄒᆞ
彼 挾 其 富 貴·야·ᄒᆞ 鮮 有 不 輕 其 夫 而 傲 其 舅 姑
·니 養 成 驕 妬 之 性·면·ᄒᆞ 異 日 爲 患·이 庸 有 極 乎

가난코 놀아온 둘 다ᄅᆞᆫ 시졀에 富붕貴귕
티 아니ᄒᆞ돈 엇뎨 알리오 眞진實씷로 不
ᄒᆞᆯ 시졀에 貧삔賤쪈티 아니ᄒᆞ돈 엇뎨 알
리오ᄆᆞ 느니라 혼 거슨 지비 盛씽커나 衰
커나 ᄒᆞ매 브튼 배니 ᄒᆞ다가 一힕時씽 富
옛 富붕貴귕ᄅᆞᆯ 과ᄒᆞ야 娶층ᄒᆞ면 뎨 그 富
貴귕ᄅᆞᆯ ᄲᅧ 그 남진을 미더 히너기며

오 리 借쟈使ᄉᆞ因힌婦뿔財ᄍᆡ야 以致富ᄒᆞ며 依ᅙᅴ婦勢 以
取貴ᄒᆞ돈 苟ᄀᆞᇢ有丈夫之志氣者ᄂᆞᆫ 能無愧乎아 以
司ᄉᆞ馬망溫온公공이 닐오ᄃᆡ 믈읫 婚혼
姻힌을 議읭論론호ᄃᆡ 모로매 몬져 그 사
회와 며느리의 性셩식과 ᄒᆡᆼ뎍과 그
이 엇던고 ᄒᆞ야 ᄉᆞ피고 苟ᄀᆞᇢ且챠히 그
가ᄉᆞ멸며 벼슬을 노푼 이ᄅᆞᆯ 과ᄒᆞ디 마룰디
니라 ᄉᆞ회 眞진實씷로 어딜면 이제 비록

그러오미 업스리여
安定胡先生이 닐오ᄃᆡ 嫁강女녕ᄅᆞᆯ 반ᄃᆞ시 勝吾家者ᄅᆞᆯ
니 勝吾家則女之事人이 반ᄃᆞ시 欽흠 반ᄃᆞ시 戒ᄒᆞᆯ디니라 娶
婦뿔ᄅᆞᆯ 반ᄃᆞ시 不若吾家者ᄅᆞᆯ 니 不若吾家則婦之
事舅姑ㅣ 반ᄃᆞ시 執婦道ᄒᆞ리라
安定ᅙᅩᆼ定띵胡ᅙᅩᆼ先生生ᅀᅵ 닐오ᄃᆡ
얼요ᄃᆡ 모로매 내 지비셔 勝흐ᄅ 쏟ᄅᆞᆯ
내 지비셔ᄂᆞᆫ 면 ᄯᆞ리 사ᄅᆞᆷ 셤교미 반ᄃ기

그 식아비 ᄉᆞ어미게 傲ᅌᅩᆸ慢만티 아니ᄒᆞ
리져 그니 驕갱慢만ᄒᆞ며 새옴ᄒᆞᄂᆞᆫ 性셩
식을 養ᅘᅣᆼ養ᄒᆞ야 일우면 다ᄅᆞᆫ 나래 分분別
ᄃᆞ외요미 어딋던 그지 이시리오 비록
닐위며 며느리 천량을 因힌ᄒᆞ야 ᄡᅥ 가ᄉᆞ멸ᄅᆞᆯ
ᄒᆞᄆᆞᆯ 取ᄎᆛ 眞진實씷 人ᅀᅵᆫ丈땽夫붕貴귕
뿐과 ᄀᆞ운과ᄅᆞᆯ 뒷ᄂᆞᆫ ᄉᆞ롬 민댄 能ᄂᆞᆼ히 붓

恭敬ᄒ며 반ᄃᆞ기 조심ᄒ리라ᄒ며 느
리되어 두ᄃᆡ모로 매 내집만ᄀᆞᆫ디 몯ᄒᆞ니
롤호리니 내집만ᄀᆞᆫ디 몯ᄒᆞ면 며ᄂᆞ리의
舅姑 셤교미 반ᄃᆞ기 며ᄂᆞ리 道理
롤자ᄇᆞ리라
士昏禮예 曰ᄃᆞᆯ 父ㅣ 醮子ᄒ고 命之曰ᄃᆞᆯ 往迎
爾相ᄒ야 承我宗事ᄃᆞᆯ호 勖帥야 以敬先妣之嗣
ᄒ고 若則有常라ᄒᆞᆯ 子ㅣ 曰ᄃᆞᆯ 諾ᄃᆡ이 惟恐弗堪

不敢忘命이ᄒ다리 父ㅣ 送女 命之曰ᄃᆞᆯ
戒之ᄒ야 敬之ᄒ야 夙夜無違命ᄒ라 母ㅣ 施衿結帨
之 敬之ᄒ야 夙夜無違宮事ᄒ라 庶母
及門內ᄒ야 施鞶ᄒ고 申之以父母之命ᄒ고 命
之曰ᄃᆞᆯ 敬恭聽宗爾父母之言ᄒ야 夙夜無愆
ᄒ고 視諸衿鞶ᄒ라ᄂᆞ라
士昏禮예 닐오ᄃᆡ 아비아ᄃᆞᆯ 醮ᄒᆞ고 命ᄒ야

닐오ᄃᆡ 가 너 도올 사ᄅᆞᆷ을 마자 우리 宗
廟ㅅ이룔 니ᅀᅩᄃᆡ 힘뻐 ᄃᆞ려 先妣
니ᅀᅳᆯ이룔 恭敬ᄒ고 네 뎐뎐호ᄆᆞᆯ두 라아 ᄃᆞ리닐오ᄃᆡ 그
리ᄒ리이다오 직 몬이ᄀᆞᆯ가 저카니와 父
간도 命을 닛디아니ᄒ리아 다 아비ᄉᆞᆫ
롤 보별제 命ᄒ야 닐오ᄃᆡ 조심ᄒᆞ며 恭
敬ᄒ야 일져 미리ᄒ야 命을 그ᄅᆞᆺ

디 말라 어미 씩미오 手巾믈 오ᄂᆞᆯ오
ᄃᆡ 힘뻐며 恭敬ᄒ야 일져 미리ᄒ야
졊이룔 그ᄅᆞᆺ디 말라 ᄆᆞᆳ어미 門 안 해 미
처 ᄂᆞᆺ치이고 父ㅣ 어미 命을 다시
ᄒ고 命ᄒ야 닐오ᄃᆡ 네 父母ㅅ 말
ᄉᆞᆷ을 恭敬ᄒ야 든 존히ᄒ야
일져 미리ᄒ야 허 미리 업스라ᄒ고 뻐 와
ᄂᆞᆺ과룔 보라ᄒᄂᆞ니라

子ᄂᆞᆫ 不取ᄒᆞ며 世有刑人이어든 不取ᄒᆞ며 世有惡疾이어든 不取ᄒᆞ며 喪父長子를 不取ㅣ니라 婦ㅣ 有七去ᄒᆞ니 不順父母ᄒᆞ야든 去ᄒᆞ며 無子ㅣ어든 去ᄒᆞ며 淫ᄒᆞ야든 去ᄒᆞ며 妒ᄒᆞ야든 去ᄒᆞ며 有惡疾이어든 去ᄒᆞ며 多言ᄒᆞ야든 去ᄒᆞ며 竊盜ᄒᆞ야든 去ᄒᆞ니라 有三不去ᄒᆞ니 有所取而無所歸어든 不去ᄒᆞ며 與更三年喪이어든 不去ᄒᆞ며 前貧賤이라가 後富貴어든 不去ㅣ니라 凡此ᄂᆞᆫ 聖人이 所以順男女之際ᄒᆞ며 重婚姻之始也ㅣ라 孔子ㅣ 닐ᄋᆞ샤ᄃᆡ 婦人은 사ᄅᆞᆷ…

孔子ㅣ曰 婦人은 伏於人也ㅣ니 是故로 無專制之義고 有三從之道ᄒᆞ니 在家從父ᄒᆞ고 適人ᄒᆞᆫ댄 從夫ᄒᆞ고 夫死ᄒᆞ야든 從子ㅣ니라 無所敢自遂也ㅣ라 敎令을 不出閨門ᄒᆞ며 事在饋食之間而已矣니라 女는 及日乎閨門ᄒᆞ며 事在之內ᄒᆞ고 不百里而犇喪ᄒᆞ며 事無擅爲ᄒᆞ며 行無獨成ᄒᆞ며 參知而後에 動ᄒᆞ며 可驗而後에 言ᄒᆞ며 畫不遊庭ᄒᆞ며 夜行以火ᄒᆞ니 所以正婦德也ㅣ니라 女ㅣ 有五不取ᄒᆞ니 逆家子를 不取ᄒᆞ며 亂家…

셔나ᄅᆞᆯ 져믈오고 百里ᄅᆡ 밧긔 喪애 ᄃᆞ라가디 몯ᄒᆞᄂᆞ니ᄒᆞ며 이ᄅᆞᆯ 쥬변으로 호미 업스며 行ᄋᆞᆯ ᄒᆞᄫᆞ사 일우미 업스며 모다 안 後에ᅀᅡ 뮈며 어루 본즈ᄒᆞᆫ 後에ᅀᅡ 닐어 나ᄌᆡᄲᅳᆯ헤 노니디 아니ᄒᆞ며 바ᄆᆡ녀 ᄃᆞ니되 브를 뻐 ᄒᆞ니ᄒᆞᄂᆞ니 이 ᄲᅥ 겨집의 德을 正케 ᄒᆞᄂᆞᆫ 배니라 겨집이 다ᄉᆞᆺ 取ᄒᆞ티 아니호미 잇ᄂᆞ니거슬 ᄲᅳ티ᄒᆞᄂᆞᆫ…

미게 굿브ᄂᆞᆫ거시니 이런젼ᄎᆞ로 오로 制ᄒᆞᆫ 斷ᄒᆞᄂᆞᆫ ᄠᅳ디 업고 세 조ᄎᆞᄂᆞᆫ 道ㅣ 잇ᄂᆞ니 지븨 이셔ᄂᆞᆫ 아비를 조ᄎᆞ고 사ᄅᆞ미게 가ᄂᆞᆫ 남진이 올ᄋᆞᆺ고 남진이 죽거든 아ᄃᆞᆯ조차 간도 절로 일오ᄂᆞᆫ 배 업스니ᄒᆞᄂᆞᆫ ᄀᆞᄅᆞ치ᄂᆞᆫ 令을 閨門 밧긔 내디 아니ᄒᆞ며 이리 밥이ᄫᆞᄂᆞᆫ ᄉᆞ예 이실ᄯᆞ르미니 겨집은 閨門 밧긔 나디 아니ᄒᆞ라 이런젼ᄎᆞ로 겨지ᄇᆞᆫ 閨門 안해…

든내티며ㄱ문ᄒᆞᆫ盜똥賊쪽ᄒᆞ거든내ᄐᆞᆯ
디니라세몬내튜미잇ᄂᆞ니取츙혼배잇
고ᄀᆞᆯ배엄거든내티디말며더브러三삼
年년거상ᄋᆡ디내여든내티디말며몬져
貧삔賤쪈ᄒᆞ고後훃에富뿡貴귕커든내
티마ᄅᆞᆯ디니라믈윗이ᄂᆞᆫ聖셩人ᅀᅵᆫ이
뼈男남女녕人ᄉᆞ시ᄅᆞᆯ順쓘케ᄒᆞ시며婚혼
姻힌人始씽作작ᄋᆞᆯ重뜡히ᄒᆞᄂᆞᆫ배시

말며어ㅈ러온짓아ᄂᆞ룰取츙티말며뉘
마다罪찡니븐사ᄅᆞ미잇거든取츙티말
며뉘마다모딘病뼝잇거든取츙티말며
아비일혼몯아ᄂᆞ룰取츙티마룰디니라
겨지비닐굽내튜미잇ᄂᆞ니父뿡母뭏씨
順쓘티아니커든내티며아ᄆᆞ되엄거든내
티며淫음亂롼커든내티며몯쓰읍구ᄇᆡᆫ내
티면모딘病뼝잇거든내티며말ᄉᆞᆷᄒᆞ거

니라

內訓卷第一